晴竇初開 下

風 文創 633

水清如 著

目錄

第二十三章

秦畫晴本就沒受什麼傷，燒一退，人便好索利了。

她走出門，正好見張氏張羅著下人收拾行裝，頓時怔然。

「小姐，外面風大，您出來做什麼？」錦玉忙放下手裡的東西，去屋裡拿毛絨斗篷給她披上。

秦畫晴指著外面忙碌的下人，呆呆地問：「這是做什麼？」

錦玉了然，解釋道：「夫人說明日便回京。」

秦畫晴一驚。「這般急？」

「再待下去，我可不知道怎麼給妳父親交代？」張氏給她捋了捋衣襟，語重心長地說：「我原本還說要給妳父親納妾，經此事，這些念頭也不再有了，只要妳和獲靈平平安安，人丁興不興旺都無所謂。」

秦畫晴聽到她打消這個念頭也十分高興。「是啊，咱們一家人不挺好的嗎？再說了，娘您還貌美，父親喜歡您還來不及，怎麼會去納旁人為妾？」

張氏指揮著一個小廝將箱子抬去馬車上，聽見這話，忍不住笑了笑。「就妳嘴甜。」

秦畫晴看她心情好，便打鐵趁熱道：「娘，那我們再多留幾日吧？」

張氏眉頭一皺，搖了搖腦袋道：「妳看看妳現在的樣子，再不回京，恐怕這一身肉都沒幾兩了。回去請個要好的太醫，給妳弄個藥膳方子，好好調理一段時日才是正經。」

秦畫晴咳了咳，抬起手臂轉了一圈。「娘，我身子好著呢。對了，女兒聽說是魏大人救了我，那女兒總該去給他道謝，免得被人說咱們秦府的人不懂規矩。」她連忙將話題引到魏正則身上，生怕張氏不同意。

「妳說得沒錯。」張氏蹙眉道：「但妳也知道，妳父親和那姓魏的不合，若是被他知道我們在鄆縣與他打交道，指不定會發什麼脾氣。」

秦畫晴有些著急，忙道：「父親與他不合又怎樣？他的確是救了女兒的命，依我看，是父親有些冥頑不靈了。」

張氏好氣又好笑地瞪她一眼。「這話若是被妳父親聽了去，少不了挨一頓罵。不過妳說得也對，那魏正則因妳墜崖的事情忙前忙後，還想著懲辦那廖甯甯，這謝怎麼也得去道一道。只是前些年我們秦家與他並無太大聯繫，不知這一年來他為何對我們家的事如此上心？先是以德報怨救了妳父親，如今又是救了妳，這人精明著呢，不知他葫蘆裡賣的是什麼藥？」

秦畫晴見她語氣放軟，不禁笑著去搖她胳膊。「管他賣什麼藥，我們道了謝、盡了禮數便是。」

如此說定，張氏便差人去詢問，一打聽才知道，魏正則已經離開鄆縣回了渭州府衙，正好她們回京也要經過渭州，便打算在那多留一天。

當夜，秦畫晴與老太太、張氏大姊夫婦和張氏等人在院子裡飲宴踐行，廖張氏一家卻是沒出現，只有廖仲愷送了兩盒補血的藥材過來。

張氏與老太太拉著手說了許多話。老太太說了，等身子骨好些便選個好季節上京，可把張氏高興壞了。張氏大姊一家見廖張氏這次得罪了秦家，言談間也別提多喜悅，畢竟是有隔閡的兩家人，對於這種局面都是一副作壁上觀的看戲心態。

次日，收拾好行囊，張氏與秦畫晴便與老太太告辭。臨走也沒有瞧見廖家人一眼，按張氏的話說，那就是淡了情分，往後是連書信也不會往來了。

日落前，一行人抵達渭州城，也不知張氏怎麼了，一坐上馬車便頭昏腦脹，秦畫晴忙讓人叫來大夫，吃了幾顆藥丸子，便將她扶去客棧休息。

張氏吃了藥好多了，看天色還早，便道：「待會兒我和妳一起去城裡挑幾件像樣的禮物，打包給魏大人送去。」

秦畫晴一聽這話，忙道：「母親，您就好好休息吧，女兒這麼大的人了，送禮這麼小的事情，我還辦不妥嗎？」

張氏拍了拍她的手背。「妳一個女兒家，單獨去見一個男子怎麼說得過去？雖說魏正則算是妳的長輩，可叫有心人看見了終歸不好。」

秦畫晴垂下眼簾，心想，她單獨見過魏大人許多次了，扳著指頭一時半會兒也數不清呢。

「娘，我讓錦玉和幾個侍從陪著能有什麼呀？」秦畫晴反倒過來安慰張氏。「再說了，渭州又沒人認識我，何況我是直奔刺史府衙去的，您難道還怕魏正則將我吃了？」

張氏一想也是，左右不過見個面、說幾句道謝的話，應該不出半個時辰就回來了。

她還在猶豫，秦畫晴卻已經站起身讓她好好休息，又吩咐春茜好好照顧夫人，轉身便步履匆匆地離開。

渭州街道上雖不如元宵那日熱鬧，可因為放夜，依舊人來人往。

秦畫晴可以正大光明地去找魏正則，別提多高興了，忙換了身亮眼的衣衫，仔細綰了髮髻，又綴了明珠在耳朵上，施了薄薄的胭脂，拉著錦玉一個勁兒地問：「錦玉，妳看我還有沒有什麼地方不好看？」

錦玉忍不住笑道：「小姐，上次您也問過奴婢同樣的話，奴婢也還是那樣回答——整個渭州城裡，沒有誰比小姐更美了！」

秦畫晴對自己的容色向來瞭解，只是平日裡並不怎麼在意。她莫名想起一句話：士為知己者死，女為悅己者容。

只要想到魏正則覺得她好看，一顆心便如兔子似地跳個不停。

這些日子她也想了許多。當時自己墜崖，魏正則不顧危險也要來尋，是否說明他心底有她的位置？如果她大膽一些、勇敢一些，問魏正則喜不喜歡她，願不願意跟她在一起，願不願意娶她？是不是……是不是……

想著那羞人的答案，秦畫晴便忍不住紅了臉頰。

錦玉看她雙眼如春水蕩漾，便知道她在盤算什麼，也不戳破，笑著詢問：「小姐，您準備給魏大人送什麼謝禮？」

「是了，妳不說我都忘了。」秦畫晴這才想起，此次是打著道謝的幌子去見魏正則，可不是因為她的一顆心。

但是送禮……秦畫晴有些為難了。

她知道魏正則不喜金銀，也不愛那些珊瑚、瑪瑙，而文人字畫，又有誰及得上他嘉石居士的墨寶？

主僕二人從渭州街頭走到街尾，也不知送什麼妥當？錦玉一拍腦門兒，道：「既然小姐不知送什麼，便看著什麼順眼就買下來，一股腦給魏大人送去，也不失了身分。」

「也只得這麼辦了。」

眼看夜幕四合，再過不久，街邊的店鋪都要打烊，所以秦畫晴一路上便買得極其痛快。先去賣珠寶玉器的地方選了兩柄如意，又去賣瓷器的地方抱了一個青花纏枝紋梅瓶，路過筆墨齋，直接豪氣地說：「你店裡最貴的文房四寶拿一套。」

末了，路過一間賣糕點的鋪子，見裡面的糕點十分精緻，秦畫晴也忍不住打包了幾盒。

身後幾個小廝已經快抱不動，秦畫晴這才滿意地拍拍手。「走吧，去刺史府。」

這次來到府衙外，守門的兩個兵丁都沒有再阻攔，讓人去通報。

徐伯迎了出來，見到秦畫晴，笑得眼睛都成了一條縫。「老奴莫不是眼睛花了吧？竟然是秦姑娘親自來了。」

秦畫晴見到這個和藹的老人也很開心，笑道：「徐伯，我明日便要回京了，這次是專程來給魏大人道謝的。」

徐伯也聽說了她墜崖的事情，擔心得不得了。「聽到您掉下山，我這個老頭子差些嚇死，好在您是個福分大的，那話怎麼說來著？大難不死，必有後福！」

「多謝徐伯吉言。」

兩人邊說邊往內衙裡走，繞過一個照壁，便來到魏正則書房外。

房門打開，魏正則從裡面走出來，一身淺青色長袍，未帶冠帽，頭髮鬆鬆地綰在頭頂，用竹簪壓著。

夜色下，看來格外清潤儒雅。

魏正則看了眼外面大包小箱的東西，微微蹙眉。「人來便是，帶這麼多東西做什麼？」

「都是謝禮，不值錢。」秦畫晴說完才覺得這話有些矛盾，臉蛋不禁微微發燙。

魏正則自然拿她沒有辦法。要是讓她把東西搬走，指不定這丫頭會怎麼哭哭唧唧。他轉身走進書房，見秦畫晴還杵在外頭發呆，莫可奈何，只得朝她招了招手。「外面冷，進來吧。」

秦畫晴這才回過神，忙從錦玉手上抱過一盒糕點，屁顛顛地跟了進去。

這次錦玉倒是沒有跟上去，自動自發地同徐伯守在門外。

秦畫晴將糕餅放在桌上打開，甜膩的香氣頓時散發出來，裡面還有幾個梅花糕。

她拿起絹子包了一塊遞到魏正則面前，眨了眨眼，咕噥道：「魏大人，我聽徐伯說你又沒有吃飯，這樣可怎麼行？」

魏正則道：「午時吃得晚，這會兒還沒餓，妳先放著吧。」

秦畫晴看他一板一眼的，便有些想刺激他，於是脫口便道：「魏大人是要我餵你嗎？」

魏正則目光微閃，神色卻十分嚴肅。「妳愈發沒大沒小了。」

秦畫晴也自知失言，低頭抿著唇，不敢再亂搭腔。她就是這樣，被魏正則稍微責備一句，便沒了捉弄他的心思。

書房裡的布置如京城的魏宅一樣，雅致簡單，卻少了幾分應有的煙火氣。

魏正則吃了兩塊糕餅便伏案疾書，卻不知在寫些什麼，一臉凝重。

秦畫晴不敢打擾，卻又捨不得這麼快離開，於是坐在多寶閣旁邊的椅子上，捧著下巴看他做事。

屋裡靜謐得落針可聞，只有狼毫筆尖書寫在紙張上的刷刷聲。雕花的窗開了一條縫隙，冷風呼呼地灌進來，四周充斥著涼意，秦畫晴輕輕咳嗽一聲，抱著手爐，裹了裹身上的淺粉狐狸毛斗篷，將臉縮在兜帽下。

魏正則聽到動靜，瞧了她一眼，隨即朝窗外揚聲吩咐道：「徐伯，端兩個銀炭盆進來。」

秦畫晴有些不好意思地摸摸鼻子。「吵到大人了，我、我並不冷……」

魏正則似乎也寫累了，他擱筆揉了揉眉心，看向秦畫晴。「我不習慣燃炭，這書房裡難免有些冷清，妳身子還沒養好，要是又凍病了怎麼辦？」

他看秦畫晴抿著唇不答，走上前，伸出指背探了探她懷抱著的手爐溫度。果然涼了。

秦晝晴低下頭，不敢與他對視，到底有些羞窘。
她不想走，就連抱著冷冰冰的手爐也不願意換，想必魏大人也看出來了吧？
魏正則神色明滅不定，凝視著她秀麗的面龐，無奈地嘆了口氣，轉身讓守在門外的小廝去拿手爐和毛毯。
秦晝晴想說不用麻煩了，可抬頭一看魏正則的臉色，頓時便不再言語，乖乖聽他安排。
魏正則率先打破沈默，問道：「妳那日到底是如何摔下山的？」
秦晝晴嘆了口氣，低頭看著雪白晶瑩的手指，愀然不樂，將那日的來龍去脈跟他說。
當初生死一線，驚恐、絕望、難過、悲傷、憤怒……她都不知道那百般滋味是如何折磨她的？可想到魏正則那溫暖的懷抱，還有她迷迷糊糊的糾纏，秦晝晴倒覺得，摔下山也不全是件倒楣事。
「你要懲處她們嗎？」
魏正則看著她，神色一如既往地淡定從容。
但秦晝晴明白，若她不想讓廖家姊妹好過，魏正則一定會為她出頭。
這樣一想，她忍不住便抿唇偷笑。
她咳了咳，低聲道：「罷了，外祖母她們自有決斷，我畢竟要看在母親的面子上，不能讓她們之間產生嫌隙。更何況……哪家哪戶不是這樣？大戶人家總免不了三妻四妾，後院的女人一多，是非也就多了，能管得了一個、兩個，還有七個、八個，始終無法根除這風氣。」

魏正則從她話語中聽出一絲絲失落，卻不知她是想到了什麼？

他淡淡道：「旁人我是不知，妳卻不用如此。秦良甫家中就妳母親一人，不怕後宅紛爭。」

秦畫晴絲毫沒有高興的感覺，因為她想到了上一世的自己，神思已然飛去千里之外的侯府。她厭惡和別的女人爭寵，更厭惡與別的女人瓜分自己的丈夫，她覺得噁心。

莫名其妙地，她便脫口說道：「是，母親這一世遇到父親是極好的，但是，我可能不如母親有福氣了。」

魏正則心頭一跳。「妳莫如此想。」

秦畫晴苦笑。「我也不知自己該怎樣想？自從及笄後，母親便一直給我張羅婚事，可是……我不想嫁人，至少我現在不想。就算日後要嫁人，不管身分地位，只要他不納妾，一心一意對待我，我什麼都可以不管。主母也好，妻妾也罷，始終都是一群人來瓜分自己的丈夫，我受夠了……」她想起上輩子的苦日子，便忍不住酸了鼻尖，眼眶也不自覺地紅了。

「我知道，話本子裡說的一生一世一雙人並不能實現，但我心裡卻一直抱著這個念頭。」

魏正則不知如何安慰她，拿起筆裝作要寫字，低著頭道：「日後妳總會找到只對妳好的人。」

秦畫晴抬起濕潤的淚眼。「魏大人呢？你會納妾嗎？」

魏正則沒想到她會問得這麼大膽，不由愣了一下，狼毫筆也高懸著，久久不曾落下。半晌，他看著秦畫晴的面容，正色道：「我的心很小，只能裝一個人。」

秦畫晴忍不住怦然心動，她張了張嘴，正想問他心裡裝的是誰，魏正則卻覺得這話題太過曖昧，視線落在旁邊的細口花瓶上，沈聲道：「我與妳談論這些自是不妥，以後莫要再提了。」

秦畫晴皺了皺眉，正要打破砂鍋問到底，徐伯卻推門而入，打斷了她的思緒。

徐伯指揮幾個小廝端來燒得旺的炭盆放在牆角，又將羊毛毯與暖烘烘的手爐遞給秦畫晴，老臉笑得皺巴巴。「這手爐是大人小時候用過的，方才竟又被我找了出來，樣式醜了些，秦姑娘莫嫌棄。」

秦畫晴一聽這話，低頭把玩著那圓滾滾的紅漆手爐，將先前的事拋在腦後，抱著那手爐笑了笑。「是嗎？那這豈不是一個古董？」

「古董算不得，但上面有大人十三歲時的題詩，說不定在外頭也能賣個好價錢。」徐伯笑咪咪地指手爐底下篆刻的一行小楷。

秦畫晴歪著腦袋低聲唸道：「一尺深紅勝曲塵，天生舊物不如新。」

她眸光閃了閃，看向坐在書桌旁的魏正則，也不知有意還是無意，柔聲問道：「魏大人，這首詩的末句，可是玲瓏骰子安紅豆，入骨相思知不知？」

魏正則握筆的手一頓，一滴墨汁便落在剛寫好的奏摺上，暈開濃濃的墨痕。

半晌，他才「嗯」了一聲。

秦畫晴見他表情始終如一，有些失望，可轉念一想，卻也不知道自己在期待什麼？她甚至希望自己仍然在作夢，這樣她就可以摒棄一切規矩與禮數，大膽地喚他文霄，親暱地拉著他的衣袖撒嬌。然而回到現實，她連想一想都覺得膽戰心驚。

秦畫晴把玩手中的暖爐，捋了捋膝上的羊毛毯，語氣有些悶悶的。「那日摔落山崖，還要多謝大人找到我，不然我也沒有機會坐在這裡。今日奉上薄禮，希望大人笑納。」

魏正則一聽她語氣，便知她心頭不暢快，抬眸看了眼她下垂的嘴角，覺得她這副嬌麗的樣子還是笑起來好看，於是問：「時候也不早了，可需要我差人送妳回去？」

秦畫晴一聽他趕她走，本就悶的心情變得更加糟糕，眼睛圓瞪著，生怕不小心酸了鼻子。

她覺得自己挺委屈，大老遠糊弄母親回渭州省親，就是為了順道見見魏大人，哪怕與他多說幾句話，也是開心的；她來道謝、找各種藉口接近，都是為了和他多相處片刻，即使什麼話也不說，靜靜地看著他處理公務，也讓她覺得愜意。

可是她小女兒家的心思，魏正則一點也沒看出來，現在竟然還催她離開？

秦畫晴可憐巴巴地瞪著眼，魏正則也沒了辦法，只得朝她招了招手。「過來，替我研墨。」

秦畫晴沒覺得自己做這書僮的工作會不會有失身分，反而如聆天籟，立刻從椅子上彈起，神采奕奕地跑過去，在硯裡加了些水，拿起墨錠便打圈兒磨起來。

藉著桌上透亮的燈火，她這才看清，魏正則寫的是有關渭州水患治理的事，眼看沒幾個月便要入夏，他的確要忙起來了。

秦畫晴一邊研磨一邊看他書寫，見有幾張信上寫著有關靖王的上疏，不禁神色一暗。

她不知自己應該高興還是擔憂？如果沒有記錯，靖王與魏正則便是在這渭州城中交好，也就是說，離天下更迭之時沒兩年了，到時鄭海端一行人被剷除，她的父親能夠順利脫身，擺脫當年的命運嗎？

秦畫晴不知道這一世她有沒有能力改變，她垂下眼，掩飾眸中的憂色。

燭火的燈花燃長了，發出噼哩啪啦的聲音，秦畫晴自然而然地拿起剪子，輕輕剪短燈花。

這會兒書房中已經暖和起來，秦畫晴甚至有些發熱，只是礙於魏正則，她不好意思脫去斗篷，怕他覺得自己輕浮。

待墨研夠了，秦畫晴還是不想走。

她在多寶閣前繞了兩圈，從一個匣子裡看見幾顆用剩的丸子香料，拿在鼻尖一嗅，竟是很難得的玉蘭香。

魏正則見她翻翻揀揀也沒覺得不對，還道：「旁邊那格子裡還有，都是當年回紇進貢的御賜聖品，妳若喜歡便全拿去吧。」

秦畫晴轉頭笑道：「魏大人，我不喜燃香，但這香可以安神靜心，這時倒可以燃一粒。」

說著，她便找來小香爐，把特製的小塊炭墼燒透，在香灰上擱一片雲母，隨即便將這玉蘭香丸放在這雲母上，微火烤焙，緩緩將香芬揮發出來。

瞬間，清新淡雅的玉蘭香氣便縈繞在書房裡，秦畫晴大口吸了吸，讚嘆道：「果真是好東西。」

魏正則聞言抬頭，正好看見她挽袖侍弄香爐，繚繞的香煙盤旋升騰，讓她那一截裸露的皓腕更顯得瑩白如玉，十指纖纖，靈動優美。

霎時，他腦海裡便跳出「紅袖添香」的旖旎字眼來。

第二十四章

魏正則活了幾十年，如何看不明白秦畫晴的一分心思？

十五歲的秦畫晴如清晨盛開的山茶，帶著晶瑩剔透的露珠，美豔明麗，她這樣的容色和性格，沒有人會不喜歡。他不是石頭，一個溫婉可愛的女子對他傾心相待，他怎麼可能不動心？

只是他到底不是年輕莽撞的少年郎，有些事可為，有些事便不可為。

且不說他年長秦畫晴太多，便是她父親秦良甫與他關係一直劍拔弩張。雖上次冒險救了他，兩人關係稍稍緩和，可若讓秦良甫知道他有意秦家嫡女，保不齊會鬧出什麼事，想來便讓人頭疼萬分。

如今他被貶謫在渭州，眼看朝局不穩，無法給她一個安定的生活。

他們之間的障礙、顧忌太多，她的這份心思，自己注定要辜負了。

魏正則看著秦畫晴在旁燃香，精緻的臉上掛著甜蜜的笑意，可這笑容看在他眼裡，莫名心下發澀。

秦畫晴卻沒有留意到這些，她捧著香爐走來，放在書桌上，笑盈盈道：「這香與我最愛用的胭脂是一個味道，以後大人燃起這香，就能想到我。」

秦畫晴說完這話，臉色一片緋紅。她覺得自己越發大膽了，可饒是如此，她還是鼓起勇氣去看魏正則的神色。

但她沒想到，魏正則聽到這話中話卻沒什麼反應，執筆在奏摺上寫寫停停，專注如常。

秦畫晴繞著手指，又摸不準他的想法了。

她仔細想過，魏大人總是一直縱容自己，似乎她做出什麼過分的事他也不會凶，雖然以前老是指責她，可都是溫柔得不像話。

如果他對自己無意，為什麼會將那塊意義重大的墨玉送給她？為什麼一直掛著她送的雲紋荷包？又為什麼會親自進山找她？若他是個老好人，秦畫晴或許不會這樣胡思亂想，可他並不是。除了這些，她回想以往一樁樁、一件件，都顯示他心裡對她是有好感的。

所以，今夜她才敢仗著這微弱的好感在他面前一次次踰矩。

秦畫晴抬起眼，視線落在魏正則身上。

他穿著普通文士的青衫圓領袍，身姿頎直，執筆的手修長勻稱。那奏疏上的字體是讀書人慣用的台閣體，可他寫出來卻別有一番顏筋柳骨的韻味。暖黃的燈光映著他柔和的臉，更顯清濯儒雅，就連眼角淡淡的細紋都透著一股溫潤。

秦畫晴也不知道自己是從什麼時候開始對魏正則上了心，也許是去魏宅找他替父親求情時，也許是去牢裡探監時，也許……也許這輩子重生後，她就再也不能忽視這個人。

她知道他日後會權傾朝野，所以一開始就對他不同，明裡暗裡都帶著諂媚和討好，可逐漸相處下來，她早就忘了自己一開始接近魏正則的初衷。不錯，她是為了秦家、為了自己，可如今，她只像個懷春的少女，希望他能明白自己的一片心意。

她就這樣傻傻地站著，腦子裡想著許多事，目光凝在魏正則身上不願意挪開。

半晌，秦畫晴才回過神，覺得自己這樣傻站著不好，於是甜甜一笑，說道：「魏大人，我去給你端杯熱茶。」

她剛轉過身，卻聽身後的人道：「不必。」

「不礙事的，你肯定渴了，我這就去……」

「秦姑娘。」魏正則握緊筆桿，骨節微微發白，隨即他抬起頭，直視著秦畫晴的笑靨。「天色不早了，我還有公務在身，這就讓徐伯送妳回去。」

秦畫晴看著他嚴肅的臉，張了張嘴，竟忘了接話。

她咬牙道：「不要叫我秦姑娘。」

魏正則看著她霧濛濛的眼，有些不忍心。

秦畫晴攏在袖中的手握緊，再握緊，她咬著唇瓣，一字字道：「魏大人，我……我明日便要回京了，不知道什麼時候才能再來渭州。」

魏正則目光一凝，半晌才答：「妳的確該回京了。」

他話說得輕巧，可聽在秦畫晴耳裡卻不是滋味。她知道，魏正則已將她拒之千里之外，她應該硬氣地朝他行禮告辭，不拖泥帶水，可她終究硬不起心腸，拿不出骨氣，捨不得面前的人。

「我這次回京，會很長一段時間見不到你。」

「……我亦無甚好見。」

秦畫晴被他這態度打敗了，她本應該黯然，可不知哪裡來的脾氣，上前兩步，一把奪過他手中的狼毫筆，狠狠擲在地上，墨汁四濺。

屋外立著聊天的徐伯和錦玉頓時啞然，互相對視一眼，連忙躡手躡腳地趴在門口偷聽。

房中的氣氛很詭異，秦畫晴站在魏正則跟前，眼眶忍不住紅了，胸口起伏不平。

她忍聲道：「魏大人，你知不知道，我為什麼來渭州？」

魏正則避開她火辣的視線，轉身便要去撿毛筆，卻在下一瞬間，猝不及防地被秦畫晴抱了個滿懷。

秦畫晴紅著臉，心跳得飛快，可雙手卻將魏正則的腰勒得很緊，像一隻怕被拋棄的樹袋熊。

魏正則想說「秦姑娘，放手」，可想起她方才氣鼓鼓的不讓他叫「秦姑娘」，話到嘴邊，便生生成了一句低沈的斥責。「畫兒，放手。」

秦畫晴的臉皮都要燒了起來，但她就是不撒手，聽到他喚她「畫兒」，反而更有恃無恐。「不放。」

什麼大家閨秀，什麼女子德行，這個時候秦畫晴已經通通忘光了。

「妳這樣被人見著了，成何體統！」魏正則只得無奈呵斥。明明他可以掙脫，可雙臂彷彿灌了鉛，無法動彈。

秦畫晴非但不放開，還抱得更緊，將頭靠在他後背，悶聲悶氣得軟了嗓子。「你這麼聰明，怎麼會不知道我心裡的想法呢？本來今年母親不會來渭州，是我央求的。說句私心的話，我千里迢迢從京城過來，不是為了看望外祖母，而是想見你。」
魏正則喉結上下滾了滾，想讓她不要再說，可心底卻忍不住想聽她繼續。
「我想見你，哪怕才分開幾個月，我都想得不得了。」秦畫晴眨了眨眼，眸子裡水光瀲灩。「我也不知道自己是怎麼了？你知不知道，你送給我的墨玉，我一直都帶在身上，想你了便拿出來看看；你寄給我的書信，我看了不下百遍，倒著背也能背出來。我不喜歡看花燈，但是元宵節那天你邀我去，我卻是萬分歡喜，那晚是我看過最美的花燈……我摔下山，以為自己要死了，結果你卻來了，你知道我當時有多開心？這一輩子，怕也找不出比這更開心的事。」
說到這裡，她深吸一口氣，定定地道：「文霄，我喜歡你。」
兩世為人，她都沒有如此怦然心動過。
即便是上輩子春心萌動過的李敝言，還是侯府的薛文斌，都沒有比如今更深刻的喜歡。
她相信，即便自己再一次重生，心底也會對魏正則念念不忘。
魏正則聽到她說出那四個字，胸膛裡的一顆心像是要跳出來，渾身的血液都凝結在一起。
他自然高興，心底的狂喜幾乎難以抑制，可內心越波濤洶湧，外表卻越平靜。
他閉了閉眼，硬著心腸，一根根扳開秦畫晴的手指，與她拉開距離。
他不敢看秦畫晴的表情，視線落在旁邊的博古架上，淡淡迴避道：「天色已晚，妳早些回去休息。」他看起來那樣漫不經心，可藏在袖中的手，指甲已經嵌入皮肉。

他明明也很喜歡，可只能放棄，不是因為沒有結局，而是怕結局太難堪。

秦畫晴不敢置信地看著他，接著轉到魏正則跟前，拉過他的手臂，從他袖裡一把扯出自己當初給他包紮的繡帕，舉在他面前，紅著眼大聲質問：「你一直都留著我的繡帕，一直掛著我送你的荷包！你在渭州見到我很是欣喜，你聽到我摔下山不眠不休地找我。你掛念我、擔心我……魏正則，你敢說你對我不曾喜歡嗎！」

話音甫落，眼角便滾落豆大的淚珠，身子也因為激動而微微顫抖。

魏正則沈著臉，忍住替她擦淚的衝動，垂下眼簾，低聲否認道：「不曾。」

一瞬間，彷彿渾身的骨頭都被抽走，這短短兩字，徹底傷透秦畫晴的心。

這輩子，她要喜歡一個人本就不容易，於是上天安排她遇見了魏正則。可她從來沒想過，喜歡他竟然會這麼勞費心神。

她的質問已經用盡她所有的勇氣，她再也沒有力氣去求他喜歡她。

話已至此，秦畫晴也無力改變。她踉蹌地退後兩步，看了眼手中的繡帕，那原本嶄新的帕子，已經被摩挲得起了毛邊。

他沒有扔，他一直揣著，可他還是要拒絕她。

秦畫晴想到回京後定然逃不過父母安排的婚事，這輩子也再難見到他，忍不住淚如雨下。

手中的帕子無法再握緊，飄飄忽忽地落在地上，沒有一絲聲響。

秦畫晴心碎了，她不再看一旁的魏正則，轉身推門，落荒而逃。

魏正則如一尊石雕，看著她的背影，一遍遍地催眠自己。讓她心死才是最好的結果。他在朝中得罪人無數，眼看時局將變，秦畫晴跟著他不會安穩。他這麼多年根本不看重兒女私情，可如今心裡有了她，便只為她考慮，希望她過得平安；至於她如何恨他、怨他都不重要，僅此而已。

魏正則長嘆一口氣，彎腰撿起那繡帕，撣了撣上面的灰塵，仔細疊好，放入袖中。

「小姐！」

「秦姑娘！」

徐伯看著秦畫晴匆匆離去的背影，又轉頭看屋子裡站著的魏正則，對錦玉道：「快，追上妳家小姐，看住她，這麼晚了可別出什麼事！」

錦玉看了眼魏正則。也不知兩人剛才還好好的，怎麼就弄成這副樣子？她對徐伯告辭後，便急忙去追秦畫晴。

好在秦畫晴出了刺史府也走得不快，錦玉遠遠的便聽見秦畫晴低低的抽噎聲，十分心疼。

她拿出帕子給秦畫晴擦眼淚。「小姐，這是出什麼事了？難道……難道魏大人他、他輕薄您？」

秦畫晴哭著搖頭。

若說輕薄，也應該是她輕薄他吧……

錦玉鬆了口氣。一想也是，魏大人正直得像一叢竹子，怎麼可能做出這種事。

這時候秦畫晴也不好回客棧，萬一被張氏瞧見定會想偏。於是錦玉擅作主張，扶著秦畫晴坐在路邊的一家茶肆，小心翼翼地問：「奴婢斗膽問一句，小姐您為何這麼難過？」

秦畫晴捂著胸口，抽泣著抬頭，淚水漣漣。「錦玉，我、我看起來真的很難過嗎？」

錦玉心疼地點點頭。

秦畫晴的淚又大顆滴了下來。面對錦玉，這自己最忠心的丫頭，她沒有什麼不能說的。她吸吸凍得通紅的鼻子，哽咽道：「我……我方才對魏大人說我喜歡他，我……我想和他在一起，可是、可是他拒絕了我……」想到魏正則疏離嚴肅的神情，她的心瞬間又被揪緊。

錦玉沒想到竟是這個原因，也很震驚。「以小姐的才貌，魏大人怎麼可能拒絕您呢？而且……而且他明明很喜歡小姐啊！難道是因為覺得小姐年紀尚小？」

魏正則對秦畫晴的心意，稍微有心的人都能察覺。

方才錦玉和徐伯站在門口閒聊，便是聊到兩人身上，就連徐伯也說，從來沒有看過魏正則對哪個女子如此上心，可沒想到一轉眼，兩人就鬧成了這副局面。

秦畫晴搖搖頭，輕啜道：「我已經及笄了，他若嫌我年紀小，可大元朝男子娶比自己年紀小的多了去，禮部員外郎六十多娶了個十四的嬌妻，不也無人說閒話嗎？」

錦玉提起茶壺給她斟了一杯熱茶。「那是為什麼？」

茶是普通的花茶，秦畫晴捧著熱熱的茶杯，抿了一口，只覺得身子微微回暖，腦海的思路也清晰了一些。

她半晌才道：「若我沒有想錯，他……他應該是顧及我父親，畢竟父親與他少時是同窗，關係一直很差，說出去終究不好聽。」

錦玉也知道秦良甫不喜魏正則，好多年前兩人就在朝堂上鬥得你死我活，當初魏正則入獄，不就是秦良甫陷害的？

如此一想，魏正則拒絕秦畫晴便情有可原了。

錦玉思忖著道：「小姐，既然如此，您也就不必心心念念著魏大人了。魏大人固然好，可小姐您也不差，放眼京中，才貌可與您比肩的女子少之又少，京中各家公子不都任由小姐您挑嗎？奴婢說句膽大的話，若小姐有心，去采選個妃子當當也不是難事。」

秦畫晴苦笑一下。她連與人共侍一夫都不肯，何來入宮選妃？

「錦玉，我這輩子求的，只是一生一世一雙人罷了。」

錦玉無奈地長嘆一聲。「小姐，您這想法要不得啊，被夫人聽見指不定又要說您。」她給秦畫晴捋了捋斗篷上的縐褶，語重心長。「奴婢沒有猜錯的話，回京後，夫人和老爺就要給小姐張羅人家了，畢竟大元朝年過十六的女子還未許配人家，傳出去都不好聽。肖大人的嫡女肖淑娟，因為精通四藝，眼高於頂，如今十七還沒有說人家，奴婢聽院子裡那些嘴碎的婆子說，那肖淑娟在京城裡有了個外號叫『肖老姑娘』，唉……」

秦畫晴聽著錦玉說話，雙手摩挲著茶杯，眼睛透過杯子上的纏枝花紋看向別處。

上輩子行差踏錯，她努力改變這輩子的命運，可命運這雙手，始終不知道要把她推去什麼地方？是深淵還是雲端，不得而知。

秦畫晴神色頹然，淡淡開口。「能避則避，不能避……到時候再說吧。」

錦玉見她這個態度，知道什麼勸慰都沒有用，只能在心底暗暗祈禱，秦畫晴能找到一個喜歡的人共度一生。

兩人在茶肆了坐了半晌，直到秦畫晴的情緒穩定下來，才回客棧。

次日，張氏看著秦畫晴頂著一雙浮腫的眼，大吃一驚，忙拉著她的手問：「畫兒，妳這是怎麼了？」

秦畫晴揉了揉眼，掩飾道：「想著要回京，昨夜有些難眠，休息一日便好。」

看她的確無礙，張氏才放下心來，吩咐錦玉照顧好秦畫晴，一行人登船逆流而上。

秦畫晴覺得待在船艙太悶，於是坐在船頭，望著滔滔江水，心思也如這江水般，翻湧不平。

錦玉見江上風大，忙取來斗篷給她披上，安慰道：「小姐，莫要多想了。」

秦畫晴攏了攏斗篷，微微頷首。「我知道，只是心底有些不甘。」

她昨晚想了一夜，回想起有些事便又哭又笑，但可以肯定，魏正則是喜歡她的，可他拒絕了她，怎麼想都有些不甘。

是，他是父親的政敵，可如果她去說服了父親，是不是他們之間就沒有阻礙了？

說到底，她還是捨不得。

捨不得兩世來自己唯一動心的人。
船行幾日，便抵達灞河渡口，秦畫晴一行人剛下船，便見秦獲靈揮著衣袖，老遠就在喊：「娘、阿姊！我來接妳們啦！」
見到弟弟，秦畫晴一直死氣沈沈的心總算活躍了一些。
她跳下船快步走到秦獲靈跟前，笑道：「臭小子，還算有點良心，沒在家閒坐著。」
「我可算好了妳們回來的日子呢！」秦獲靈撓撓腦袋，將張氏扶下船，問道：「外祖母身子骨可還硬朗？母親妳們在渭州玩得可還盡興？」
他不問還好，一問之下，本來笑盈盈的張氏瞬間黑了臉。「你快別提了，這次過去，你阿姊差點死在外頭，不然我們也不會這麼倉促回京。」
秦獲靈聞言大驚失色，看向秦畫晴。「阿姊，可是真的？妳可有傷著哪兒？」
秦畫晴點了點頭。「都已經過去了。」她攤開已經在結痂的手掌。「除了手上和胳膊磕破了皮、流了點血，沒什麼大礙。」
秦獲靈忙拉過她的手，一看那猙獰的傷，頓時眼前一酸，心疼又憤怒。「這到底是怎麼回事？」
張氏無奈地將廖家姊妹的事說出來，秦獲靈聽完，牙齒咬得咯咯作響，那德行，恨不得立刻去渭州將那廖甯甯砍成八塊。
他這副氣沖沖的樣子，秦畫晴看著既覺得溫暖，又覺得好笑。
「幸虧你那會兒病了沒去渭州，不然那廖家姊妹已經被你打死了。」她眼底全是笑意。

「事情都過去了，你也別這麼生氣，你看，我不是好好的嗎？」

「哼！」秦獲靈冷然道：「也幸虧妳沒出事，不然我定饒不了她們！什麼二姨、二姨夫，我才不管，誰敢傷我秦家的人，天皇老子我也……」

「天子腳下，別亂說話。」秦畫晴瞪他一眼，看了看四周來來往往的人。

京城隨隨便便就能撞到達官顯貴，這點秦獲靈還是知道的，他當即不敢再亂說，只氣呼呼道：「回頭我讓宋浮洋找他爹給妳看看，這麼細皮嫩肉的一雙手，可別留下了疤。」

這點秦畫晴倒是沒有反駁。女兒家始終愛美，能不留疤最好不過。

三人坐在馬車上，說說笑笑不一會兒便回到秦府。

夜裡，秦良甫從衙門回來見到妻女也難得喝了幾杯，聽到秦畫晴摔下山，那樣子比秦獲靈還要生氣，要不是張氏在旁攔著，他定要疏通關係讓人將廖仲愷縣令的位置給擼下去。

「女兒差點死了，妳就知道維護妳那不爭氣的二姊！」

秦良甫將筷子重重一拍，張氏委屈極了。

秦畫晴自然不想看父母因為自己而爭吵，忙笑著打圓場。

到底是久別不見，秦良甫也想她們，重話便不說了，只是心底對於張氏的娘家人更加厭惡。

這些日子，鄭海端專心扶植張横，張横也很盡心地做一條狗，鄭海端讓他咬誰他便咬誰。朝堂中要論沒臉沒皮的，他當屬第一人，秦良甫明裡暗裡不知被他氣了多少回？

藉著這件事，鄭海端私下還找過秦良甫，希望他能「回頭是岸」，只要繼續站在他們這邊，他便捨棄張橫。可秦良甫思前想後，覺得明哲保身為上，委婉地拒絕了鄭海端；而李贊等人拋來的橄欖枝，他也沒敢接著，一時間在朝堂上處於中立。但他與詹紹奇等人不同，別人是兩邊都不得罪，他是兩邊都得罪過，如今中立反而更加履薄冰。

聖軒帝如今癡迷煉丹長生之術，對國師丹青子敬仰有加，每個月都要率領百官前往丹青觀舉行祭天大典參拜，為百姓祈福。

李贊每到這時便請假說身體不適，聖軒帝懶得與他一老兒計較，便也就罷了。倒是鄭海端、盧思煥這些人，變著花樣地巴結丹青子。前段時間，盧思煥給丹青子送了一柄冰種白玉做的拂塵，李贊認為此舉乃行賄，彈劾上去，卻被聖軒帝一陣反駁，反倒是誇獎盧思煥愛戴國師，值得學習，差點將李贊氣得吐血。

這些事情秦良甫就當沒有看見，靜靜地站在一邊看他們交鋒。

但他不是瞎子，聖軒帝如今外強中乾，估計要不了多久，這天就要變了。

第二十五章

轉眼陽春三月，草長鶯飛時節。

褪去厚厚的狐裘斗篷，放下暖爐手插，京中女子皆已換上鮮豔的春衫。

秦畫晴穿著一身水藍立領薄衫，身披鵝黃纏枝花散花錦，青絲半綰，懶洋洋地倚在窗邊的軟榻上，手裡拿著繡繃子，一針一線繡得極其認真。

錦玉撩開簾子，端著蓮子羹進屖，笑吟吟道：「小姐，您休息一下，來吃點東西。」

秦畫晴也確實有些累了，揉了揉手腕，放下針線，端起蓮子羹小口小口地吃著。抬眸看了眼綺窗外，東風微微吹拂白海棠，庭中嘉樹掩映著脈脈春意。

可春風卻無法吹散秦畫晴心頭的鬱結，她收回視線，看著手裡紫藤黃鸝的繡花圖案，愣愣出神。

錦玉一看她樣子，便知道她又在想那人了，突然說道：「對了，小姐，方才獲靈少爺托人來傳話，讓您明日起早，跟他一起去百花山踏青呢！」

秦畫晴許久都沒有出府了，除了前往鋪子巡視，她當真是哪兒都不想去。

但秦獲靈即將會試，被秦良甫關在家裡天天悶頭讀書，難得出來一次，思忖片刻，秦畫晴便點了點頭。

翌日。

春光明媚，天高雲淡，暖和卻不燥熱，春風一吹，令人渾身舒暢。

秦畫晴穿了昨日那一身，簡簡單單不施脂粉，鬢髮間貼著一朵剛摘的海棠，倒有幾分天然去雕飾的純淨之美。

秦獲靈見到她，連忙朝她招手。「阿姊，快上馬車！」

他興高采烈地揚起手裡的紙鳶，讓秦畫晴忍不住微微好笑。

「都快會試了，你還有心情去放紙鳶？」

秦畫晴說完，就見秦獲靈俊臉一垮。「阿姊妳快別提了，爹這幾日天天考我，回答不上來連晚飯都沒得吃，還要打我手心，可疼了！」

這事張氏給秦畫晴提過，並沒有他說的那般慘，秦畫晴笑了笑，未揭穿他。

姊弟倆有一搭沒一搭地說著話，不一會兒便到了百花山腳下。

百花山並不高，比起天寶峰是小巫見大巫。

但百花山從山腳到山頂都是花團錦簇，姹紫嫣紅，蝴蝶紛飛；山下有一條蜿蜒小河通往灞河，河畔的春柳柳絲輕拂，柳絮飄入河面，蕩起一圈圈的縠紋。

遊人二三，垂髫小孩嬉笑聲不斷，一片欣欣向榮的盎然景色，也讓秦畫晴多日來沈寂的心開闊一些。

她與秦獲靈相攙下馬車，便見山腳亭子裡站著兩個熟悉的人影，定睛一看，正是宋浮洋與李敝言。

宋浮洋穿著一身寶藍衫子，看起來珠圓玉潤；李敝言一襲白衣勝雪，身姿挺拔，惹了不少女子紛紛側目。

秦畫晴微微蹙眉，朝秦獲靈瞪了一眼。「怎不早說還約了你朋友？如此，我就不該來了。」

秦獲靈拉著她笑嘻嘻道：「都是妳見過的，又不是不認識，怎麼不能一起玩了？」說著，他抬手一指周圍。「妳看看，別人都是三兩成群的男男女女，青天白日也不怕別人說閒話。」

秦畫晴拿這個弟弟沒有辦法，這會兒也不能走，只能硬著頭皮過去打招呼。

李敝言看見秦畫晴的瞬間，眼睛都亮了一些，一旁的宋浮洋揶揄道：「注意一下形象。」

李敝言連忙正色，朝秦畫晴頷首。「好久不見，秦姑娘。」

宋浮洋也笑咪咪地打招呼。

秦畫晴一一見過禮，一群人便提議往山上走。

秦畫晴讓錦玉扶著，走在前面。秦獲靈故意慢下兩步，跟李敝言站一起，朝他擠眉弄眼，低聲道：「希直兄，你要怎麼謝我？」

李敝言看著秦畫晴的背影，忍不住抵拳一笑。「秦兄大恩，在下記著了。」

他是真真歡喜。過了年就一直沒有見到秦畫晴，可將他急壞了，好不容易找個踏青的藉口讓秦獲靈把她邀出來，他心底自然十分感謝。

秦獲靈笑道：「希直兄是我信得過的兄弟，不然我才不會幫你做這事呢。」

李敝言是李贊的長孫，學識高，相貌俊，人品也沒話說，和他姊姊再般配不過。秦獲靈覺得自己為他阿姊操碎了心，爹娘物色的人選她看不上，希直兄相貌堂堂，一定不會有問題了吧？

正在出神，一不留意便迎面撞到一人。

這山路逼仄，秦獲靈生怕把人撞下山，看也沒看清，便將人一把拉入懷裡，迭聲道：「不好意思、不好意思。」

「你這人沒長眼睛嗎！」個子矮的清秀小公子捂著胸口，隨即用摺扇在秦獲靈腦門兒狠狠打了一下。

秦獲靈吃痛，後退兩步，揉著腦袋憤憤道：「雖然是我不小心撞著你，但不也擔心你的安危把你拉了過來？如此凶神惡煞，小爺懶得搭理你！」

說罷便快步離開此地，去追秦畫晴和宋浮洋等人。

那清秀小公子咬著唇瓣，耳朵都羞紅了，跺了跺腳，朝身旁跟著的小廝說道：「看什麼看，還不給本……本少爺抓住那個混蛋！」

終於到了山頂，踩在鬆軟平實的草地上，秦畫晴也走得有些累了，隨意靠在一棵松樹下歇息。

春風柔和而清爽，吹起她腰間長長的飄帶流蘇。

窈窕的身姿後面映襯著藍天、流雲、群山，一行鳥飛掠而過，平添靈動之感。
李敝言從未見過這般美的女子，他抬袖輕輕擦了擦額角的薄汗，盯著秦畫晴出神。
宋浮洋氣喘吁吁地從他身後鑽出來，看了眼樹下的秦畫晴，將水囊遞給李敝言，用胳膊捅了捅他。「快去啊！」
李敝言也不笨，立刻反應過來，道了謝，連忙走到秦畫晴跟前，笑了笑問：「秦姑娘，可累著了？」
因為爬山，秦畫晴白皙的臉蛋有些泛紅，看起來更嬌俏。
她答道：「還好，在渭州我爬過比這更陡峭的山峰。」
「是天寶峰？」
「李公子也知道？」秦畫晴挑了挑眉。
李敝言有些不好意思地道：「我老師便在渭州任職，前不久來信提到過天寶峰。」他似乎難得找到話題，說到此處來了興致。「對了，我老師便是嘉石居士魏正則，想必秦姑娘應該聽過他的名字。瞧我這記性，秦姑娘以前還找過老師解答算術來著，我都給忘了。」
他兀自喋喋不休，秦畫晴半個字也沒聽進去。
他前不久才寄信來京城？
只寄給李敝言，沒有寄給她……
也許是山頂的風太大，秦畫晴眨了眨眼睛，不小心便蘊蓄了水氣。
一旁的錦玉忙給她遞上繡帕，朝她搖搖頭，隨即轉身打斷還在談論魏正則的李敝言。

「李公子，您手裡拿的是水囊嗎？」

李漱言這才記起，忙將水囊遞過去。「想必秦姑娘渴了，這水囊是專門為妳準備的。」

秦畫晴不動聲色的擦了擦眼角，笑著接過，朝他道：「多謝李公子。」說完便側過身子，不再與他交談。

李漱言也不好再留在這裡，看了眼秦畫晴，轉身離開。

待李漱言走遠了，錦玉才對秦畫晴嘆息道：「小姐，都過了兩個月，對於魏大人……您不要記在心裡了。」

秦畫晴苦笑，看著手裡的水囊發呆。「我如何不知道？他那人冷靜穩重，是萬萬不會像我一樣兒女情長，徒增煩惱。說不定……說不定他都已經忘了我……」

思及此，秦畫晴還是忍不住一陣難過。畢竟是她兩世唯一副出過真心的人，每每想起，便難受得不能呼吸。

錦玉看了眼李漱言。那的確是個風姿俊秀的人，一襲白衣風度翩翩，如朝日的芝蘭玉樹，鮮少有女子不會為他動心。她甚至不明白，以前自家小姐明明也是愛慕李漱言的，為何如今眼裡只剩下魏正則，旁人再也入不了眼？

錦玉長嘆一聲。「小姐，其實李公子對您……」

「我知道。」秦畫晴的睫毛搧了搧。「我不是瞎子，當局者迷，旁觀者清，他心裡有幾分喜歡，我還是看得出的。」

「既然如此，小姐何不試一試？」錦玉道。

秦畫晴深深吐出一口氣，勾了勾嘴角。

若沒遇見魏正則也就罷了，說不定她慕少艾便與李敞言在一起。

可是……可是……

秦畫晴難受地搖搖頭。「錦玉，等妳有喜歡的人，妳就會明白了。」

錦玉知道，自己的勸說再一次沒作用。

不可否認，魏正則一定是個好夫君，她明白自家小姐對魏大人愛到骨子裡，可兩人在一起太難了。

此時，身後傳來一陣爭吵，仔細一聽，竟然是秦獲靈。

秦畫晴連忙提著裙襬走過去，但見不遠處的樹下，秦獲靈正與一個身穿靛青色長衫的年輕小公子，爭得面紅耳赤。

那小公子最多十四，眉清目秀，唇色極豔，仔細一看，彷彿是個女子。

是了，女子。

秦畫晴不由莞爾。看樣子是哪個大戶人家的小姐學習話本子裡的內容，女扮男裝跑了出來，和她這個沒頭腦的弟弟起了爭執。

「快說對不起！」

「我早就說了對不起，還要我怎樣？」秦獲靈忍無可忍，從腰間掏出一錠銀子扔在地上。「不就是想訛錢嗎？給你便是！」

這動作可把小公子氣壞了，她瞪大眼睛，指著秦獲靈鼻梁大叫。「豈有此理！你當本公子稀罕你這錠銀子?!」

秦獲靈翻了個白眼。「不就是撞了你一下嗎？你要怎樣，直說便是，磨磨唧唧跟個娘兒們似的！」

秦畫晴忍不住低聲發笑。她這個弟弟呀，別的地方很聰明，可關於男女之事，卻是一點眼力見都沒有。

「好啊！」那小公子也來了脾氣。「你就在我面前磕一個響頭，我就原諒你！」

秦獲靈聽到這話，不禁怒道：「男兒膝下有黃金，我憑什麼跪你？你以為你是天皇老子嗎？」

身為死黨的宋浮洋，自然是站在秦獲靈這邊，大聲吆喝道：「你多大臉啊要別人跪你？如果真的要跪，也是給你送輓聯的時候。」

此話一出，秦獲靈忍不住拍腿大笑，惹得一群圍觀的人也哄笑起來。

那小公子臉皮薄，哪禁得起一群人圍著指指點點，頓時臉色大紅，指著秦獲靈，恨不得一口銀牙咬碎。「你——」

「好了。」秦畫晴也看夠了這一齣鬧劇，走到秦獲靈跟前道：「獲靈，怎麼也是你撞了人家不對，好生給人家賠個禮吧！」

她從人群中走來，彷彿一顆耀眼的明珠，眾人的視線都落在她身上。

秦獲靈不滿道：「阿姊，妳不知道這傢伙要我給他下跪！」

秦畫晴隨即看向那小公子，露出和藹有禮的笑容。「方才這位公子應該也是在氣頭上說的氣話，她又不是不明事理的人。」

小公子見總算還有個明白人，對著秦畫晴的臉色倒是好多了。

秦獲靈沒轍，只得在秦畫晴的注視下給那小公子彎腰作揖，道了歉。

那小公子也沒有咄咄逼人，「嗯」了一聲就算扯平，隨即帶著下人離開。

秦獲靈見人走了，才揚了揚拳頭。「跩什麼，下次遇到看小爺不打死你！」

「獲靈，你真是……」

「阿姊，妳才是呢，幹麼要我給這個娘娘腔道歉？」

秦畫晴哭笑不得，解釋道：「我讓你給她道歉，一是因為你有錯在先，二是因為她的穿著打扮，一看就知道非富即貴，萬一惹到什麼不該惹的人，豈不是白白給秦府招是非嗎？你即將會試，父親現在於朝中也不好立足，多一事不如少一事，懂了嗎？」

她這般說，秦獲靈立刻回過味了，仔細一想，那娘娘腔穿得的確十分華貴。「還是阿姊妳考慮得周全。」

在山頂觀了一會兒景，又在空地上放了紙鳶，眼見太陽快要落山，一行人才下山離去。

下山的人不少，幾人一下便走散了，秦畫晴和李敝言在一路，宋浮洋和秦獲靈卻不見蹤影。

李敝言看了眼身後，問道：「秦姑娘，要在半路上等他們嗎？」

秦畫晴看了眼半高不高的山崖，想到上次跌落天寶峰，心有餘悸地搖搖頭。「我們先下山，屆時在馬車裡等他們便是。」她這會兒肚子也有些餓，馬車的匣子裡有些糕點，到時可以邊吃邊等他們。

李敝言正希望宋浮洋他們別來打擾，此話正中下懷，連忙走在前面替秦畫晴引路。再說宋浮洋本來和秦獲靈一路打鬧，結果鬧著鬧著就被人群沖散了，宋浮洋遍尋不著秦獲靈，只好獨自下山。

秦獲靈倒是沒有迷路，只以為宋浮洋他們在後面，於是又折返回去找，可找來找去都沒找到。

人群漸少，秦獲靈料想幾人都在山下等他，轉身正準備離開，就聽身後不遠處的樹叢裡發出一聲慘叫。

「啊，救命——」

秦獲靈一驚，只覺得這聲音有些耳熟。四周沒什麼人，他也不是見死不救的性子，連忙拔腿就往樹叢的方向跑去。

「救命……救命……」

秦獲靈撥開樹叢一看，可不就是那個穿靛青色衫子、與他爭執的小娘娘腔嗎？

對方捂著小腿，有鮮血從腿上汩汩流了下來，止都止不住。

「快、快救我，我被蛇咬了……」小公子哭得梨花帶雨，哪有先前跋扈的模樣？

秦獲靈本來見到是他想走，可看他哭得淒慘，到底於心不忍，走上前撩開他褲腿一看，被蛇咬過的小腿微微有些發紫。

他驚訝道：「這蛇有毒。」

小公子愣了愣，隨即哭得更慘。「快救我！我不想死，嗚嗚……」

「閉嘴！」秦獲靈沒好氣地瞪他一眼。「你越哭，這毒流得越快！」

對方連忙閉緊嘴巴，可一雙大眼依舊淚流不止。

秦獲靈按住他小腿，深吸一口氣，埋頭便去將他的毒血吸出來，一口又一口，直到那紫色的血變成鮮豔的紅色，他才累得「呸呸呸」吐個不停，擦了擦嘴，問道：「怎麼樣？你現在好點了嗎？」

半晌，都不見人回答。

秦獲靈還以為他死了，誰知抬頭一看，那傢伙臉紅的像煮過一樣，正傻呆呆地看著他。

「看什麼看，沒見過美男啊？」秦獲靈擺了擺衣袖，從地上爬起來抖了抖身上的雜草。

「你身邊那烏拉拉一群下人呢？」

那小公子這會兒才回過神，不好意思地低下頭，細聲細氣道：「我……我犯了錯，不想回家，就把他們甩開了。」

隨即，他抬起頭，眼神亮晶晶的。「我能不能去你家住？」

秦獲靈沒想到，這個娘娘腔還想來他家蹭吃蹭喝，正要拒絕，可看對方一臉可憐巴巴，這話就說不出口了。

想到秦畫晴跟他說過，這娘娘腔家中也許非富即貴，說不定對父親有些幫助。於是眼珠子一轉，彎下腰，朝他招了招手。「上來，我揹你。」

小公子看著他的背影，忍不住抿嘴一笑，瘸著腿跳上他的背，笑嘻嘻地摟著他的脖子。

「雖然你這人嘴巴很討厭，但……但心腸不壞，謝謝啦！」

「不會說話就閉嘴吧你！」秦獲靈翻了個白眼。

好在背上的人很輕，不然他肯定會忍不住把他扔下去。

這邊，李敝言、秦畫晴與錦玉在馬車旁吃糕點。

玉雪可愛的梅花糕吃在嘴裡，滿嘴清香，秦畫晴一口一口吃著，思緒卻想到了別的。

梅花糕啊……

「秦姑娘，這糕點是妳親手做的？」

秦畫晴回過神，看向李敝言，笑了笑。「正是，許久不做倒有些生疏，這梅花糕吃起來略甜了吧？」

「不，味道正適合。」李敝言怎麼會覺得甜呢，哪怕現在給他吃一口苦菜，他也覺得味道極美。

只是他很少和女子相處，實在不知道怎麼和秦畫晴聊天？想再藉故講幾道算術題，可看秦畫晴心不在焉的樣子，便沒有說出口。

錦玉看出了他的窘迫，清咳一聲，問道：「李公子要參加殿試？」

李敝言頷首。「不錯。」他目光看向秦畫晴。「此次會試後，若秦兄能高中，便可與我一起參加殿試。屆時便能一起入朝為官，也可互相幫扶。」

說到自己弟弟的仕途，秦畫晴怎麼也得上點兒心。

她微微點頭。「獲靈雖然機靈，但有時候卻糊塗得很。朝政之事，我一介女子也不太明白，到時還要多多仰仗李公子照顧了。」

「秦姑娘哪裡話，秦兄……我一直把他當親弟弟看待。」

李敝言說出這句話，已然鼓足了十成十的勇氣，可秦畫晴的神情依舊冷冷淡淡。

他偶爾覺得秦畫晴淡然得太過分了，沒有一絲閨中女子的嬌羞；可轉念一想，他所喜歡的正是她這份沈穩從容。

即便她總是對他冷冷的，充滿距離感。

便在此時，宋浮洋也下山走了過來，幾人相見，開口第一句異口同聲。「秦獲靈呢？」

秦畫晴蹙眉問：「宋公子，你不是和獲靈在一起嗎？」

宋浮洋抓抓腦袋。「是啊，可半道上我們走散了，我就以為他先下來了……」

眼看天色漸黑，秦畫晴心裡擔憂秦獲靈，生怕他跟自己一樣跌下山，提起裙襬便要上山去找，卻被一旁的李敝言拉住。

「秦姑娘！」李敝言覺得手心有些發燙，他飛快地鬆開，一臉正色。「妳一個女子上山不安全，妳和錦玉留在此地，我和宋兄去找他。」

錦玉也勸道：「是啊，小姐您就不要跟去了，萬一少爺等會兒來見不到你們，又跑上山怎麼辦？」

秦畫晴雙手交握，心裡再著急也只能點頭同意。

李敝言和宋浮洋正要上山，便見遠處走來一個揹著人的身影，秦畫晴瞇起眼一看，可不就是她那個不省心的弟弟嗎？

幾人忙迎上前，一看他背上的人，都愣了愣。

秦獲靈齜牙咧嘴，氣喘吁吁。「看著幹麼，搭把手啊！」

宋浮洋忙不迭地要去扶那小公子，卻被對方「啪」的一下打開手。「不行，除了你，他們都不許碰我！」

秦獲靈氣得牙癢癢。「你再挑三揀四，我就把你扔下去！」

秦畫晴看了眼便明白過來，估計是這小公子受傷了，她不願意宋浮洋碰也是能諒解的。她隨即便道：「到底怎麼了？需要請大夫嗎？」

秦獲靈將人扶上馬車，隨即累得癱倒在地。「他要不要大夫我不知道，反正我要一個，從山上揹下來可累死我了。」

一群人坐上馬車，秦獲靈才慢慢講出事情原委。聽到這小公子要住在秦家，秦畫晴不由愣了愣。

她餘光掃到那小公子一雙滴溜溜的眼睛一直巴在自家弟弟身上，不禁低頭微微發笑。看樣子，她這個傻弟弟不知道給人家吃了什麼迷魂藥，早上還要打要殺，這會兒卻成了歡喜冤家。

馬車轔轔，入了京城便與宋浮洋、李敝言二人辭別。

李敝言看著秦畫晴，一步三回頭，不捨得很。秦畫晴卻是看了兩眼便將車簾放下，不與其對視。

這會兒馬車裡只有小公子和秦家姊弟，錦玉和車夫坐在馬車外。秦獲靈因為太累已經呼呼大睡，馬車中除了他不時發出的鼾聲，便是小公子輕輕吸鼻子的響動。

秦畫晴看著對方笑了笑，率先打開話匣子。「不知公子貴姓？」

「不用叫我什麼公子，叫我長平。」長平揉了揉泛紅的鼻子。

秦畫晴忍不住低頭一笑。「我也覺得叫妳公子挺怪的，畢竟妳是個女子。」

長平揉鼻子的動作一頓，瞪大眼睛看向秦畫晴。「妳、妳是怎麼看出來的？」

「這還用問嗎？」秦畫晴攤了攤手。「除了我那個傻弟弟，很少有人看不出的。」

長平沒想到，自己以為天衣無縫的偽裝竟然被識破，頓時嘟囔道：「旁的我不管，反正妳不能讓秦……秦……」

「秦獲靈。」

「反正不能讓秦獲靈知道。」

秦畫晴微微一笑。「我答應妳。那，妳能告訴我妳的真實身分嗎？妳為什麼要從家裡跑出來？就不怕妳家裡人擔心？」

長平哼了哼，抱著膝蓋道：「現在我還不能告訴妳我的身分，但我絕對是個好人。妳放心，我去妳家也是暫住一、兩天，要不了多久我自己會回家去。」

她語氣一頓。「至於我家裡人……他們才不會關心我！冷冰冰的，一點人情味也沒有！」

秦畫晴聽她這些話，心底還是有些不放心，可要趕走人家也說不過去。

長平進了秦府，得知他們是秦良甫的兒女，不禁有些意外，笑嘻嘻道：「沒想到我運氣這般好，竟然能借宿在大官的家裡。」

秦獲靈看他一臉德行，心想：莫不是阿姊猜錯了，這人不是達官顯貴？如果這娘娘腔沒背景的話，肯定要狠狠把他打一頓才能出氣。

秦獲靈這邊的小陰謀無人識破，秦畫晴反正無事，便帶著長平在院子裡閒逛。

長平性子活潑，本就不是個壞人，這會兒覺得秦畫晴溫柔有禮，不禁打心眼裡親近了幾分。

秦畫晴雖然存了三分巴結利用的心思，但長平的確很可愛，不由自主便將她當做妹妹看待。末了聽說她喜歡吃梅花糕，便親自去廚房做了一碟端給她。「趁熱吃，妳若喜歡，我再給妳做。」

長平看了眼梅花糕，又看了眼秦畫晴，眨巴眨巴眼睛。「妳……妳真像我姊。」

「那妳姊姊呢？她出嫁了嗎？」

「沒……」長平哽咽道：「她死了好幾年了。」

秦畫晴不禁惋惜，柔聲道：「抱歉，我不該問。」

長平擺擺手，往嘴裡塞了一塊梅花糕。「無妨，她死了也好，留在家裡，反倒是生不如死。」

秦畫晴沒想到她年紀輕輕就如此悲觀，嘆了口氣道：「我雖然不知道妳家裡是什麼情況，但看得出來，妳過得並不開心。這樣好了，既然妳覺得我像妳姊姊，只要日後得空，都可以來秦府找我和獲靈玩，我們姊弟倆身邊也沒有旁的親人，有時候也甚是無趣。」

長平呆呆地擦了擦眼角的淚。「可以嗎？」

秦畫晴柔柔一笑，宛如春風拂面。「為何不可？」

長平也甚是喜歡秦畫晴，覺得與她相處十分舒服。

她忍不住甜甜笑道：「那、那我可以叫妳一聲秦姊姊嗎？」

秦畫晴點點頭。「當然可以。」

長平在秦府暫住，張氏很快就知道了。

她雖然覺得接待一個身分不明的人不妥，可看秦畫晴和長平相處融洽，也就沒有多說什麼。

長平為人自來熟，對和藹的張氏更是嘴甜極了，一口一個「伯母」，把張氏叫得樂開了花，一高興便也不管她是什麼身分，拉著長平的手眉開眼笑。

長平只在秦府留了三日，臨行辭別，一雙眼睛直往秦獲靈身上瞟。

秦畫晴看了眼秦獲靈，對長平道：「妳去跟他說說話吧！」

長平應聲，連蹦帶跳地走到秦獲靈跟前，低著頭，細聲細氣道：「我……我要走了。」

「哦。」秦獲靈恨不得鼓掌。

長平不滿地咬了咬唇瓣，盯著他問：「你都沒有什麼話要對我說嗎？」

秦獲靈很想說：有啊，你快走，走了別回來。

可看一旁秦畫晴的眼神，他只得敷衍道：「你吃好喝好，保重身體。」

長平忍不住笑起來，一雙大眼睛看向秦獲靈，撲閃撲閃。「那……那你要等我，我下次再來找你。謝謝你在山上救我，我會記得一輩子。」

秦獲靈忍住翻白眼的衝動，道：「快走吧，天都要黑了。」

「討厭！」長平紅著臉，撒嬌地給他胸口一拳，隨即邁著小步子跑開了。

秦獲靈立在原地一臉懵，半晌才打了個寒顫，忍不住搓搓肩膀，一陣惡寒。「這娘娘腔太噁心了！」

第二十六章

月末，會試開始。

四月放榜，秦獲靈不出意外考上貢士，會元乃鄭海端姪兒鄭恪書。緊接著便是在太極殿的殿試。名次下來，秦獲靈摘得狀元，宋浮洋落榜，鄭恪書與李敝言緊跟其後瓜分三甲。

秦良甫得知秦獲靈高中，難得大喜，邀請幾個要好的同僚來府中慶賀，秦畫晴與張氏也覺得高興。

然而第二日，府中來人送上賀禮，卻讓秦府眾人驚訝至極。

整箱整箱的瑪瑙翡翠，比人還高的紅珊瑚，蜀錦霞緞一疋疋的摞在一起。

饒是秦畫晴見過不少名貴東西，看到這些也晃花了眼。

長平插腰指揮著小廝往秦府搬東西，隨即對秦畫晴笑咪咪道：「秦姊姊，我聽說獲靈中了狀元，妳看看這些賀禮可還行？」

「這禮太重了，他受不起。」秦畫晴不禁失笑。雖然早就猜到長平身分不一般，可她一下子拿出這麼多昂貴物品，著實令人吃驚。

長平三兩步跑到她跟前，挽著她的手臂。「我不管，這禮也不是全送給他，還有姊姊、伯母的，反正我也不會收回去，你們願意留著便留著，不想要扔了便是。」

秦畫晴看她態度堅決，只好暫時將東西留下。

今日長平穿的依舊是一身男裝，淡白色的領子上繡著精緻的飛燕圖案，襯得她越發嬌俏。

秦獲靈正在書房，老遠便聽到長平那嘰嘰喳喳的聲音，不禁打了個寒顫，對身邊的書僮愁眉苦臉道：「那娘娘腔怎麼又來了！」

話音甫落，秦畫晴便推開書房，朝秦獲靈招手。「獲靈，長平來了，專門來給你賀喜的。」

長平看著他英俊的面容，微微紅了臉。

秦畫晴見得此幕，微微退出房門，靜靜立在窗外海棠樹下。

「聽說你中了狀元，真是了不得。」長平走上前，環視秦獲靈的書房，隨即叩了叩桌面。「你想當什麼官？」

秦獲靈興致缺缺。「我什麼官也不想當，就想陪著我爹娘和阿姊。」

長平咕噥道：「沒志氣。」

秦獲靈將筆筒裡雜亂的毛筆整理了一下，漫不經心道：「沒志氣便沒志氣吧，反正我跟你說了你也不懂。」

要是往日，長平早就跟他吵了起來，可一段時日不見，她想念得緊，這會兒聽他話中帶刺也不計較。

春日陽光和煦，照在秦獲靈年輕俊朗的臉龐上，籠罩著一層淡淡的光輝。

長平捂住劇烈跳動的心口，上前兩步，抬起水汪汪的眼眸，抿唇問：「……喂，你這段時間可有想我？」

秦獲靈抬眼一看，他今日眉毛更細了，白面粉唇的像極了女人，心下頓時惡寒。「我專心準備科舉，哪有時間想旁的？」他連忙移開視線，求救地看向窗外的阿姊。可秦畫晴只拿著手絹掩嘴笑，壓根兒不來幫他解圍。

長平卻與他喋喋不休，問他何時出生、屬相生肖、喜歡吃什麼、不喜歡吃什麼、喜歡什麼顏色？就像調查人口一般。

秦獲靈不勝其煩，最後只得下逐客令。「我今日還要熟悉翰林院，你若無事便早些回吧。」

長平癟著嘴，水靈靈的眼睛看向秦獲靈，妥協道：「好吧，那……那我下次再來找你。」

離開書房，她悶悶不樂地上前，對秦畫晴道：「秦姊姊，我今日便先回去了。」

秦畫晴拉過她的手，笑道：「不急，我還給妳做了梅花糕。」

長平忍不住笑了。「還是秦姊姊最好，秦獲靈……他、他就是個悶葫蘆！」

兩人說說笑笑離開，秦獲靈卻彷彿看見了極為可怕的事情──他的阿姊竟然和那個娘娘腔手拉手，絲毫不顧及男女大防！

莫非……他的阿姊看上了那個娘娘腔?!

秦獲靈越想越覺得有可能，不然以秦畫晴的性子，是絕對不會讓男人靠近她的。如此一想，秦獲靈怒火中燒，將手中毛筆一扔，擼袖子道：「竟然打我阿姊的主意，看我怎麼收拾你！」

他眼珠子一轉，立刻出門去找宋浮洋共商「奸計」。

秦畫晴知道長平的身分不一般，可是她不說，她也不問，不過有的事她倒可以替自家弟弟打探一下。

「長平，我大妳不了幾歲，妳的心思我也明白。」

長平臉蛋一紅，不自在地避開秦畫晴的視線，結結巴巴道：「秦姊姊妳說什麼呀……」

秦畫晴笑道：「妳這般玲瓏聰慧，怎麼會不知道呢？我也不瞞妳，獲靈自小與我一同長大，人品、性子都沒得說。他如今走大運，做了大元朝最年輕的狀元，以後說親的人家自然會踏破門檻。與妳相處幾次，我倒覺得妳的性子不錯，與獲靈十分相配，若喜歡便告訴他吧！」

畢竟心悅而不得那種滋味太難受，秦畫晴想到自己，不禁垂下眼簾。

長平眨眨眼，深吸一口氣，鼓足勇氣道：「秦姊姊是個好人，我也不瞞妳。我……我的確很喜歡他，只是他好像並不喜歡我。」她語氣一頓。「不過我這人從不輕言放棄，他一日沒有成親，我就一刻也不放手！」

秦畫晴聞言一怔，看著面前稚嫩的女孩兒，問道：「可如果對方拒絕了妳，妳不會感到難堪嗎？」

「當然難堪。」長平嘆氣。「可比起自己的本心，這點難堪算不得什麼，更何況，我相信自己，他一定會喜歡我。」

秦畫晴心下一動，柔聲一笑。「妳能這樣想，真好。」

她的愛大膽熱烈，不像自己，畏畏縮縮，像隻驚弓的鳥，遭遇挫折便只會自傷自憐。

剛做好的梅花糕聞起來甜膩，吃到口中卻滿口生香，兩人邊吃邊聊，不知不覺日落西山。

長平擦了擦嘴，看看日頭，蹙眉道：「秦姊姊，我要回去了，不然……不然又要挨罵。」

天知道她每次出門都要花費多少心思。

秦畫晴也不挽留，笑了笑道：「回去吧，以後有時間再聚。」

語畢，秦畫晴便起身送她，兩人並肩走過長廊，來到假山湖邊，就見秦獲靈與宋浮洋也往這邊過來。

長平看見秦獲靈便忍不住紅了臉，扯了扯秦畫晴的袖子，惹得秦畫晴暗暗好笑。

秦獲靈看著長平與秦畫晴拉拉扯扯，心底就來氣，他給宋浮洋使了個眼色，便對秦畫晴道：「阿姊，妳過來，我有幾句話要對妳說。」

秦畫晴看了眼長平，隨即跟了過去。

「說吧。」

秦獲靈也不愛藏著、掖著，有什麼話都直說。「妳老實告訴我，妳是不是喜歡那個娘娘腔？」

秦畫晴愣了一下，隨即噗哧一笑。「哪兒跟哪兒啊！」

秦獲靈看秦畫晴這樣也知道不是在裝，鬆了口氣。「那就好，妳少跟那娘娘腔來往，我看他陰氣旺盛，男不男，女不女，可別把妳帶壞了。」

秦畫晴聽他這話就知道，她這傻弟弟還沒看出來，再看湖邊朝長平齜牙咧嘴的宋浮洋，就曉得這傢伙和她的傻弟弟一樣。

果然物以類聚。

秦畫晴失笑。「宋浮洋在跟長平說什麼呢？」

秦獲靈冷哼道：「阿姊，我知道妳不喜歡他，可我覺得他在打妳的主意，我沒別的意思，就讓老宋教訓教訓他！」

「什麼？」秦畫晴眉頭一緊，有種不好的預感，連忙快步走過去。

秦獲靈與秦畫晴前腳剛走，那邊宋浮洋便對長平惡聲惡氣地揚拳頭。「姓長的，你別以為有幾個臭銀子就能打秦姑娘的主意！」

長平抱著雙臂，翻了個白眼。「你才姓長呢，有病。」

宋浮洋看他油頭粉面的樣子就來氣。「你你你，別太自以為是了，要知道秦姑娘可是我哥兒們李敝言看中的人，你知不知道他爺爺是誰？當朝李贊李大人是也！」

「哦，那又怎麼樣？」長平生了捉弄的心思，上前幾步。「我就是喜歡秦姑娘，就是想和她在一起。」

她忍不住勾起唇角，做出一副玩世不恭的模樣。「實話告訴你吧，我早就摸了秦姑娘的小手，親了她的小嘴兒，你能奈我何？」

宋浮洋也是讀書人，何時見過這般浪蕩不知廉恥的人？為了自己的好兄弟，他當即便推了長平一把。「你這人，簡直無恥！」

長平身子骨瘦，宋浮洋又人高馬大，身寬體胖，這一推直接讓她一個趔趄，往身後的湖裡倒栽下去。

只聽「噗通」一聲，長平跌落湖中，尖叫道：「救命——」

秦畫晴剛走到不遠就見得這一幕，登時大驚失色。「來人啊！」

秦獲靈也沒想到宋浮洋竟然將人推下了湖，朝他比了個大拇指。「可以啊你！」

秦畫晴不會水性，見弟弟這時候還不開竅，不禁打了他腦門一巴掌，怒道：「快去把長平救上來！」

長平在湖中越撲騰就越往下沈，就在她以為自己會被淹死時，腰間突然環上一雙手，她瞪眼一看，面前便是秦獲靈一張放大的俊臉。

長平心跳飛快，就連自己落水也不計較了。

她也自動忽略秦獲靈臉上想吃人的表情，只剩下滿心的柔情密意。

上了岸，秦獲靈抹了把臉上的水，看著秦畫晴氣呼呼地道：「這麼淺的水又淹不死他，阿姊妳也太著急了吧！」

他教訓長平，還不是為了她？

秦畫晴懶得說他，忙讓錦玉拿來衣服給長平披上，柔聲道：「先去我屋子裡換下濕衣。」

長平披著衣衫，慘白著臉，一雙黑白分明的大眼落在秦獲靈身上，眨了眨。

她細聲道：「秦獲靈，你……你又救了我一次。」

秦獲靈才不想救他呢，正準備揶揄兩句，卻見他一張小臉如出水芙蓉般，精緻得不像話。

男生女相得太過分了。

秦獲靈忍住心底那一抹奇怪的感覺，將視線落在別處。

長平的衣物全濕了，秦畫晴問道：「妳要穿我的衣衫，還是我弟弟的？」

長平噘著嘴，不好抉擇。

秦畫晴笑道：「那我就給妳做主了。」她轉身朝錦玉吩咐。「去把我櫃子裡那件藍色撒花裙子拿出來。」

她看著長平不解的眼神，解釋道：「方才妳也看見了，我弟弟總以為妳和我在勾三搭四，那宋浮洋對妳粗魯，定然也是受了我弟弟的意，妳這樣扮男裝下去也不是辦法，今日便說穿妳女兒家的身分，說不定獲靈對妳的態度會轉十八個彎。」

長平一想也是，便點了點頭。

換上輕飄鮮豔的女裝，秦畫晴又讓黃蕊給她盤了個簡單的髮髻，從妝奩裡拿出兩支玉蘭流蘇釵，一左一右簪在髮間。淡描柳眉細畫唇，方才還是俊俏小公子，這會兒便成了美嬌娥。

秦畫晴扳著長平的雙肩，端詳道：「長平真是好看。」

長平不好意思地眨眨眼。「我倒是覺得秦姊姊是我見過最美的。」

「我們也不用互相吹捧了，天色黑了，要不在秦府用過飯再回？」恰好父親與母親在裕國夫人家做客，不會回來。

長平點點頭。

花廳裡已經擺好飯菜，秦獲靈對宋浮洋不滿地道：「也不知阿姊被那娘娘腔施了什麼咒，對他好得很，好像那個才是她親弟弟，我是外面撿回來的一樣！」

宋浮洋哈哈笑道：「今日那娘娘腔落水，總歸是得到了教訓，估計以後都不敢來你們家了。」

「怕就怕他背景深，萬一找我們麻煩……」

兩人正嘀嘀咕咕說著話，就聽見外面傳來一陣腳步聲，秦畫晴拉著一名十來歲的女孩，步入廳中。

那女孩兒眉目如畫，看起來嬌滴滴的，宋浮洋不禁眼前一亮。

可隨著人逐漸走近，秦獲靈與宋浮洋都是一臉見鬼的表情。只因那嬌俏女孩的面目與那娘娘腔一般無二，彷彿就是一個模子裡刻出來的。

宋浮洋率先忍無可忍，拍桌而起，指著長平怒道：「你噁心不噁心，一個大男人打扮成女子的模樣，說出去也不怕人笑話！」

秦獲靈想去拉宋浮洋。他到底是反應過來了，長平一直都是女子，只是之前做男子打扮罷了。

想到之前他的各種埋怨，此時臉色訕訕，有些掛不住。

長平瞪了眼宋浮洋，冷道：「我才不跟你計較呢！」

秦畫晴拉著她入座，對宋浮洋道：「宋公子，你看清楚了，長平本就是女孩。」

宋浮洋這下再傻也明白過來，再想到秦畫晴之前對長平親暱的態度，瞬間回過味，後知後覺地紅了臉，朝長平結巴道：「妳、妳原來是女的！」

長平翻了個白眼，不理他。

她吃了兩口飯菜後，視線便落在秦獲靈身上，放下筷子，問道：「喂，秦獲靈，你怎麼不跟我說話？」

秦獲靈埋頭扒飯也不看她，囫圇道：「食不言。」

他現在很尷尬。自己方才一直仇視的人竟然是個女孩子，而且他還和一個女子置氣，想想都很丟臉。

秦獲靈尷尬就不喜歡說話，他三兩下吃完飯便道：「我回書房了。」

長平好不容易打扮一番，沒想到秦獲靈連正眼都沒給她一個，頓時也放下筷子追了過去。「秦獲靈，你站住！」

宋浮洋忙吃了飯，朝秦畫晴告辭，一溜煙離開。

一旁的錦玉看了看外面，問道：「小姐，您要跟過去瞧瞧嗎？」

秦畫晴慢悠悠地挾了一筷子菜，搖搖頭。「隨他們去吧。」

有的事，做一半就好了，能不能成，全看緣分。

長平與秦獲靈說了什麼，秦畫晴不知道，她也不知道長平何時離開？

秦獲靈不說，她也不問。

轉眼，秦獲靈便要入職翰林院做修撰，一切看起來風平浪靜，可平地驚雷，秦畫晴千算萬算，沒想到這一切都是天大的陰謀。

四月中旬，聖軒帝難得早起上朝。

他服用了金丹，坐在龍椅上看起來精神不錯，旁邊的丹青子國師站在龍椅下，一切都和往常沒什麼不同。

鴻臚寺官一聲令下，以李贊、鄭海端為首，六部尚書、侍郎、都察院左右都御史、通政使等二十餘位紅袍高官魚貫而入，分左右兩排站定，一齊面對龍椅上的聖軒帝跪了下來。

三拜以後，聖軒帝蒼聲道：「朕有一段時間沒有聽諸位議事了。今年開春，可謂多事，黃河氾濫，數州都有水災；邊關蠻夷蠢蠢欲動，覬覦我大元江山……這千頭萬緒，該從哪裡議起？」

「回稟皇上。」鄭海端手持玉笏，率先拱手道：「以臣愚見，這些問題通通都有關銀錢。沒有錢，邊軍缺餉，無法安定邊關；沒有錢，賑災遲遲不見起色；沒有錢，無法修復河堤，水患才得以猖獗。」

李贊卻出列道：「皇上，老臣卻覺得此事與用人有關。」他舉例。「今年水患嚴重，但以往受災最嚴重的隴南渭州，在渭州刺史治理下，從去年冬開始疏通河道，挖坑蓄水，今年春潮竟沒有殃及半點村縣。」

聖軒帝不禁輕「哦」一聲，腦子雖然混沌，可也覺得此人是個良才。

他問：「誰在渭州任刺史？」

李贊答道：「去年遭貶的大理寺卿，魏正則。」

「是他啊……」聖軒帝輕輕敲了下額頭，想起來了，但卻又忘了自己為什麼貶他？

便在此時，從不愛議事的吏部侍郎徐輝，突然戰戰兢兢的出列，揚聲道：「皇上，微臣……有事啟奏。」

聖軒帝一擺手。「講。」

「微臣覺得李贊大人此言不差，朝廷正值用人之際，實在重要。」

李贊瞇了瞇眼，與不遠處的項啟軒對視一眼。

這吏部上下都是鄭海端的黨羽，不知這徐輝突然站出來幫他說話是什麼意思？

秦良甫站在一旁，眼觀鼻、鼻觀心，像往常一樣默不作聲，可此時他卻敏銳地捕捉到一絲絲不尋常的氣氛。

他看向身後的張橫，張橫也在看他，隨即奸惡的臉上露出一抹意味深長的笑。

很快地，秦良甫便知道為什麼了。

徐輝咽了咽唾沫，拿著玉笏的手也有些顫抖。

他跪在地上，俯首道：「罪臣是來領罰的。前不久科舉殿試，臣一時間鬼迷心竅，收了賄賂，將不才之人推舉上殿，實在於心有愧，日日夜夜寢食難安；再想，社稷江山不能被無才無德之人掌控，這才當著諸位同僚的面，來聖上面前請罪！」

此言一出，四下譁然。

聖軒帝身子向前，撩開冕旒珠子，問：「此言當真？是誰如此大膽，竟敢賄賂吏部！」

大元朝科舉乃由禮部主持，吏部監考，吏部若是被行賄，這便是大大的紕漏。

徐輝低聲道：「是……是秦良甫秦大人。他為愛子能順利當天子門生，給罪臣一千兩白銀，讓罪臣將他兒子秦獲靈的試卷呈給陛下。」

秦良甫身子微微一晃，險些站立不穩。他冷言道：「侍郎大人何故血口噴人？犬子能金榜題名，憑的是真才實學。」

聖軒帝這會兒也回過神來，他想了想。「秦獲靈……可是今科狀元？」

「正是。」徐輝低聲道：「聖上若不信，可以拿出秦獲靈的策卷看看右下角是不是有折痕？當時秦良甫大人與下官說，以折痕為印記，只需將他兒子的策卷混入其中便可。」

隨即吏部立刻就有人拿來秦獲靈的試卷，聖軒帝一看，果然所言不差，登時大怒。

秦良甫連忙跪地。「請皇上明察！犬子雖不是才高八斗，可也飽讀詩書，絕不屑徇私舞弊奪得名次，微臣以人頭擔保，從未行賄吏部！」

聖軒帝冷哼一聲，將策卷扔在秦良甫面前。「那這策題上的折痕如何解釋？」

秦良甫肅容道：「這折痕更是簡單，想要誣衊，誰折一下便可，微臣百口莫辯！聖上若是不信犬子才學，大可將他叫來金鑾殿，當面詳詢。」

鄭海端豈會容他得逞？眼睛一瞇，只上前問吏部侍郎。「你說秦大人給你行賄，可有證據？」

徐輝忙道：「罪臣此次來便是請罪，所以將秦大人給的千兩白銀都帶了過來。」

他說完，便讓兩個太監抬了個大木箱過來，太監打開箱子，只見裡面銀光璀璨。

吏部侍郎拿出一枚碎銀，朝聖軒帝道：「罪臣主要還是覺得這銀子來得蹊蹺，看樣子竟像是火耗過的官銀，所以……所以……」

大元朝官銀都是用來賑災、充盈國庫，百姓和官員若是私用，便是殺頭的大罪，而火耗便是將官銀融成碎銀，用來貪污再好不過。

秦良甫心頭一跳，背後寒毛直豎。

他若是問心無愧倒也罷了，可曾經……曾經他也經常火耗官銀，這種事與鄭海端、盧思煥等人沒有少做。

「徐侍郎，說話要講證據，拿出誰都可以留下折痕的策題，又拿出不知誰融的碎銀，這罪名一個比一個大，本官簡直應對不來！」秦良甫說話擲地有聲，看著聖軒帝恭恭敬敬一拜，取下頭上烏紗。「皇上，臣在朝中為官十來年，什麼該做、什麼不該做，應當比其他人都清楚。徐侍郎有意往微臣身上潑髒水，臣別無他法，今日用烏紗擔保，但求皇上明鑒，替臣洗清冤屈，查個水落石出！」

聖軒帝如今陷入懷疑，他看看跪在地上的兩人，擺了擺手。「你二人暫且禁足家中。李大人、鄭大人，這件事便由你二人聯合大理寺著手徹查。至於今科狀元秦獲靈……在事情未查清之前，不得入翰林院。」

「臣等遵旨。」

退朝後，秦良甫還跪在大殿之中。

他背後的冷汗已經浸濕了官服，神情也充滿疲憊。任他怎麼謹小慎微，該來的終究會來，無法逃避。

第二十七章

當秦畫晴得知這個消息，整個人差點摔倒在地。

父親做過什麼，她都明白，雖然現在漸漸遠離風暴中心，可這樣一來，才更為驚險。

李贇等人不會保他，鄭海端等人落井下石，父親其實已經孤立無援。

幸好聖軒帝派的是李贇和鄭海端，兩方互相牽制，或許父親不會被查得太透澈。一切都還沒有準備好，倘若真的查出了一些陳年舊事，那秦家……上輩子的命運可能就會提前來臨。

再說本來風光無限的秦獲靈，被鬧了這麼一齣，那「狀元」兩字便成了諷刺。

儘管全家人都相信他，宋浮洋和李敝言也信他，可外人不相信。

人總是用最大的惡意去揣測別人，幾經流傳，有意或無意，秦獲靈都被貼上「科舉舞弊」的標籤。

屋漏偏逢連夜雨，次日糧油鋪的張管事來報，說有一群地痞流氓總會來糧油茶肆前搗亂，趕走別的顧客，或是在門口喧譁、舞刀弄槍，報官也不管用。

秦畫晴知道，這是有人開始整治秦家。

秦良甫的仇敵太多了，或許是李贇一黨的人，也或許是鄭海端一派的人，又或者兩者都有。

秦良甫與秦獲靈如今是戴罪之身，不能出門，張氏日日以淚洗面，偶爾去找裕國夫人和以前要好的命婦，都被各種理由搪塞，拒而不見。

秦畫晴的心沈到谷底，她又想起當初父親修建姑射樓惹下的麻煩，只是這一次比上一次更凶險，他們孤立無援，也不會再有另一個「魏正則」來求情了……

秦良甫的案子還在審，事情還沒有水落石出，張横便雄赳赳、氣昂昂地來找茬。

「你來幹什麼？」秦良甫連門也沒讓他入，冷然呵斥。

張横皮笑肉不笑地說：「妹夫，我這不是怕你想不開，過來看看你嗎？」

他伸脖子看張氏不在，說話也就越發沒有顧忌，直言不諱道：「說起來還要多謝妹夫你當年的冷漠，不然我張横如今也巴結不上鄭大人，混得如此風生水起。」他抖了抖官服，滿臉洋洋得意。「妹夫見我現在這模樣，可是後悔與鄭大人他們作對？」

秦良甫冷哼一聲。「何來作對一說？只是有人如狗一樣窮追不捨罷了。」

張横知道秦良甫在罵他，一時間氣白了臉，狠狠一拂衣袖。「秦良甫，看在我親妹子的面上，我就先告訴你，最好趁早給他們尋個去處。」他指了指上天。「這天要變了，你以為你還是那個高高在上的諫議大夫？你自己做的事自己清楚，可別連累妻子兒女，落個不得善終的下場！」

「滾！」秦良甫將他推開，命人關上大門，轉過身，身子卻已經微微發抖。

墨竹一把扶住他。「老爺……」

秦良甫擺了擺手，剛走兩步，突然腳下一踉蹌，喉頭一甜，忍不住噴了一口血，頓時雙腿一軟，倒在地上。

墨竹大驚失色，忙叫人將秦良甫揹進屋子，轉頭去叫大夫。

秦畫晴、秦獲靈和張氏一同趕過去，看著秦良甫那張瞬間蒼老的臉，淚如雨下。

張氏趴在秦良甫身邊，拉著他的手哭道：「早知今日，何必當初？現在可怎麼辦……要不這事過後，咱們辭官回渭州吧……」

秦畫晴靠在秦獲靈身上，眼淚吧嗒吧嗒地掉。

重活一世，也不見自己有什麼作用，一瞬間，她對自己充滿了不甘的怨。

大夫很快就來了，請的不是有名有望之人，只是街頭一個開醫館的。

這當口估計也沒誰敢犯險來秦府，現在京城裡都傳遍了，秦良甫貪污官銀，秦獲靈科舉作弊，秦家已經是砧板上的魚肉，任人宰割。

那大夫醫術倒是不差，把了脈，拈鬚道：「怒火攻心，要將養一段時日，我開幾服藥，你們先讓秦大人喝著。」

秦畫晴接過藥方，遞給錦玉，讓她去抓藥。

張氏聽到沒有性命之憂，一顆懸掛的心也落了下來，這一鬆懈，腦子便是暈暈沈沈，險些站不穩。

秦畫晴忙將張氏攙扶著，讓大夫也給她看看。得出的結論是憂心過重，也要好好休息。

這下秦家病倒兩個主心骨，只剩下秦畫晴與秦獲靈兩姊弟苦苦支撐，然而依舊無法預料之後的風暴是什麼，只能聽天由命。

京城血雨腥風，與遠在千里之外的渭州毫無關係。

刺史府內堂，牆角燃著熏香，紫檀木的架子上擺放著幾盆花卉，透著一股寧和之氣。靖王朱寧應三十來歲，眉目端正，身穿絳紅底色的金絲鑲邊長袍，腰間配著四爪龍紋玉珮，在陽光下倒映出一道光斑。

他端著茶杯，輕輕抿了一口，隨即看向對面正襟而坐的人，輕笑道：「魏大人的茶，似乎是前年的了。」

「下官不喜飲茶，這雨前龍井還是當年聖上賞賜。」魏正則不覺得用陳茶招待堂堂王爺有什麼不妥。

一旁立著梁司馬等胥吏冷汗涔涔。不知這靖王為何又來了渭州？幸好渭州在刺史治理下並無貪污行賄，否則後果無法想像。

朱寧應笑道：「如此說來，倒是本王撿了個便宜。」

魏正則斂目。「應是下官怠慢。」

此番靖王前來，已在魏正則預料之中。按照聖軒帝服用金丹的期限來看，估計已經到了油盡燈枯之時。時局即將動盪，各路人馬都蠢蠢欲動，按捺不住一顆陰謀之心。魏正則偏安一隅久了，便沒了追逐的心思，怕是靖王今日來拜訪的好意要落空。

朱寧應又問了問渭州治理水患的事，誇獎了魏正則一番，末了，突然問道：「魏大人可會下棋？」

「棋藝爾爾，恐入不得王爺的眼。」

朱寧應倒也不在乎，擺了擺手，身邊的人立刻從博古架上抱來棋盤，放在雞翅木的矮几上。

朱寧應道：「一時技癢，魏大人便陪本王對弈兩局吧！」

梁司馬察言觀色，見狀，便帶著眾胥吏告退，堂內只剩下他二人。

縱橫交錯的古舊棋盤，兩人各執黑白，屋裡靜悄悄的，僅能聽見棋子敲落的清脆之聲。

朱寧應在下位八九路落下一子，端茶抿了一口，似乎順口一說。「魏大人當初在京中秉正直言，想必貶來渭州，也並不好過。」

魏正則頷首道：「王爺耳目靈通，下官也不隱瞞。京城初時的確來了幾撥刺客，明裡暗裡想傷下官性命，說到這個，下官還得向王爺好生道謝。」他沒有猜錯，後面好幾次來行刺的人，都被靖王手下剿滅。

朱寧應算是默認了。

下到一半，朱寧應不禁笑道：「魏大人若看得起本王，便無需讓子。」

魏正則瞧他一眼，兩指執白子落在上位三七路，淡笑道：「王爺可看清了，下官並未讓子。」

朱寧應仔細看去，不禁「呲」了一聲。方才他自以為走了一步妙棋，卻沒想乃填塞了一隻眼。兩眼是活，一眼即死，他這一大塊棋早已做成兩眼，卻被魏正則一子由生堵死。落子無悔，他也不得悔棋，頓時臉色便白了白。

縱觀全局，朱寧應也看明白，從落第二子開始，魏正則便用了兩方意思。他方才的確讓子，可再怎麼讓，也能填回來。下了一步便想到了後面三步，如此縝密的心思，朱寧應還是頭次領教。

他忍不住搖頭失笑，將黑子撿回奩中，嘆道：「這局是本王輸了。」

「下官湊巧罷了。」

收回棋子，兩人換了黑白，這次由朱寧應先下。

他一子落在棋盤上，目光閃了閃，問向魏正則。「魏大人沒想過應對之策？」

魏正則落下黑子，淡淡道：「將倒之朽木，有何懼之？天理本在人心，格物知行。下官即便不做這官，學淵明寄情田園，採菊東籬，也無甚矣。」

朱寧應知道他是大儒張素的門生，那張素遵從儒家孔孟，胸中有萬千溝壑，曾經一直想在大元朝推崇變法，但都被種種原因耽擱。朱寧應現在身邊不缺武將，缺的是一個忠心耿耿、為國為民的謀臣。

他藉口巡視，走遍大江南北，縱觀天下，只有魏正則是不二人選。

可他現在視為香餑餑的人有辭官歸隱的心思，朱寧應不急是不可能的。

他一著急，落子便沒了章法，懸著手腕愣了半晌，才將黑子落在下位三九路，神色複雜道：「魏大人，這棋不好下。你看看，黑子身處水深火熱，白子也不落好處，外憂內患，如何攘外安內？」

魏正則自然明白他的弦外之音。如今國庫空虛，迫使官府不斷增加各種名目苛捐雜稅，黨項與回紇稍稍安定，契丹又在東北邊境徘徊，連年戰事和頻繁的自然災害，百姓苦難，各地怨聲不斷。各府雖屯兵數萬，可調兵虎符都握在京城兵部，一旦戰事告急，將會來不及調兵抵禦。

大元朝看起來國泰民安，一派繁榮，其實內部已經矛盾重重，猶如一團亂麻，百年之積，惟存空簿。

這問題稍有眼力都能看出來，朱寧應能看出來，魏正則能看出來，李贄、鄭海端也能看出來。

可誰也沒有直白地去給聖軒帝上奏。

因為他們知道，聖軒帝已經被掏空身子，他年邁昏聵，處理這些事已力不從心。更何況朝廷以鄭海端等人為首，攪得烏煙瘴氣，要從根本改變，實在是天方夜譚。

楚王根本不會在意社稷，他們在意的永遠是自身的利益。

見魏正則久久不答，朱寧應不免有些著急，他也不拐彎抹角了，直言道：「魏大人，本王也不與你賣關子了，當今局勢，你如何看？」

魏正則落棋的手一頓，撫了撫衣袖，答道：「古往今來，莫不是以天下為主，君為客，凡君之所畢世而經營者，為天下也。若以君為主，天下為客，什麼事情都好辦多了。」

朱寧應坐直了身子。「比如？」

「富國，強兵，重士。」

「當以何解？」

魏正則不疾不徐道：「青黃不接時，官府開倉貸糧，每半年取利二分，隨夏秋兩稅歸還。不願服役的人繳納一定銀錢，由官府雇人。清丈土地，鼓勵墾荒，興修水利，此乃富國基礎；鄉村民戶加以編制，十家為一保，民戶家有兩丁以上抽一丁為保丁，農閒時接受軍事訓練，督軍府定時裁老弱之兵。官府牧馬監養馬改為由民戶自願養馬，可由官府監馬或者給錢自行購買，增加兵馬。督製造兵器，由專人審核，以免濫竽充數，此乃強兵；廢除明經科，進士科的考試則以經義和策論為主，增加法科。殿試除吏部主考外，應讓六部都有人參與考核，唯才用人。」

說完，魏正則端起茶杯輕啜一口。朱寧應對他的提議怎麼看，他並不在意。

朱寧應半晌才撫掌道：「妙哉！」

「王爺聽聽便可，若要著實實施，還是量力而行。」

魏正則也不是給他潑冷水，事實就是如此。

聖軒帝還沒有駕崩，他們談論的也是大逆不道的話題。且不說朱寧應現在只是王爺，即便日後打敗楚王，坐上龍椅，這也不是一朝一夕的事。更何況楚王背後也有不少能人，鹿死誰手猶未可知。

朱寧應喝乾一杯茶水，眉頭緊鎖，也知道魏正則所言不差。

如果引他為謀臣，今後所有問題也不會讓他一籌莫展。

古有劉備、齊桓公禮賢下士，他朱寧應求賢若渴，說來也是一樣的。

「魏大人當真不肯助本王一臂之力？」

魏正則不答。

朱寧應也不想他太快做決定，半晌才嘆道：「方才得知京城裡又變了一番天。父皇寵信丹青子，將跟了他三十年的太監李瑞斬首示眾；那諫議大夫秦良甫，如今也不知被誰扣了一頂火耗官銀的帽子，本屆今科狀元秦獲靈也被吏部的人指出舞弊。這秦良甫也是個聰明人，若不是他跟了鄭海端多年，說不定本王也會提攜他一二。」

魏正則一直無甚變化的表情，在聽到秦良甫的名字時，忍不住皺了皺眉。

他沈聲問：「王爺，依你看，秦良甫此次可能脫身？」

朱寧應擺了擺手。「魏大人，你何必明知故問？那秦良甫之前貪污作惡事情不少，這次擺明有人要整治他，朝中無人替他求情；下場好些便是流放千里，差些估計離滿門抄斬不遠也。」

魏正則手指微微一抖，落的棋子便歪倒一旁。

秦府孤立無援，她怎麼辦？

他現下不在京中，想來這事情發生已多日，想到此事，魏正則便忍不住一陣揪心。

「魏大人？魏大人？」朱寧應叫了他兩聲，有些意外向來深沈的魏正則還會走神。「本王若沒記錯，那秦良甫是魏大人少時的同窗？」

「不錯。」魏正則點了點頭，隨即起身，朝朱寧應拱手一拜。「下官知道王爺在京中耳目眾多，想必在此事上幫扶秦良甫一把，應該不難。」

朱寧應想過他會提出千百種要求，卻沒想到是這個，不禁咋舌。「本王知道你與那秦良甫政見不合，向來敵對，怎的如今落井下石的好機會，你要保他？」

魏正則嘆道：「世事如流水，哪有定數，王爺只說肯不肯施以援手？」

朱寧應輕笑一聲。「此事會有些棘手，但魏大人能輔佐本王，即便露出一點馬腳，也是筆大賺的買賣。」

魏正則道：「王爺太高看下官了，請王爺放心，下官會修書給李大人、項大人，讓他們幫忙一二，不會讓王爺難做。」

「如此甚好。」朱寧應食指叩著桌面，抬眼問：「但不知魏大人為何要保全秦良甫？」

魏正則語氣一頓，視線落在窗外的紫藤花架上，淡淡道：「顧念同窗之情罷了。」

朱寧應知道他不肯說，便也不再追問。他總算給自己求來第一謀臣，今後再想辦法將秦良甫納入麾下，可謂如虎添翼，如此雪中送炭也沒有什麼不好。

案子要徹查起來不容易。

秦良甫現下雖處在中立，可在朝中為官十來年也不是白做的。李贊等人想要查，下面總有人出來干預；鄭海端想要胡亂扣罪名，也有人將他一舉一動盯著。

朝上沒人替秦良甫說話，可私下裡到底有被他提拔過的官員念好，不動聲色地暗暗維護。

再說聖軒帝的么女長平公主，卻也不知發什麼瘋，明裡暗裡地干涉秦良甫的案子，隱隱約約企圖保全秦家，常在聖軒帝面前吹耳旁風，鄭海端等人得到消息也很納悶。可她雖身分尊貴，到底是後宮女子，說出來的話沒幾個人遵從，但多多少少也影響了秦良甫案子的進度。

這些漩渦激流，秦良甫都不知道。

他如今瘦了一大圈，躺在病床上，神色疲倦到極點。

張氏給他端水、送藥，整夜守在他身邊，有時候都忍不住默默垂淚。不到四十的年紀，鬢髮間已經抽了銀絲，格外醒目。

家中僕人、婆子遣走不少，偌大的秦府更顯得冷冷清清。

本是四月暮春的大好時節，秦畫晴卻只覺得徹骨嚴寒。她看了看大開的窗戶，正準備讓錦玉關窗，就見秦獲靈提著燈籠從石子小路上走過來。

秦畫晴搬來杌子讓他坐，問道：「這麼晚了，你不睡，過來幹什麼？」

秦獲靈將燈籠放在外間臺階上，搓了搓手，嘆氣道：「難道阿姊妳就睡得著嗎？」

「不管睡不睡得著，這日子總要一天天過的。」秦畫晴神色淡淡，拿起昨日未曾繡完的手帕，重新上了繃子，拿起針線慢慢繡。

秦獲靈知道她說得對。如今秦府一舉一動都在眾人的監視下，他們也沒有辦法做什麼。

「阿姊……」他欲言又止。

「想說什麼就說吧！」秦畫晴咬斷絲線，在繡帕後面挽了個結。

半晌，秦獲靈才小聲道：「我聽坊間傳聞，這次秦府是逃不過去了，父親以往做的任何一件事，都是要掉腦袋的。萬一……萬一我們全家抄斬……」

秦畫晴笑著睨他。「最壞的結果也不過是一個『死』字，比起別的，咱們一家人能死在一起也是好事。」

秦獲靈沒想到他的阿姊會這般豁達。

他不是貪生怕死，只是想到大廈將傾的那一剎那，心有餘悸罷了。

可這會兒看向來柔柔弱弱的阿姊能說出這番話，秦獲靈頓時便不再惶然，他頷首道：「阿姊，妳說得對，只要咱們一家人在一起，生也好，死也罷，都不重要。」

「你知道就好。」秦畫晴也不過是苦中作樂。「但這話千萬別在母親面前提起，我怕她憂心太重。」

張氏不比她經歷過兩世，看開了生死，也不比秦獲靈單純勇敢，這種負面情緒的話是半句也不敢在她面前說。

秦獲靈點點頭。「我明白。」

第二十八章

兩人正說著話，不遠的牆頭上突然傳來一聲異動。

秦獲靈經常爬牆，對這翻牆的聲音敏感又熟悉，他當即站起身，往牆邊跑去，還沒跑近，就見兩個男子正從牆頭上翻下來，跳入院中。

一旁的錦玉大驚失色，正準備大叫抓賊，就被秦畫晴摀住了嘴巴。

因為翻牆的不是旁人，正是宋浮洋與李敝言。

秦獲靈沒想到他們會過來，頓時大喜。「你們怎麼來了？秦府現在正在風口浪尖，被人看見可不妙。」

李敝言沒想到一跳下來就碰到了秦畫晴，他這副樣子有些狼狽，頓時羞窘地抖了抖衣袖，解釋道：「正因如此，白日我和宋兄不好過來，只能趁夜潛入。」

宋浮洋連忙從懷裡掏出滿滿兩包藥，遞給秦獲靈。「聽說秦大人病了，這是我讓我爹親自配的藥方，保證比那些赤腳大夫開的好。」

太醫院宋太醫開的方子哪還有假？

秦獲靈接過沈甸甸的藥包，頓時心頭一熱，捶了捶宋浮洋的肩膀。「多謝你了。」

「可別這般客氣。」宋浮洋笑了笑，可看秦獲靈略微消瘦的臉，到底是笑容苦澀。

左右沒有外人，秦畫晴便讓宋浮洋與李敝言進院子裡詳談。院裡的海棠樹下擺放著石凳，讓錦玉端來熱茶，圍坐著說話。

他們帶來的消息與秦畫晴等人猜得不錯，不管怎樣，秦府這次都很危險，除非那最開始揭發的吏部侍郎打臉自己，不然這事怎麼也難以善後。

李敝言沈吟道：「我聽祖父說，朝中過半的人都對此事作壁上觀。這事是鄭海端指使，一是給秦大人一個教訓，二是讓他永遠閉嘴。畢竟秦大人跟隨鄭海端多年，熟知他不少老底，臥榻之側怎容他人酣睡？鄭海端藉此時機打壓秦大人，很難收手。」

秦畫晴與秦獲靈對視一眼，心沈到了谷底。

「跟隨我祖父的朝臣都不會替秦大人說話，我求過祖父了，讓他格外開恩，故此他也不會故意找秦大人麻煩。只是……」李敝言說到此處，語氣微微一頓。

秦畫晴苦笑。「我知道李公子想說什麼。我父親當年的確做過不少壞事，現在若查出來，肯定不好辦。」

李敝言鬆了口氣。他就知道她這般聰慧，什麼都看得透。

他又道：「現在有長平公主阻撓，秦大人的案子一時不會進展太快，只是這事遲早都會有結論，你們還是要做好心理準備。」

秦獲靈垂下眼。他自然知道那長平公主是誰，畢竟那日長平已經對他坦白了。

沒想到他拒絕了她，她卻還要來幫忙。

秦畫晴早猜到了長平的身分，所以此事聽起來也不驚訝，只是聽李敝言的意思，父親可謂在劫難逃。

她縱然做好了心理準備，可想到日後的結果，也難免心碎。

秦畫晴垂著眼簾，柳眉彎彎，一張小臉悽楚慘白，看得李敝言沒來由地心疼。

他忍不住脫口說道：「其實還有一個辦法！」

秦獲靈與宋浮洋一齊向他看去。「什麼辦法？」

李敝言俊臉微紅，半晌，才看著秦畫晴的面容，低聲道：「若是……若是秦姑娘與我成親，兩家成一家，祖父顧念這情分，定會調動朝中勢力保全秦大人。」

「是啊！」宋浮洋一拍手掌。「這可是個好主意！你們成了親家，李大人定然不會眼睜睜看著孫媳婦一家遭難的。」

秦獲靈不由自主地看向秦畫晴，卻見她面上沒有小女兒的嬌羞，也沒有一絲喜悅。

她的阿姊冷靜得不像話。

看她的表情，李敝言便知道自己失言了。他也清楚，秦畫晴到現在心裡都沒有他的位置。

他心頭升起淡淡的惆悵。

他們能想到這個辦法，秦畫晴如何沒有想過？她不僅想到了李敝言，還想到了別的權貴公子哥，只要對秦家有利的，她通通想了個遍，就連薛文斌，她也深思熟慮過。

可她做不到。

明明可以為了父母和弟弟去死，可讓她選擇一樁能利用的婚姻，她卻遲遲無法做出抉擇。

難道是因為她心底還在期待旁人嗎？期待著一個根本不可能的人。

秦畫晴心底一酸，眼中便已經蓄滿了淚，泫然欲泣。

李敝言見她突然落淚，頓時起身，手足無措。「秦姑娘，妳不要誤會在下的意思！在下絕對沒有乘人之危，只是為了秦大人著想。若是秦姑娘不願，那便另想它法，千萬不要因此厭惡在下，視在下為小人……」

秦畫晴自知方才沒有克制好情緒，有些懊惱。

「李公子，」她擦了擦淚，抬眼道：「我並無怪罪李公子的意思，相反地，我覺得李公子的提議很好。」

比起薛文斌，李敝言的確是最好的選擇。

李敝言聞言一怔。「是、是嗎？」

秦畫晴眨了眨眼，讓淚水不再流下，目光看向暗處影影綽綽的樹叢，淡淡道：「現在看來，的確只有這個辦法最為妥當，不然求李大人幫忙都找不到藉口。」

秦獲靈與秦畫晴自幼一起長大，她願不願意，他一眼就能看出來。

他也覺得這個提議很好，兩人年輕適合，樣貌也登對，看起來郎才女貌；且李敝言是他好友，大家知根知底，不怕他婚後對秦畫晴不好。

只是秦畫晴看起來冷靜從容，那眼底透露的無奈悲傷，卻瞞不過他的眼睛。

「但婚姻大事不可兒戲，這件事容我稟告母親，再考慮幾日。」

李敝言頓時喜出望外，頷首道：「自然！」

只要她點頭同意，便沒有什麼不好。雖然他看得出秦畫晴現在對他無意，可李敝言相信，他一片誠心，她一定會喜歡自己。

秦畫晴心頭堵著一股氣，沒心情再與他們說話，便起身告辭，讓錦玉扶著回房。

當房門闔上的那一瞬間，秦畫晴終於無法克制心中的情緒，雙膝一軟，跌坐在地，掩面低聲哭了起來。

「小姐……」錦玉看得心疼，卻不知道怎麼安慰？

半晌，她才道：「女兒家遲早要嫁人的，奴婢看李公子也不是奸詐陰險之輩，您莫要傷心了。」

秦畫晴哭著點頭。

她忍不住從懷裡摸出那塊墨玉，淚眼模糊地看著上面的椒圖紋案，又想起當初兩人相處的點點滴滴。

暴雨傾盆的蓮塘上，他撐著長篙將她拉上小船。他朝她笑，誇她字寫得好，還抱著她走回泥濘的小道……

可是這些都回不去了。

渭州一別，兩人沒有將來。

秦畫晴握著冰冷的墨玉，哭得隱忍而痛苦，錦玉只得蹲在旁邊，輕輕拍著她的背。「小姐，別哭了，忘記吧……他在那麼遠的地方，估計這輩子也見不到幾次了，您何須將他一直放在心上呢？」

「錦玉……」秦畫晴將那墨玉貼在臉頰上，眼睛閉了閉，那淚水便大顆大顆的滾落，濡濕了墨玉的紋路。

她哀聲道：「相思入骨，若真能輕易忘記，便也不是相思了。」

站在門外正要敲門的秦獲靈手腕一頓，聽見這話呆若木雞。

他的阿姊竟然不知不覺有了心上人？而這件事除了錦玉，似乎誰也不知道。

他第一次看見阿姊為別人哭得這樣傷心，隔著一道門，他都能感覺她難過到骨子裡的悲哀。

怪不得面對李敝言這般優秀的男子，她都不為所動，原來一顆心早交付給了別人。

那個男人是誰？

秦獲靈眉頭緊緊皺著，想來想去也猜測不出。

京城暮春。

桃花一樹一樹地落，街道上飄滿無情的落花，似是離人淚。

聖軒帝突然病危，一旨急召命靖王、楚王回京，城中人心惶惶，如此一來，秦良甫的案子也暫時擱置。

李敝言每隔三日便來詢問秦獲靈，想要探聽一下秦畫晴的想法。若是以前，秦獲靈不知道秦畫晴心中有人，也許就傻乎乎地去催促了，可那晚聽到她哭得那般心碎，這話便怎麼也說不出口。

秦獲靈私下去問過錦玉，可錦玉是個忠心的，半句口風也不露，他嘴皮子都磨乾了，才從錦玉嘴裡得知了半點消息。

「小姐和那人……有緣無分，這輩子也難在一起。」

秦獲靈抓了抓頭髮，問道：「難道那人已經娶妻了？」

「那倒沒有。」錦玉搖頭。

秦獲靈生怕他阿姊遇人不淑，忙問：「那人品行如何？有沒有對阿姊……呃……」

錦玉也紅了臉，無可奈何地說：「少爺，這您大可放心，那人品行端正著呢。」

秦獲靈一想也是，見錦玉要走，他卻拉著她衣袖問個不停。「那妳覺得，那人與李敝言相比如何？」

錦玉臉色古怪。這魏正則是李敝言的老師，李敝言的才學都是由他傳授，這怎麼比？半晌，錦玉才道：「那人自是比李公子好，可小姐注定與他無緣。這話少爺可千萬別再提起，以免惹小姐不快。」

她說得越隱晦，秦獲靈就越好奇。

可錦玉一溜煙跑了個沒影，他又不好去找秦畫晴追問，這事便如鯁在喉，讓他始終惦記。

這樣遲遲拖下去也不是辦法，父親的事情懸而未決，不代表就沒人追究。為了秦府，也為了他阿姊，秦獲靈必須得想法子。

由於秦獲靈有心安排，李敝言來秦府的次數也多了。他每次都帶來關於秦良甫的消息，秦畫晴雖然知道秦獲靈的打算，到底沒有生氣。

她試著接受李敝言，嘗試與他聊天，可違心的做法只會讓兩個人都充滿尷尬。

最後，秦畫晴放棄了。

她私下找到秦獲靈，對他道：「獲靈，我知道你是為我好，可強扭的瓜不甜，我做不到。」

秦獲靈這幾日看他們經常聊天，還以為她已經放下，沒想到依然是這個結果。

他不由有些著急，見秦畫晴要走，連忙拉住她衣袖問：「阿姊，妳是不是心底還想著那個人？」

聞言，秦畫晴身子一僵，瞪大眼，彷彿被誰揭穿了秘密。「你怎麼知道的？」

「我……我那日聽到妳在哭，後來問了錦玉，才知道妳心中早有了人。」秦獲靈遲疑片刻，又道：「錦玉說妳與那人無緣，既如此，何不放下？阿姊妳是個豁達的人，我只希望妳開開心心的。」

秦畫晴轉過身，深吸一口氣。「你知道他是誰嗎？」

秦獲靈搖頭。「錦玉沒說。」

「那就當從來不知道這件事吧。」秦畫晴相信，也許一年、兩年、三年，或者更久，她會逐漸忘掉，彌補自己心頭的傷。

秦獲靈還想再追問，秦畫晴卻看也不看他，步履匆匆地離去。

她回到院子裡，心亂如麻，隨手找了一本書翻看，可一個字也看不進去。

這樣下去不是辦法。

秦畫晴煩躁地合上書頁，正準備起身去詠雪院看看張氏，就見錦玉拿著什麼東西滿臉喜色的往這邊跑來。

「小姐！」

錦玉撩開簾子進了屋，朝秦畫晴笑道：「方才隨春茜去抓藥，在後門遇見了一個腳夫，指名要將這封信給妳。」

秦畫晴看著那信封，瞳孔微微一縮，連呼吸都有些不順暢了。

她顫聲問：「從哪裡寄來的？」

「渭州。」錦玉飛快答道。

她明知道秦畫晴這些時日被折磨得不成樣子，可當她知道這是渭州來的信，卻也忍不住一陣高興。按理說，她應該將這封信藏起來，斷了秦畫晴的心思，可一路走來，錦玉怎麼也做不到如此狠心。

秦畫晴接過信封，神色複雜地道：「也許……也許是外祖母寄來的……」

說罷，她看了眼錦玉，一咬牙，撕開信封，抖開折疊的宣紙。似乎是鼓足了勇氣，才將視線落在熟悉沈穩的筆鋒上。

頓時她鼻尖一酸，眼裡滾下淚珠。

錦玉見她哭，忙湊去看，但見雪白的宣紙上，只寫了短短一行字。

近來可好？

秦畫晴將紙揉成一團，坐在榻邊，斂眉垂淚。

她怎麼會好呢？從渭州離開的那一刻開始，她就從未好過。

他這會兒寫信來是想表達什麼？看樣子，他已經知道秦府發生的事，這才寫信來問問吧？也許是顧念結交一場的相識情誼，也許只是客套的問候……

秦畫晴想得心酸，卻又將那團紙打開，仔細壓平皺摺。

黑白分明的字，力透紙背，如走龍蛇。

可是，他為什麼不多說幾句呢？短短四個字，根本不夠看。

秦畫晴呆愣愣地看著皺巴巴的信紙，一會兒揉成團，一會兒又撫平，彷彿失了魂魄。

錦玉上前低聲道：「早知又讓小姐傷心，奴婢便不該將信拿來……」

「無妨。」秦畫晴擦了擦眼角的淚，輕笑一聲。「又不是一次、兩次了。」

「那……小姐您要回信嗎？」

秦畫晴搖了搖頭，轉身將這封信與以前魏正則寄來的信疊放在一起，收入小小的木盒中。

錦玉看她動作，就知道她依然放不下。

五月初，聖軒帝的龍體轉危為安，有了起色。他身子骨硬朗了，秦府頭上懸著的刀便又鋒利了。

靖王和楚王尚留在京中，聽李敝言說，等兩位王爺一走，鄭海端與李贊便會繼續徹查秦良甫的案子，加快進度，不日就會有結果。

這風口浪尖，秦良甫的病卻不見好，張氏也因為衣不解帶的照顧而勞損了身子。或許病氣會傳染，秦畫晴這幾日也有些頭昏腦脹，加上來了月事，雙腿發軟，渾身疼痛，更提不起半點精神。

白日裡，春雨如絲，到處都濕漉漉的。

偏偏這時長平公主的宮女帶話過來，說公主在城外新置了一座宅邸，杏花團繞，請秦畫晴過去賞花一敘。

秦畫晴當然知道賞花是藉口，估計長平是有要事要與她商議。

當下她也不管自己身子撐不撐得住，連忙換了衣衫就要過去。秦獲靈看她走路都虛浮，心疼地道：「阿姊，要不等妳身子好些再去吧……」

「別說了。」秦畫晴看他一眼，往蒼白的臉上撲了一些胭脂。「這事可等不得。」

秦獲靈也知道孰輕孰重，他阻攔不住，只得多派兩個丫鬟跟著。

此時正是花開錦繡的大好時節，馬車一路行到城郊，隱約可見樹枝上掛滿了各色花朵，特別是那灼灼杏花，開得格外燦爛。

而長平公主的宅邸便掩映在杏花深處。

宅子周邊圍繞著一圈重兵，由宮女引薦，秦畫晴與錦玉撐著傘進入。

剛上臺階，便見長平蹙著眉頭，著一身金絲滾邊粉色宮裝，坐在廊廡下撥弄手中的靛藍緙絲團扇。

她身後立著兩名宮女，都是板正的神色，彷彿兩座不會動的石頭。

「臣女秦畫晴，參見公主。」秦畫晴朝長平一拜。

長平剛想拉她起來，看了看左右宮女，擺手道：「妳們都退下。」

待院子裡的宮女和侍衛走遠，長平才連忙將秦畫晴扶起來，咬唇道：「秦姊姊，妳不用與我見外。說起來，我一直瞞著自己的身分，是我的不對。」

秦畫晴微微一笑。「既然公主還叫我一聲姊姊，我也不見外。不管妳是什麼身分，我都會待妳如初。」

「如此甚好。」長平撫掌而笑。「就怕妳與其他人一樣，知道我的身分後動不動就下跪，疏離得很。」

長平拉著秦畫晴進屋，卻覺得她手涼得厲害。

仔細一看，才發現秦畫晴面色蒼白，紫色繡花的春衫顯得她愈發清瘦，如西子般病容楚楚。

她自然知道秦府遭了大難，不由心酸道：「秦姊姊，妳不用擔心，我一定會在父皇面前保全你們的。」

「我知道。」秦畫晴朝她由衷一笑。「這次要不是多虧妳，秦府現在說不定已經被治罪了。」

長平嘆了口氣。「只可惜我是一個公主，且年紀尚輕，父皇只當我胡攪蠻纏，對我的話聽不進去。」

她眸光微微一亮，拉過秦畫晴的手道：「我這次叫妳過來，其實是有個好消息要告訴妳。」

秦畫晴聞言，連小腹的疼痛也忽略了。「什麼好消息？」

長平道：「我大哥、二哥回京，此前我便去找過他們，希望他們替秦府說說好話。二哥說我胡鬧，大哥卻沒有拒絕，他還跟我保證秦府不會出事。我大哥說話一言九鼎，從來不會騙人，若這件事由他插手，秦府定不會有性命之憂。」

秦畫晴轉念一想，才想到長平的大哥是靖王朱寧應，二哥是楚王朱寧嘉。

只是她父親與靖王並無交情，靖王怎會突然幫扶呢？

但秦畫晴並不會懷疑長平說話的真假。只要有一絲希望，她就不會放棄。

第二十九章

長平說了要緊事，便一直在問秦獲靈近來如何？

秦畫晴都與她說了，長平這才放心。

她那日臨走與秦獲靈交代了身分，也問過他願不願意娶她？這般大膽熾烈的詢問直接把秦獲靈問懵了。秦獲靈自然委婉拒絕，可長平從不是個輕易放棄的人，她這次為了秦府忙東忙西，就是希望秦獲靈能惦念她一分好。

秦畫晴聽她講述，忍不住微笑。

其實秦獲靈與長平這對歡喜冤家，看起來也格外登對。

秦畫晴今日出來的匆忙，加上來了月事，此時身子又重又乏，坐在椅子上頭昏沈沈，好幾次長平與她說話都沒聽清。

長平見她臉色不好，想到她這些時日定然沒有休息好，也不便挽留，讓秦畫晴早些回去休息。

秦畫晴也支撐不住了。昨晚沒有睡好，這會兒外頭又下著小雨，裙襬濕了，身上淋了雨，到處都有些黏膩不舒服。

她起身朝長平告辭。

登上馬車，秦畫晴再也頂不住，倒在柔軟的車廂內捂著小腹喊疼。

錦玉連忙給她兌了一杯薑茶，暗自嘆氣。

本來秦畫晴身子就弱，每次月事都比尋常人疼許多，這段時間以來又精神緊繃，今日下雨天寒還跑到城郊，癸水來勢洶洶，竟比往常還要痛上幾倍。

她扶著秦畫晴道：「小姐，要不回去找大夫過來給您看看？」

「哪有這般矯情。」秦畫晴喝了口熱呼呼的薑茶，感覺好些了。

她坐直身子，撩開車簾一看，外面春雨如絲，桃紅柳綠一片朦朦朧朧，竟有幾分熟悉之感。待馬車轉過一個彎，看著熟悉的青瓦白牆，忍不住呼吸一頓，呆呆道：「這是魏宅啊……」

錦玉沒想到還是被秦畫晴看見了，硬著頭皮點點頭。「城郊就這麼大一塊地，去公主的宅子難免路過這裡。」

錦玉正要放下車簾，秦畫晴卻揚聲道：「車夫，停下。」

「小姐，您身子不舒服，我們早些回吧。」

秦畫晴看了她一眼，低聲道：「我就想去看看，錦玉，妳不要攔我了。」

錦玉看著她波光粼粼的眼眸，囁嚅了兩下嘴唇，最終嘆了口氣。

秦畫晴讓錦玉留在馬車上等她，自己則撐著繪梨花的油紙傘慢步來到魏宅前。站在臺階下，她微微抬頭，門口的匾額已布滿灰塵蛛網，銅環上爬滿青綠，杏花紛紛而下。

她不禁想到第一次來這裡時，魏正則休沐，在蓮塘垂釣，那日也下著雨，天上地下都被水霧籠罩，迷迷濛濛，仿若夢境。

秦畫晴不自覺順著小路來到魏宅後的蓮塘，五月初的天氣，小荷才露尖尖角，塘裡橫斜著一隻蘭舟，風一吹，便微微輕晃。

岸邊的八角涼亭久久無人打掃，落葉堆積。

看著涼亭下的石板臺階，秦畫晴便想到，去年秋她不小心滑倒，跌入那人的懷抱……

現在憶起，竟是心酸又甜蜜。

秦畫晴拾階而上，合上紙傘，抬手輕輕撫摸冰冷的欄杆，眺目遠望蓮塘，竟不知自己在此懷念什麼？

靜靜地立在涼亭裡，風吹起濡濕的衣襬，秦畫晴才感到一絲涼意。

滿色春景，卻讓她不禁紅了眼眶。

她不欲再想。這便當她最後一次來此吧，從今以後，她再也不會出現。

她深吸一口氣，轉身拾起角落裡的油紙傘，唰地一聲撐開，踩著枯葉正要離去，卻聽不遠處傳來一陣紛沓的馬蹄聲。

這地方如此偏僻，有誰會打馬而來？

秦畫晴下意識抬眼看去，便見煙雨幕裡，一匹棗色駿馬沿著小路，由遠及近。

待靠近涼亭，馬上的人勒住韁繩，翻身下馬，將繩子繫在涼亭外，朝秦畫晴大步走來。

春風細雨，燕子雙雙，那人抖落帽簷上的紛紛杏花，露出一張疲倦而儒雅的臉。

秦畫晴身形微微一晃，踉蹌後退兩步，揉了揉迷茫的眼，狠狠眨了眨。她以為自己眼花，可面前人沒有消失，反而還朝她招了招手。

「我寄來的信，妳可曾收到？」

魏正則今日穿了一身暗紋玄色長衫，杏花花粉蹭了滿袖，如何也拂不去。

他說完，見秦畫晴還瞪大眼睛傻看著他，不禁微微一笑，問：「還在與我置氣？」

秦畫晴看他露出熟悉的笑容，這才捂著胸口，確定面前的人是魏正則。

他來了……

他竟然從渭州來了！

秦畫晴上前兩步，不敢置信地開口：「你……你怎麼會來京城？」

「妳說呢？」魏正則微微嘆了口氣，語氣卻是充滿寵溺。「秦良甫被朝堂針對，妳收到信卻遲遲不回，我怕妳出什麼事了。」

秦畫晴本來還強忍著，可一聽這話，心頭那悶悶的情感再也無法抑制，垂下眼簾，咬著唇瓣，淚水大顆大顆地往下滴。

她心頭是喜悅的，可說出來的話卻偏偏要刺激魏正則。「我能出什麼事？你不知道京城裡永樂侯世子、李敝言他們都想娶我嗎？只要我答應了，他們誰敢不救秦家？何須魏大人你眼巴巴趕過來！」

她一口氣說完，轉身便要氣沖沖地走掉。

「畫兒。」魏正則一把拉住她的手，揉了揉眉心，很是疲憊。他不眠不休從渭州趕來京城，心裡一直牽掛她，生怕她為了秦家稀裡糊塗亂嫁了人，沒想到這丫頭還真有這想法。

秦畫晴聽他親暱地叫自己名字，頓時那硬邦邦的脾氣就軟了三分。

她低眉斂目，還是不與他說話，卻沒有甩開他的手。

魏正則淡淡笑了笑，隨即道：「妳不必擔心妳父親的事，李大人那邊我已去疏通，他與項大人都會幫襯著。倒是鄭海端，他一心想要處置妳父親，這次還推出吏部侍郎徐輝，看起來不會善罷甘休。但這事不是沒有解決的法子，徐輝當年犯下的過錯不少，我等會兒去一趟大理寺，找昔日同僚翻兩本卷宗，再同靖王說個對策，有他與李大人幫忙，這事定能化險為夷。」

他一字字說來倒是輕巧，可秦畫晴明白，必然煞費他不少苦心。

不僅如此，聽他的意思似乎已經跟隨了靖王，這倒是讓秦畫晴很意外。

「還有，」魏正則眸間染了一絲嚴肅，沈聲道：「我未到述職的時間便私自回京，若被彈劾可是殺頭的死罪，故此不能在京城逗留太久。」

秦畫晴聞言一怔，抬眼看向他。「什麼時候走？」

「後日。」

「這般急？」

魏正則輕輕一笑，抬手擦掉她眼下未乾的淚痕。「以後有的是時間。」

他的指腹乾燥而粗礪，觸碰著秦畫晴柔嫩的臉，彷彿觸碰到她心裡去。

秦畫晴抿著唇，問道：「為何你突然改變了主意？」

魏正則眉間染上一絲無奈，他語氣不疾不徐，沈穩從容。「我當初被貶時，便想著任滿辭官。在京城多年，得罪的人太多，身處渭州，也有人常來行刺。我無權無勢，自身都難以保全，又如何來保全妳？更何況因著妳父親，日後想想也覺得頗為難堪，但後來妳離開，我才覺得這想法不妥。秦良甫在朝中樹敵太多，他若被害，妳便沒了庇護，思來想去，只有我身處廟堂，手握重權，才能將妳納入羽下，保妳無恙。」

「所以……你選擇跟隨靖王？」

「什麼都瞞不過妳。」魏正則沒想到她竟然猜到了。「不錯，眼看風雲將起，我也只是擇木而棲。」

秦畫晴眨了眨淚眼。「為了什麼？」

魏正則伸手將她的一縷碎髮別在耳邊，淡淡道：「為了大元朝的社稷江山，為了黎民百姓，也為了妳。」

秦畫晴忍不住鼻尖酸澀，眼淚瞬間模糊了雙眸。

可想到魏正則方才說的話，她忍不住破涕為笑，咬著唇瓣撲入他溫暖的懷抱，環著他的腰，將鼻涕、眼淚糊他一身。

她紅著臉道：「我不管你做什麼決定，反正這輩子是跟定你了。」

秦畫晴將他抱緊了些，聞著他身上淡淡的書卷香氣，只覺得滿心甜蜜。

她知道他會跟著靖王，也知道他會功成名就，不管那是多少年後的事情，她都願意等下去。

魏正則抬起手臂，半晌才落在她柔順的髮間。

他低聲嘆道：「畫兒，我怕妳後悔。」

秦畫晴抬起頭，看魏正則一身風塵僕僕，下頜青青的鬍渣襯得他愈發滄桑，伸手摸了摸他臉龐。「為什麼要後悔？」

她滿心滿意喜歡他，他也為了她不辭辛勞的奔波，對她好到了骨子裡。只要能在一起，她無論如何也不會後悔。

魏正則知道她喜歡他，可沒想到會如此喜歡。

這次他不顧周圍人勸阻，衝動來到京城，竟是像個熱戀中的少年郎。有時候他也覺得荒唐，可當懷中女子親暱地摟著他，他便滿心歡喜無處發洩，不覺得這衝動莽撞有什麼不妥。

秦畫晴見他腰間還掛著她送的荷包，不禁彎起嘴角。「這荷包有些舊了，我再給你做幾個更好看的。」

她撥弄著荷包上的流蘇，下一秒，手便被他溫暖包入掌心。

魏正則笑道：「好。」

兩人靜靜依偎在亭中，共賞蓮塘上春雨飄飄，雨絲如酒，令人陶醉。

雖然秦畫晴想和魏正則多說一會兒話，可他此次前來是為了正事，只能依依不捨地與他分別。

「我去哪兒找你？」

魏正則道：「城東迎風客棧天字一號。但我今夜應會晚歸，妳不用等我。」

秦畫晴點頭，可對他的交代半個字沒聽進去。

她只知道，他處理完秦府的事，後天便要急急忙忙回渭州，這一下不知多久才能見到？所以她要想盡辦法與他多待在一起，想他的時候便回憶一些，緩解相思之苦。

秦畫晴目送魏正則驅馬離開，又在原地立了一會兒，這才撐傘去找錦玉。

錦玉方才便已見到了魏正則，還是她給他指的路，這會兒看秦畫晴眼睛紅紅，神色卻透著一股難以言喻的欣喜，便知這事成了。

她扶著秦畫晴上馬車，笑咪咪道：「小姐可見著魏大人了？」

秦畫晴低頭抿唇一笑。「他千里迢迢來京城，便是為了父親的事情。」

連日來，秦畫晴都是眉頭深鎖，錦玉難得見她展顏一笑。

她也忍不住笑道：「我看魏大人明明是為了小姐。」

秦畫晴「噗哧」一笑出聲，卻不反駁。

錦玉又給她倒了一杯薑茶。「奴婢就曉得，憑小姐的品行才貌，魏大人怎可能不心悅您？那日他拒絕您，應是事出有因。」

秦畫晴點了點頭。「不愉快的事便不要再提，至少現在我們在一起，以後也會在一起。」

錦玉見她這模樣，鬆了口氣。

果然解鈴還須繫鈴人，眼看自家小姐鬱鬱寡歡這麼長一段時間，魏大人一來，她整個人都恢復過來了。

事實也的確如此。秦畫晴鬱結的心在見到魏正則的瞬間，便煙消雲散，她不記得此前的爭吵，也不記得此前的埋怨，有的只是滿心的歡喜。
秦畫晴相信他，相信秦府此次一定會度過難關。
而她回到秦府的第一件事，便是告訴張氏和秦獲靈，讓他們不要擔憂，說長平公主會妥善處理。張氏一聽這話，長期緊繃的心總算釋然，秦畫晴便讓春茜先扶著張氏回房休息。
至於秦獲靈，躊躇片刻，才跑來對秦畫晴道：「阿姊，那、那妳下次見到她，好好給她道謝。」
「你可以親自去道謝，我想長平應該會很開心。」
秦獲靈難得紅了臉，擺了擺手扭頭便跑。
秦畫晴微微一笑，捧著紅糖薑茶小口喝完，見日頭還早，便和衣躺在榻上休息。
但一閉眼，就想到方才涼亭裡發生的一幕幕，似真似幻，彷彿是作夢一樣。
魏正則喜歡她，他願意為她付出很多很多，沒有什麼比喜歡一個人，而對方也喜歡自己的感覺更好了。每每想起，秦畫晴便忍不住捂著被子咯咯笑。
錦玉正在屋簷下與黃蕊幾個丫頭閒聊，黃蕊聽到笑聲，不禁疑惑道：「小姐今兒怎麼如此開心？」
錦玉低頭一笑。「或許是見過了長平公主吧。」
夜幕四合，秦畫晴也睡足了。
淅淅瀝瀝的雨方停，她便換了一身桃紅的縐紗撒花裙，外罩同色的褙子，攬鏡自照，可比白日裡還要明豔三分。

她匆匆用過飯，便準備出府去迎風客棧，錦玉忙道：「小姐，您跑東跑西也不怕身子重。」

秦畫晴身體雖然不舒服，可耐不住想見魏正則的心，她擺了擺手。「無礙，妳且在府裡等著我，萬一母親或弟弟來了，就說我已經睡下。」

錦玉無奈，但也知道秦畫晴如今情到濃時，不會聽勸。

天色剛剛暗下，秦畫晴便從後門上了雇的轎子。待來到迎風客棧，一打聽才知道，魏正則尚未回來。

她有些失落，給了小二一吊錢，讓小二帶她去一號房等。

客棧的陳設十分簡單，秦畫晴捧著熱茶，坐在桌邊，數著更漏聲。也不知等了多久，覺得眼皮子有些沈重，便趴在桌上睡了過去。

魏正則處理完手頭的事情，剛推開房門，便聽到裡面傳來淺淺的呼吸聲。

他不自覺放慢步子，走到秦畫晴身邊，看著她燭火下明麗的臉，不禁心頭一動。

他轉身從屏風上取下外袍，給她輕輕披在背上，便坐在桌旁，目光柔和地凝視著她的睡顏。

他自認無特別出眾的地方，不知怎麼就備受這個小姑娘青睞。

知道她喜歡自己，說不高興是假，他當時拒絕她時，心頭彷彿被刀剜了一塊，滴滴落血。在聽聞秦良甫落難，他第一時間想的便是她怎麼辦？他寄去的信，她不回，他整個人都亂了，再也按捺不住，馬不停蹄地趕來京城，就為了看她一眼，知道她安好，他便放心。

本就是兩心相悅，如今順理成章表明心跡，也沒什麼不好。

思及此，魏正則淡淡一笑，抬手繞著她一縷長髮。

秦畫晴覺得耳邊癢癢的，下意識伸手去抓，卻抓到了一根手指，愣了下便睜開雙眸。

溫暖的燭火旁，是魏正則帶著笑意的臉。

秦畫晴拉著他的手，揉了揉太陽穴，聲音帶著剛睡醒的慵懶。「唔……什麼時辰了？」

「戌時三刻。」

秦畫晴趴在桌子上，上身都睡麻了，她身子微微一晃，險些栽在地上，幸好魏正則眼疾手快，一把將她撈進懷裡。

兩人身子一僵，幾乎能聽到彼此的心跳。

或許房中氣氛太曖昧，魏正則正要將秦畫晴推開，可她反而放鬆下來，找了個舒服的姿勢靠在他胸膛上。

秦畫晴臉紅紅的，一顆心也如小鹿亂撞。

她拉著魏正則的衣袖，看了眼自己身上的男子外袍，低笑問：「那你什麼時候進來的？」

魏正則答道：「半炷香之前。」

秦畫晴這會兒徹底清醒了，敏感地嗅到魏正則身上沾染一絲酒氣，她蹙眉問：「你喝酒了？」

「嗯，應酬。」魏正則點點頭。「與大理寺少卿小酌了兩杯，他那人偏愛飲酒，我也不好拂了他的意。」

畢竟是找人辦事，陪著飲酒兩杯也在情理之中。

那少卿是他當年一手提拔上來的，為人很念舊情，絕不會將他來京的事說出來。而關於吏部侍郎徐輝的卷宗，還要多虧他幫忙。

魏正則簡單解釋了幾句，看秦畫晴還皺著柳眉，以為她不喜歡自己飲酒，便道：「莫生氣了，以後我不沾酒便是。」

「我不是這個意思。」秦畫晴不是胡攪蠻纏的人，應酬飲酒在所難免，這道理她還是明白的。

半晌，她才咬唇問：「那……那喝酒的時候，你們有沒有找歌姬助興？」

以前父親與官僚在酒樓飲宴，免不得叫一幫子鶯鶯燕燕，彈琵琶、唱小曲，秦畫晴幼時也見過幾次。她想到魏正則若也左擁右抱，一顆心就差點炸掉。

魏正則還以為她在生什麼氣，一聽這話便忍不住輕笑。「竟是個小醋罈子。」

「我跟你說正經的呢！」秦畫晴撥開他手掌，氣鼓鼓的。

魏正則失笑。「放心，只有我和少卿兩人。」末了，他又握著秦畫晴的手，一字字道：「我既答應過妳，便不相負。記得妳曾說過，這輩子別無所求，但求一生一世一雙人，旁的魏某也許不能保證，但偏偏這一件，絕對能夠做到。」

他語氣平常，可秦晝晴卻聽進了心，感動極了。

她抬起濕漉漉的眼，握拳輕輕捶了他肩膀一下，抿唇道：「我就問了一句，你哪來這麼多長篇大論？」

魏正則包住她的拳頭，笑道：「終歸要讓妳安心。」

秦晝晴低頭，唇角輕輕漾開一抹笑。

她一直都很安心。

「那我父親的事情……」

「已經妥當了。說起來這次多虧靖王，為了保全秦良甫，動用了暗中部下，估計有兩個已經暴露，傳入鄭海端耳中。」他語氣一頓，食指輕叩著桌面。「靖王倒是值得輔佐。」

秦晝晴握住他的手，臉頰貼在他寬厚的掌心，抬眼道：「別人我不知道，我只知道父親無虞都多虧了你。」

秦府兩次遭難都多虧了他。

兩次。

秦晝晴突然有種奇怪的想法，好像她一直在「色誘」魏正則，然後讓他幫著辦這辦那，事情辦妥了，他也就成了她的……當真色利雙收。

魏正則見她紅著臉，一雙黑白分明的眼睛滴溜溜地轉，不由好笑。「妳在想什麼？」

秦晝晴生怕被他看穿心思，將頭埋進他懷裡，語氣俏皮極了。「你猜。」

「猜中有什麼好處？」魏正則挑眉。

「猜中再說。」

魏正則想了想，附耳在她耳邊輕輕說了幾句。秦畫晴登時臉色大紅，眼睛亮晶晶的，又羞又窘。

她張著櫻紅的嘴，頗為懊惱。「這個你也能猜出來？」

魏正則笑而不語。

暖暖的燭光中，他深沈的眼透著一絲睿智，微微勾起的唇角更顯得溫文儒雅。

他是她見過最好看的男人。

秦畫晴心輕輕一顫，也不知著了什麼魔，她抬手捧起他的臉，霞飛滿面，囁嚅道：「文霄……我、我……」

魏正則身子僵了僵，眸光隨著飄搖的燭火明明滅滅。

秦畫晴打定主意，鼓足勇氣，閉上眼道：「我想親你。」

第三十章

秦畫晴覺得，自己在遇見魏正則後，什麼大家閨秀、知書達禮全都拋在了腦後。

連這般羞人的要求都能提出來，她自己都有些不敢相信。

可是她喜歡他到骨子裡，她想與他做歡喜的事。

越多越好。

秦畫晴閉著眼，半晌也沒有聽到魏正則的聲音，她抖了抖纖長捲翹的睫毛，睜開眼，不敢看他神色。「你……你是不是覺得我……太輕浮了？」

魏正則心下甘甜，連帶著身上也有些燥熱起來。

他握著秦畫晴白皙的手，低聲道：「並未如此覺得。」

「是、是嗎？」

秦畫晴小心翼翼地抬起眼，眸中漆黑的瞳仁，倒映出魏正則儒雅的面容。他的臉越來越近，當灼熱的氣息靠近秦畫晴鼻尖，她連忙閉上眼。

後腦被魏正則的手輕輕拖住，下一刻唇上便落下柔軟的觸感。

或許是氣氛太過曖昧，魏正則本該拒絕秦畫晴的要求，可他無法控制自己的心。他也想親親她，親親她這張經常發笑的唇。

如他所想的一樣，果然又甜又軟。

魏正則不想讓秦畫晴覺得自己太孟浪，淺嚐輒止。

他正要離開她的唇，秦畫晴卻忽然環住他的脖頸，身子也貼緊了些。她呼吸急促，羞紅著臉，張開櫻唇輕輕含住他的唇瓣，舌尖觸碰，深深親吻。

魏正則身子猛然一僵，隨即也閉上眼，迎合她的吻，麻麻的觸電感從唇瓣傳了過來，似乎要糾纏到地老天荒。

也不知吻了多久，到底是魏正則自制力強些，他是個男人，明白情到深處會發生什麼。忍住身體微妙的變化，他將唇挪到秦畫晴耳畔，吻了吻她的側臉。

「畫兒……」聲音竟是格外沙啞低沈。

秦畫晴睜開水濛濛的眼，眼波流轉。她櫻紅的唇此時變成深粉色，看起來飽滿欲滴，十分誘人。

魏正則不動聲色地移開視線，想讓秦畫晴從他懷抱裡下來，可秦畫晴卻黏在他身上，將他抱得更緊。

「文霄，我等你娶我。」

「一定。」

除了她，他心裡也裝不下別人了。

魏正則看著她嬌美的面容，嘆了嘆氣，抬手整理她凌亂的髮絲，心想世間怎會有如此勾人的女子？

不知不覺間勾走他的心、他的魂，這會兒還差點勾走他的身。

魏正則清咳一聲，溫言道：「畫兒，妳先下來。」

她壓在他身上，實在不妥。

秦畫晴不是沒經歷過情事的懵懂少女，雖然上一世的記憶已經模糊，但該明白的她都明白。

她知道自己這樣是在故意撩撥他，可看魏正則隱忍的表情，她卻起了戲弄的心思。

她摟著他的脖頸，剛扭了扭身子，就聽魏正則喉間發出一聲低哼，這一聲帶著情慾，充滿磁性，秦畫晴竟忍不住小腹一緊，隨即便覺身下一股熱流湧出。

她臉色刹時白了，從魏正則身上唰地跳下來，定睛一看，臉色瞬間由白轉綠，再轉紅，真真精彩極了。

魏正則敏銳地嗅到血腥氣，低頭一看，便見暗色的袍衫上沾染一片濕潤，他抬手一抹，竟是溫熱的血跡。

「不、不要碰，髒得很！」秦畫晴這會兒恨不得找個地縫鑽進去。明明想戲弄魏正則，卻把自己繞了進去，還如此尷尬！她羞憤欲死，轉身躲在屏風後，急得跺腳。

見她這般行為，魏正則如何還不明白，想來是他的小醋罈子今日來了月事。

看著指尖上淡淡的血跡，魏正則啞然片刻，發出一聲輕笑。

秦畫晴躲在屏風後，摸了摸裙襬，果然屁股後面也濕了一大片。她正氣惱羞窘，就聽外面的魏正則道：「妳去床上躺著，我去給妳買身衣衫來。」

秦畫晴聞言，連忙道：「別！你私自進京本就危險，又值深夜，不要到處亂走。」

魏正則一想也是，便道：「我去問問小二可有乾淨衣裳？」沒過片刻，他便拎著一件嶄新的淺褐色斗篷進來，細心地給秦畫晴披上，淡笑道：「雖無女子衣物，但這斗篷勉強可遮掩一二。」

今日鬧這一齣，秦畫晴算是沒臉了，只得道：「時候不早，我、我得快些回府了。」

魏正則雖然不捨與她分開，可一看天色，都快亥時了，於是點點頭。「好，我送妳。」

迎風客棧離秦府不遠，慢慢走也不需幾刻鐘。

魏正則扶著秦畫晴下樓，看她咬著唇，蒼白著臉，想起看過的書上曾說，女子來月事的這幾日身體不適，不宜走動沾染冷寒。今日才下了雨，秦畫晴又累了一天，他不禁擔憂地問：「畫兒，妳……痛不痛？」

秦畫晴臉騰地紅了，細聲細氣道：「……習慣就好。」

魏正則見她柔柔弱弱的，嘆了嘆氣，下意識包握住她的手。

她的手指如夜色冰涼，十指纖纖，仿若無骨。魏正則忍不住道：「畫兒，妳太瘦了，下次我回京，妳可得吃胖些。」

秦畫晴感覺到他掌心傳來的溫度，心底甜蜜，吃吃發笑道：「萬一我長胖了，你不要我怎麼辦？通政使魯大人那個女兒，現在兩百多斤了，前不久那魯大人招婿，還說不論身分、年紀，結果一個都沒招到；且原來與魯家大小姐訂了娃娃親的，也都急匆匆退婚了。」

魏正則也不由低笑道：「不管妳變成什麼樣子，我都不會退婚。」

秦畫晴握緊他的手，眸光柔和。「你都沒來提親，何來退婚之說？」

「我盡快。」魏正則神色暗了暗。他不敢保證確切的時間，甚至不敢保證這場博弈裡誰勝誰負？自古成王敗寇，一切都是未知數。

然而這話，他萬萬不會在秦畫晴面前提起。

秦畫晴聽了，心底漾開酥酥麻麻的情愫，她柔聲道：「不著急，無論多少年我都能等下去，哪怕你七老八十再來娶我，我也等得。」

只要他會娶她。

魏正則滿眼含笑。「放心，我不會讓妳等太久。」

他今年三十，整整大了秦畫晴一半年歲。不說七老八十，就算四十娶她，也有些晚了。但這事的確急不得，如何謀劃，得容他好好計策。

秦畫晴與魏正則你儂我儂，錦玉這邊卻是急得滿頭包。

她家小姐才走沒多久，秦獲靈便帶著李敝言來府中，看樣子似乎遇見了什麼高興事，非要找秦畫晴說道說道。

「少爺，小姐今日身子不適，已經睡下了。」錦玉硬著頭皮站在房門前。

「阿姊今日睡得也太早了！」秦獲靈皺了皺眉。「她身子不適，可是感染了風寒？」

錦玉乾笑道：「小毛病，不礙事，休息一晚便好。」

「這樣啊……」秦獲靈卻躊躇不肯走，他看了眼李敝言。「我這兒有個天大的好消息，是關於父親的，必須要說給阿姊聽。錦玉，妳去問問阿姊願不願意聽？」

錦玉點點頭，裝模作樣地進屋，看著床上紗幔後疊得整整齊齊的被褥，欲哭無淚。

李敝言眼巴巴地看著房門，拳頭握緊又鬆開，鬆開又握緊。

秦獲靈看他這樣子，忍不住笑道：「你放心，我阿姊肯定能明白你一片苦心。」

雖然他阿姊有心上人，可錦玉說那是個沒緣分的，有句話怎說來著？有花堪折直須折，莫待無花空折枝，滿目山河空念遠，不如憐取眼前人。

依秦獲靈看，李敝言就是那萬中無一的「眼前人」。

兩人乾等著也無聊，便坐在海棠樹下的石桌旁，喚來丫鬟掌燈，院子裡頓時明亮起來。

錦玉在屋子裡磨蹭了半晌，才走出門道：「小姐說她身子乏得很，要再睡會兒。」

秦獲靈倒是個機靈的，看著錦玉今天有些奇怪，忍不住問：「阿姊到底怎麼了？關於父親的事情，她不可能不聽啊。」

他知道秦畫晴今天身子不適，可為了父親，不也掙扎去了長平公主那兒？他這會兒帶來好消息，明明就在門外，她怎麼不肯出來？這其中定有古怪。

秦獲靈起身，狐疑地看了眼錦玉，大聲喊道：「阿姊！阿姊——」

「啊，是我糊塗了，原來是有關老爺的事情，那我再去問問小姐！」錦玉生怕露餡，轉身又趕緊進了屋。

她握著手焦急地搓了搓，過了好一會兒，才想了個破藉口出來。

「少爺，小姐她已經洗漱了，李公子在這，出來會見到底有些不妥，所以……所以容她打扮打扮，以免失禮。不過這女子家梳洗打扮時間太久，要不少爺和李公子先回，明日再來詳談？」

「不礙事的。」李敝言連忙擺手。

秦獲靈倒是理解他阿姊，拉過李敝言，眨了眨眼。「李兄，有句話怎麼說？女為悅己者容！」

李敝言頓時如醍醐灌頂，忍不住笑了起來，對錦玉道：「煩勞妳轉告秦姑娘，讓她慢慢來。」

「是了，我與李兄便在此下棋等她。」

秦獲靈忙讓身邊小廝取來棋盤，放在石桌上，又燃了兩根蠟燭，與李敝言對弈。

錦玉見狀，差點暈厥過去。

她尷尬著臉色，朝二人拜了拜，轉身進屋，背靠著緊閉的房門，不知該哭還是該笑？

秦獲靈的棋藝一般，一個時辰不到便連輸三局。

當又輸了一局後，他將棋子嘩啦啦一推，擺手道：「不來了不來了，李兄棋藝太高超，我殺不過你。」

李敝言笑了笑。「我也只是跟老師學了點皮毛。」

秦獲靈「唉」了一聲，愁眉苦臉道：「以後我若能見到嘉石居士，定要向他學習討教。」

兩人說著話，發覺等了這麼久，秦畫晴還沒有出現，秦獲靈不禁問錦玉。「阿姊怎麼還不出來？」

錦玉臉色一白，支支吾吾道：「奴婢再去催催。」

李敝言正在拾棋子，沒看到錦玉的表情，而秦獲靈卻是瞧了個真切，頓時有了個大膽的猜測，神色不禁微微一變。

錦玉轉身在空蕩蕩的屋子裡轉了一圈，隨即硬著頭皮出來對秦獲靈和李敝言道：「小姐估計太累，她……她方才竟又睡著了。」

李敝言正要開口，一旁的秦獲靈忽然道：「是了，阿姊今天起得太早，可能真的累著了。她這麼長一段時間沒休息好，今晚也不要打擾她。」他轉身看著李敝言。「李兄，今晚煩勞你白跑一趟，只是我阿姊她……」

「我明白。」李敝言雖然心中遺憾，可想著來日方長，便也不再久留。

秦獲靈將李敝言送出府，笑臉轉眼隱沒。

他轉身看向錦玉，板著臉道：「阿姊到底去哪兒了？」

錦玉身子一抖，嘆了嘆氣。「奴婢不好說，料想小姐快回來了，少爺在院子裡坐坐，屆時自己問吧。」

夜晚的風吹散烏雲，露出新月光輝。

泠泠月光將兩人的影子拉長，投在青牆之上。

魏正則希望這段路再遠一些，可容他走得再慢，還是來到了秦府的後門。

「進去吧。」

秦畫晴拽著他手掌，依依不捨。
魏正則不由好笑。「這裡人多眼雜，被發現就不好。」
秦畫晴有些鬱悶。要不是她裙子上還沾著癸水，令人羞窘，定是不肯與魏正則分開的。但她也知道魏正則私自入京是大大的不妥，為了他的安全，她不敢任性。
她攏了攏身上的斗篷，抬起眼問：「明日你又要去哪裡？」
「靖王找我商談一些事，大約入夜才能回。」
她還以為能和他多相處一段時間，沒想到他來的短暫，與她相處的時間更是短。
她眨眨眼。「那我還在客棧等你？」
魏正則柔聲責道：「妳一個未出閣的女子，總與我獨處一室怎麼行？萬一……」
「我不管。」秦畫晴撲入他懷裡，抱著他的腰撒嬌。「左右我也不會嫁給旁人，除非你不要我了。」
魏正則無可奈何，啞然失笑。
他伸手撫了撫她光滑的長髮，低聲道：「罷了，妳且看著辦吧。」
秦畫晴就知道他會縱容她，埋在他胸膛的臉滿是笑意。
「妳早些回府，好好休息。」魏正則拍了拍她的後背。
秦畫晴點點頭。她也的確該回去換衣服了。
她抬起眼眸，朝他眨了眨，眸光泠瑩而璀璨。「明日我再來找你。」
魏正則頷首。「好。」

秦畫晴打開後門，走了兩步，回頭一看，魏正則還站在原地。

夜色下，他一身暗色袍子，衣角隨風輕輕淺淺地飄動，那雙溫潤儒雅的眼卻亮得驚人。

秦畫晴心下怦然，咬了咬唇，扭頭奔過去撲進他懷裡。

魏正則舉著手臂，無可奈何地笑了笑，喚道：「畫兒……」

秦畫晴不等他說完，踮起腳尖便吻了吻他的唇角，輕輕的像蜻蜓掠過水面，在兩人心中蕩開一圈圈漣漪。

她抿了抿唇，羞澀至極。「你早些休息。」

魏正則笑著點頭。

秦畫晴看他一眼，隨即轉身，依依不捨地關上門。

清冷的長街，瑩白的月色，魏正則看著緊閉的大門，忍不住抬手撫了撫唇角，就連指尖也沾染了她甜膩的氣息。

李敝言沒有見到秦畫晴，步履緩慢地離開秦府，心中始終有些惆悵。

他很聰明，也知道秦畫晴從頭至尾都沒有對他動心過，可與生俱來的驕傲與孤高卻讓他不肯低頭。

至少近二十年來，秦畫晴是他第一個喜歡的女子。

李敝言正想著心事，就聽不遠處傳來些微響動，他下意識看過去，便見秦府後門外，一男一女正緊緊相擁。

剛好烏雲遮蔽了弦月，那又是街角的陰暗處，李敝言看不真切他們的穿著和長相。只是晃眼一瞧，那女子身形酷似秦畫晴，而那男子……卻像極了他的老師。

李敝言揉了揉眼，正要跟過去仔細看看，就見女子關上門，那男子也朝相反的方向大步離去，眨眼便消失在拐角處。

李敝言暗道自己多心了。老師和秦畫晴八竿子打不著關係，怎麼也不會是他們。他敲了敲額頭，想著老師身處渭州，沒有聖旨是不會進京，而秦畫晴溫婉自持，絕不會做這等幽會之事。估計那女子是秦府的丫頭，在這裡私會情郎，只是那兩人身量與他老師和秦畫晴相似罷了。

後宅丫鬟私會情郎不是什麼稀奇事，他們李府也經常發生，因此這件事並沒有在李敝言心頭留下印象。

再說秦畫晴偷偷摸摸的溜回家，摸到自己院子，提著裙襬輕手輕腳地穿過垂花門，低聲道：「錦玉？錦玉？」

還沒等錦玉搭腔，拐角突然鑽出一個身影，攔住她的去路。

秦畫晴嚇了一跳，險些驚叫出聲，這才看清面前的不速之客乃秦獲靈。

秦畫晴撫了撫胸口。「你半夜不睡覺，鬼鬼祟祟地來我院子幹什麼？」

秦獲靈將手中的風燈一扔，蹙眉道：「阿姊，這句話該是我來問吧？妳一早出府，到底去了哪兒？」

秦畫晴見錦玉和幾個丫頭垂首站在廊廡下，看樣子已經被秦獲靈拷問了一番。

她明白自家丫頭口風嚴謹，絕不會亂說話；且聽秦獲靈的意思，他只知道自己離開了秦府，並不知道她私會了什麼人、去了什麼地方。

秦畫晴眼珠子一轉，便安下心來。

她淡淡道：「你身為弟弟反倒管起我的事來，越發沒了規矩。」

秦獲靈何曾聽她說過這話，頓時臉色一白，傻站著看她。「阿姊，妳……」

「我的事你不用操心，倒是關於父親，我有話要說。」秦畫晴不動聲色的轉移話題。「應該不出三日，父親這事就會有結果，但卻不是壞消息。李大人與項大人會與鄭海端周旋，順便威脅徐輝，無論如何也會保全秦家。」

秦獲靈今日與李敝言想說的也是這事，卻沒想到秦畫晴也知道。

他瞪大眼睛，抓著秦畫晴的雙臂。「阿姊，這消息妳是從哪裡聽來的？」竟比李敝言對他說的還要詳細，就像是她全權參與了一般。

秦畫晴笑了笑。「現在我還不能說，等以後你就知道了。」

以後，等他成了獲靈的姊夫，便沒了顧慮。

思及此，秦畫晴忍不住抿唇一笑，卻讓旁邊的秦獲靈看呆了眼。

這麼多日，不對，這麼多年，他何曾見到秦畫晴露出如此羞澀的笑，簡直是開天闢地頭一遭！

秦畫晴也不與他解釋，讓他早些回去休息，便吩咐錦玉打水伺候梳洗。

浴桶裡泡著花瓣，秦畫晴縮在溫暖的熱水裡，撥弄著水花，想到今日之事，眉眼裡藏不住喜色。

錦玉蹲在木桶後，用軟軟的錦帕給她搓背，嘆氣道：「小姐，您下次可不許偷偷出去了，少爺今日盤問起來，奴婢都不知道編什麼謊？」

秦畫晴柳眉微蹙。「他後日便要離開，我不多陪陪他怎麼行？」

錦玉知道她口中的「他」是指誰，無奈道：「可萬一明日少爺又來問，奴婢該怎麼回答？」

「妳直接說我不在便是。」秦畫晴苦笑。「不是我不想告訴他，只是文霄現在身分特殊，這件事知道的人越少越好。獲靈雖然不會亂說，就怕以後我要行其他事時，他忍不住告訴了父親、母親，那便有些棘手了。」

她要和魏正則在一起，每一步都需要好好謀劃，不到最終成功那日，他們只能將這段戀情藏起來。

錦玉一聽這話，呆了呆。「日後小姐還要行什麼事？」

秦畫晴也不打算隱瞞，她往身上澆了一瓢溫水，含笑道：「我此生非他不嫁，但離他要來提親還有段時間，這段時間說長不長，說短也不短，就怕父親、母親乘機給我安排婚事，所以我得想法子阻止他們給我說親。」

錦玉呆愣愣地問：「小姐打算怎麼辦？」

「還沒想好。」秦畫晴瞇了瞇眼。「不過總會找到辦法。」

錦玉知道，秦畫晴的打算不會輕易改變，她一個做奴婢的無法干涉太多。

好在如今苦盡甘來，秦畫晴與魏大人走在一起，終於不會鬱鬱寡歡，而且聽她言談間的意思，秦府這場危機也能順利化解。不用想也知道，其中少不了魏大人出力。

錦玉想到魏正則的樣子，再看看面前眸光含春的小姐，竟覺得兩人越來越相配，即便年歲相差太多，也未嘗不是一段良緣。

第三十一章

城外別院。

靜室門窗緊閉，落針可聞。

半晌，靖王朱寧應滿臉怒容，忍不住拂落桌上的茶杯，「啪」的一聲摔得四分五裂。

牆邊站著的人你看看我，我看看你，低眉斂目，不發一語。

魏正則跟著王府隨從繞過兩轉迴廊，便來到靜室門前。那隨從敲了敲房門，低聲道：「啟稟王爺，魏大人至。」

朱寧應冷硬的神色這才好了些，沈聲道：「進來。」

房門吱呀打開，魏正則跨步而入，敏銳地察覺到氣氛有些不對勁。

他朝朱寧應拜禮，乘機環視屋中眾人，竟都是大有來頭。

左邊穿灰色圓領衫的老者五十上下，乃老將薛饒，早在聖軒帝登基時，就已經是軍中驍將，後來一直負責河西邊關防禦；薛饒旁邊站著一名皮膚黝黑的大漢，乃新任朔方節度使方子明。右邊腳踏棗色馬靴的中年人名叫曹瑞，是一直跟隨靖王的隴右鄯州都督；另外一個乃李贊的手下，侍御史錢如諱。

這也不難理解，楚王重文臣，靖王多年四處為大元征戰，熟識的大多為邊關武將。此次聖軒帝病危，免不得邊關將士請旨回來瞧瞧，倒也在情理之中。

魏正則朝幾人見禮，那幾人倒也客客氣氣作揖。

朱寧應擺了擺手，道：「都是自己人，不必多做虛禮。鄭海端黨羽眾多，有些早已滲入宮禁，本王也是無奈，才在這靜室召見諸位。此處乃本王別院禁地，絕不會有人靠近。如今大事未成，還需再忍耐些時日，委屈諸位了。」說罷，竟然躬身一禮。

在場眾人哪敢接受，都側身閃到一旁趨避。

薛饒道：「王爺這是哪裡話，這算得了啥，我倒覺得人多屋裡暖和。」

他這番話不禁將眾人逗笑了，朱寧應也露出一絲笑容，但隨即他又嘆了嘆氣，看向魏正則道：「魏大人，你可知今日父皇傳本王與楚王入宮說了什麼？」

魏正則道：「但聞其詳。」

朱寧應冷哼一聲，想起今日的事還有些生氣。

他怫然不悅。「父皇先是敲打我二人一番，末了將本王留下，說那國師丹青子夜觀天象，楚王身上紫微星動，乃鞏固大元朝江山的不二人選。父皇如今已被那妖道迷惑了心智，誰說的話也抵不過妖道半句，哪怕妖道所言如此大逆不道，他都欣然聽著。丹青子明擺著是鄭海端不知從哪兒找來的神棍，有這樣一個人待在父皇身邊，本王寢食難安。」

其實朱寧應還隱瞞了一件事。今日入宮，那丹青子絲毫不將他放在眼中，雖然知道他背後有人授意，可到底惹得心頭不快。

侍御史錢知諱也捋鬚道：「不錯，李大人也說過，這丹青子乃一大禍害，若想成事，必先將他除去。」

方子明憋著一張紫堂大臉，悶聲悶氣道：「王爺，不如讓末將入夜潛入國師府，將他人頭割下來以解你心頭之恨！」

朱寧應「唉」了一聲，抬手制止他。「且不說國師府重兵把守，他正得父皇寵信，如今父皇龍體病危轉安，都多虧他煉製的丹藥，如果不明不白死了，父皇定會追究。若為了一個小小丹青子打亂計畫，一子落錯，滿盤皆輸，那就大大不值了。」

曹瑞這時看向一身青衫的魏正則，並不覺得這個文縐縐的謀臣有什麼作用。他一直聽靖王唸叨此人，今日見得，也不過如此。

他朝魏正則挑眉，語氣頗冷地問：「魏大人可有高見？」

大元朝歷來文武不合，文臣嫌棄武將有勇無謀，武將嫌棄文臣手無縛雞，但魏正則從未有這些偏見；即便別人對他有，如今同在靖王手下，這些都不值得計較。

朱寧應視線落在魏正則身上，明知曹瑞是故意挑刺，可他也不開口，等著魏正則出謀劃策。

畢竟朱寧應這次幫了秦府大忙，魏正則心想，自己也的確該拿出點本事作為回報。沈吟片刻，他才緩聲道：「高見算不得，倒是有個法子可以一試。丹青子自詡雲遊四方，結交了無數神仙朋友，聖上深信不疑，每月都會前往丹青觀參拜。我等絕不能忤逆聖上，反要將丹青子吹捧上天，坐實他的神通廣大，屆時再如此這般……」

他說完，眾人都忍不住笑了起來。

曹瑞更是一拍大腿，撫掌大笑。「妙哉！這法子有趣、有趣！」

朱寧應看向魏正則的眼神多了兩分欣賞，心下暗暗覺得自己果然沒有看錯人。

魏正則謙虛道：「事情變故尚多，這也不是萬全之策，若不能成，還望王爺海涵。」

「魏大人放心。」朱寧應語氣一頓，又道：「聽探子帶來的消息，楚王這些日子也不大安分，前不久還偷偷密會淮南節度使。父皇一病危，鄭海端與盧思煥這些人都坐不住了。如今大元九大節度使，各屯府兵、廂兵七十萬，方才與幾位將士商議，平盧、河西、朔方的兵鎮守邊關，動不得，而淮南、劍南、范陽三地都是鄭海端手下，即便兵部詹紹奇是本王的暗樁，可要調遣虎符也不是一件容易事。」

方子明道：「若王爺需要，末將抽兵八萬也不是不可。」

「不必。」朱寧應擺手。「大局為重。」

若突厥趁內亂來犯，靈州失守，那便是數十萬蠻夷大軍直搗長安，內憂雖重，外患卻不可忽視。

朱寧應嘆了嘆氣。「若能不死一兵一卒便最好不過。」

魏正則思索片刻，沈聲道：「下官以為，此事唯有智取。淮南節度使與范陽節度使雖說都是鄭海端遠親，但二人素來隔閡，楚王管轄下幾大州府刺史都不曾走動，消息不靈通，我等便可想法子在此周旋，大做文章。」

「怎麼說？」

「疑中之疑，比之自內，不自失也。」

薛饒熟讀兵書，立刻明白他的意思，反問道：「魏大人的意思是，用離間計？」

魏正則頷首。「不過這事還需從長計議。范陽節度使並不是愚鈍之人，他離京城最近，稍有風吹草動就會稟告鄭海端，鄭海端此人心機深沈，保不準會先下手，故此還得讓李大人盯緊他，以免節外生枝。」

「魏大人明日便要回渭州？」錢如諱問。

魏正則答道：「不錯。」

朱寧應突然想起一件事，問道：「魏大人，本王記得寧州刺史晁冠東與你有些交情？」

魏正則「嗯」了一聲，微微點頭。「晁冠東、許諸、劉清帷、蔣紹、寇雲、秦良甫都是下官同窗，少時皆拜張素為師。」

可這些人之中，除了秦良甫、魏正則入過京師中央，其他幾個要麼遭貶，要麼當了十來年地方胥吏，不甚出眾。

「是了，張大儒只有你們七位門生。」

魏正則看朱寧應態度，也猜到他的想法。如今正值用人之際，而憑藉自己的關係，也許能拉攏一二。

思及此，他立刻拱手道：「王爺有何吩咐？」

朱寧應笑了笑，從袖中掏出一塊玉珮，遞給他道：「你離京後不必回渭州，取道關內河東，持此物尋寧州刺史晁冠東。」餘下他也不必說了，想必魏正則已經明白。

魏正則接過玉珮，暗道朱寧應耳目果然了得。

他與晁冠東雖然多年不見，沒有聯繫，但關係一直要好，當年他尚在大理寺任職時，便暗地裡提拔過晁冠東。

現下形勢險峻，晁冠東熟讀兵書，的確是個可造之材。

這些陳年舊事朱寧應都能查出來，那他與秦晝晴的事，估計也難逃他的耳目。

魏正則想到這點，不禁微微皺了皺眉。

待該商議的都商議完，薛饒幾人便起身告退，魏正則走在最末，卻被朱寧應低聲叫住。

「王爺還有何事？」

朱寧應嘆了口氣，緩步上前，與魏正則並肩。「魏大人覺得此事本王有幾成勝算？」

鄭海端盤亙在京城數十年，籠絡無數人，兵權也拿在手上不少，楚王雖然明面上是個傀儡，可背後的財力不容小覷。他要將這些人組織成的大樹連根拔起，想想都覺得不確定。

魏正則自然知道他在顧慮什麼，不禁笑道：「十成。」

朱寧應古怪的看他一眼。「魏大人可不是溜鬚拍馬只說好話的人，如今怎麼也阿諛起來了？」

「下官並無討好王爺的意思。」他語氣一頓，沈聲解釋。「自古以來，莫不是得民心得天下。王爺宅心仁厚，有勇有謀，更重要的是手握重兵，即便楚王一黨近水樓臺，捷足先登，王爺也大不了效仿太宗皇帝。」

「效仿太宗……」朱寧應神色一暗。

像太宗一樣殺死自己十二位親生兄弟？雖然料到遲早會與楚王兵戎相見，可如今只是想一想，仍覺得有些難過。年少時，他與這個二弟也曾親密無間，共睡一榻，上樹抓鳥，下河摸魚。

魏正則看他神色恍惚，忍不住出言詢問。「王爺覺得舜帝是個什麼樣的人？」

朱寧應一怔。「聖人。」

「假若舜帝在浚通水井、塗廩糧倉之時，沒有躲過父弟暗害的毒手，如何能澤被天下，法施後世？」魏正則目光閃爍。「王爺顧念與楚王情誼，可反之，楚王可會顧念乎？」

朱寧應想想也是，瞬間便硬了心腸。「魏大人所言極是。」

臨近政變，他切不可優柔寡斷，婦人之仁。

魏正則見朱寧應心情不差，輕一拂袖，朝他彎腰拱手，正色道：「王爺，下官還有一事相求。」

當魏正則辭別靖王，天色已暗。

他將兜帽罩住面容，登上馬車，往迎風客棧去。

是夜，客棧外燈火通明。魏正則繞道後門，還沒下馬車，便見秦畫晴穿著深紫色襖裙蹲在後門的臺階上。

秦畫晴正托腮盤算著他什麼時候過來，突然聽得馬蹄噠噠，立刻抬頭看去，果不其然撞入一個溫和的眼眸。

「文霄！」

她喜出望外，連忙跳起來，一把拉起魏正則的手，將挎著的食盒遞給他。「我才做的梅花糕，你快嚐嚐。」

魏正則拿著沈甸甸的烘漆食盒，心下一熱，問：「妳用過飯沒有？」

「用過了。」秦畫晴回答得十分乾脆。

她才不會說自己其實一整天都沒怎麼吃東西，可能是有情飲水飽，想到他便樂開花，哪裡還會操心自己的飲食？

兩人回到客棧，秦畫晴便說起昨夜自己差點露餡的事情。「沒想到獲靈那小子一直蹲在門口，問我去了哪裡？哼，我才不告訴他。」

甜甜的梅花糕吃進嘴裡，魏正則卻不禁覺得苦澀。

他拍了拍秦畫晴的手背。「委屈妳了。」

秦畫晴莫名其妙。「何來委屈一說？」

魏正則反覆斟酌兩遍，才開口道：「現在時局緊張，妳與我在一起可能引火焚身，所以不得已不能讓人知道。」說到此處，他從懷裡掏出一枚菱形權杖，遞到秦畫晴手心。「這個收好，千萬別讓旁人看見。我不在京城，事事不能護妳周全，日後若再遇到危難，便持此權杖去找兵部尚書詹紹奇，或是侍御史錢如諱，他們都會想法子幫妳。」

手中的權杖乃純銅打造，正中一個凸起的「靖」字，九龍暗紋雕刻的十分精緻，一看就知道不是普通東西。

秦畫晴心知他又是求了靖王，眼眶一熱，將權杖緊緊攥在手心，順勢依偎在他懷中。

魏正則見她紅了眼，不禁輕笑。「妳自詡是個大姑娘，怎還成天哭鼻子？」

秦畫晴破涕為笑，抬眼看他。「這兩件事又不起衝突。」說著將權杖貼身收好，拿了一塊梅花糕小口小口地吃。

魏正則沒想到，看女子吃東西也是一件賞心悅目的事。燈下的女子膚光勝雪，烏黑濃密的青絲簡單地綰在腦後，其餘垂在頸邊，襯得脖頸如天鵝般優美頎長。她櫻唇邊黏著兩粒糕渣也不自覺，容顏尚有些稚嫩，如此看來更是香嬌玉軟。

秦畫晴看著他眨眨眼，不小心便噎住了，臉頰瞬間憋得通紅。

魏正則忙端來茶杯，秦畫晴就著他的手大口喝下，這才順氣。

「妳看看妳，吃東西也不省心。」魏正則輕輕拍著她的背，語氣寵溺。

秦畫晴咳了咳，掩飾尷尬，拿起一塊梅花糕餵給他吃，笑著道：「你知道嗎，我以前不愛吃這些糕點的，更不會做梅花糕。但有一次我去找你，發現你書桌上放著一碟，便想著你肯定喜歡，於是拜了位廚子為師，學了好長一段時間呢。」

她一說，魏正則也記起來了。

「去年秋天妳來魏府提了盒梅花糕，便是妳剛學會的時候？」

秦畫晴沒想到他還記得，連忙點頭。「是呢，怕你覺得不好吃，每一份都親自嚐過。」

魏正則撫了撫她的髮頂。「妳有心了。」

秦畫晴抿嘴一笑。「那你呢，為什麼喜歡吃梅花糕？」

「算不得喜歡。」魏正則說到此處頓了頓。「我母親是江南人，最拿手的便是做糕，後來時常想起她，吃梅花糕的次數也就多了些。」

「這樣啊……」秦畫晴想到他父母早逝，獨身這麼多年，或許勾起了他的傷心事，於是踟躕著不知如何接話？

「自從我記事開始，便與魏家遠親斷了聯繫，左右只有我當家，徐伯一直在旁幫襯，府中下人都無甚約束。」魏正則話鋒一轉，解頤笑道：「今後妳是主母，若想重新給魏府定規矩也不無不可。」

秦畫晴愣了一下才反應過來他話中深意，霎時便羞紅了臉。「好端端地，你說這個幹什麼？還……還早著呢。」

魏正則拉著她的手，笑了笑。「遲早會有那一天，此乃未雨綢繆。」

秦畫晴低頭莞爾，卻也不反駁了。

魏正則心底是高興的，他有時甚至也疑惑自己是走什麼運，才能和她在一起？相處久了，習慣秦畫晴在身邊，再想想以前獨身一人的時候，竟覺得無比孤寂。

他突然想起一件事，輕聲道：「對了，今日與靖王商談時，得知妳母親在京城有許多商鋪？」

秦畫晴不知他怎麼突然問起這個，點了點頭。「不錯。」

「西街巷尾有家糧油店，一半賣米麵，一半做茶肆，可是妳母親在看管？」

秦畫晴聞言一怔。「怎麼了？」

魏正則擰著劍眉，沈聲道：「靖王此次順便查了下妳父親，雖然知道他曾經跟著鄭海端，底子不甚乾淨，可貪污得竟不少。前幾年瀘州水患，朝廷撥去賑災的五百萬兩官銀，他與鄭海端、盧思煥各貪了一百萬，餘下又被地方官員瓜分，百姓所得不過皮毛。滄州大旱的事情妳應該也知道，妳父親亦參與其中，貪墨不少。還有許多椿陳年舊事，他行賄戶部、吏部鬻爵，又收受珠寶大戶錢萬光一千金，買通平縣縣令，將錢萬光殺人之罪推脫得一乾二淨，顛倒黑白，錯判冤案……」

秦畫晴聽得臉色煞白，心虛得都不敢去看魏正則一眼。

他如此光明磊落，她身為秦良甫的女兒，劣跡斑斑，竟覺得有些配不上他。

魏正則說了一大通，看她臉色不好，忙安撫地拍了拍她手背。「但這些都不是重點，重點是，靖王派去的探子在民間仔細盤問，大都對妳父親誇讚不已。近年他竟開粥棚，用私倉放糧，救濟了不少窮苦百姓，滄州等地的百姓都對他一片愛戴之聲。」

秦畫晴沒想到，自己當初做的事情竟然起了作用，不禁有些想笑。

「妳父親的為人我很清楚，他是絕不會暗中做這種事。」魏正則看著她，似乎在等她坦白。

秦畫晴到底也沒有隱瞞他的意思，老實說道：「母親給了我兩間鋪子，便是會仙樓對面的成衣鋪和巷尾的糧油店。當初我便知道，父親這樣一條道走到黑肯定不對，但我又勸不了他，只能默默做點小事，希望父親有朝一日能明白我的良苦用心。」

這與魏正則猜想的不差，但他還是很疑惑。

他道：「妳才多少歲，竟能想到這些？」

秦畫晴笑了笑。「為了秦家，這些都不值一提。」

她從來不覺得自己聰明，反倒覺得自己一直都很笨。可畢竟重活了一世，眼界比上一世開闊不少，眼見父親往火坑裡跳，她不可能什麼都不做。即便能做的事很微小，卻聊勝於無。

「秦良甫現在還不知道這事？」

秦畫晴搖搖頭。「什麼都沒跟父親說。他……他自從被禁足在府裡，身子便越來越差，沒有一點起色。」

秦良甫不知道她的用心良苦，不知道魏正則為了秦府奔波，他什麼都不知道。

魏正則「嗯」了一聲，道：「我等會兒給宋太醫修書一封，讓他去秦府給妳父親看病。」

兩人說著話，不知不覺梆子聲敲過三更。

秦畫晴不想離開，但她知道得讓他好好休息，畢竟他明天還要趕路。

她摟著魏正則的脖子，不捨地問：「你明日走陸路還是水路？什麼時候走？」

「陸路。」魏正則答道：「有點事要去趟寧州，午時從東風坡離開。」

「那我過來送你。」

「畫兒……」

「我不管，我定要過來送行。」

魏正則拗不過她，只得摸了摸她的烏髮，無奈一笑。

第三十二章

秦畫晴回府後，一問錦玉，才知道秦獲靈又守了她一夜。可秦獲靈在院子裡坐了會兒估計也想通了，沒等秦畫晴回來，便唉聲嘆氣地離去。

五月多雨，卯時便聽窗外雨打芭蕉，淅淅瀝瀝。

秦畫晴本就沒有睡著，想著魏正則這一走，不知什麼時候才能再見，頓時輾轉難眠。天還未亮，她便喚錦玉來洗漱，穿戴妥當就將這些時日繡的布料撿拾出來，選了幾個素雅的圖案，趕緊縫出幾個荷包，又親自去廚房做了一大盒梅花糕。本來還想做一雙鞋，可實在來不及，便只簡單納了一雙鞋墊。

錦玉看她一大早便如此忙碌，勸慰道：「小姐，這些東西到處都買得到，您何必如此費心？」

秦畫晴將荷包收好，笑道：「總歸比不得我親手做。」

眼看快到午時，秦畫晴拿上一大包東西，主僕二人從後門雇了馬車，匆匆趕往東風坡。坡上有幾家驛館，京城來往的人幾乎都要從這邊路過。秦畫晴到了地方，便站在路邊的茶棚下等待。

下了一夜雨，繡鞋沾滿泥濘，她正彎腰整理裙襬，就聽一旁的錦玉道：「小姐，您看那是不是魏大人？」

秦畫晴抬頭一看，魏正則穿著普通的文士衫，戴著斗笠，帽檐壓得極低。雖只露出薄削的唇，秦畫晴也瞬間就認出他來。

魏正則也看到她。來來往往的人都匆忙風塵，只有她，即便穿得再樸素，也無法掩飾端麗的容貌。

他縱馬到茶棚旁，翻身下馬，快步走到秦畫晴跟前，低聲道：「等了多久？」

「才來沒一會兒。」秦畫晴朝他笑了笑，看了看周圍的人，讓錦玉將東西拿來。

魏正則接過那鼓囊囊的一包。「這裡面是什麼？」

秦畫晴眼底閃過一抹羞澀，「唔」了一聲，答道：「不是黃金白銀，是我親手做的小玩意兒，有梅花糕、荷包，還有一些小東西，不過你都用得著。」她抬手指了指他腰間那個有些破舊的雲紋荷包。「記得把那個換下來，小心把銀子裝漏了。這幾個荷包花色是我以前隨意繡的花鳥魚蟲，看著有些小家子氣，好在實用，等以後有時間，我再給你繡幾個大氣的。」

秦畫晴說著，便將他腰間的荷包取下，換上一個嶄新的，細細打了個結。

她正準備將舊的丟掉，卻被魏正則一把拉住手腕。「別扔，給我。」

「這都脫線了，你留著幹麼？」秦畫晴明知故問。

魏正則笑道：「妳做的東西，我可捨不得扔。」

秦畫晴睨他一眼，眼睛笑彎彎的。

「要入夏了，天氣變化得快，冷了你就多加件衣裳，熱了便少穿一些；要按時吃飯，可不許忙起來廢寢忘食的，保重身體要緊。」秦畫晴說著，聲音便低了下去。「要經常給我寫信。你知不知道，李敝言說上個月你給他寫過信，我心裡難受得很。」

魏正則安安靜靜地聽她叮囑，見她要哭了，立刻放柔語氣。「好。」

「還有，」秦畫晴揚起小臉，柳眉微微豎起。「不許在外與別的女子說話，多看一眼也不行。要是你……你敢看上別家女子，我就……就找幾個說書人，在京城茶館子說，讓你在京城抬不起頭。」

「好。」

她說什麼，他都答好。

秦畫晴看了看日頭，也知道東風坡人多眼雜，即便捨不得魏正則，也不能任性了。

她捋了捋他腰間荷包的流蘇，低聲道：「你走吧。」

魏正則心下一動，將她攬入懷中抱緊。秦畫晴感覺自己被他勒得喘不過氣，但也不肯撒手，埋在他懷裡垂淚。

半晌，她才悶聲道：「我等你。」等他回來娶她。

魏正則拍了拍她的後背，安慰道：「不會等太久。」

秦畫晴知道，坡外還有靖王派的人等他，她掙脫他的懷抱，抬起淚眸，一字字道：「你要答應我，下次再見，不能少一根頭髮。我也不求別的，但求你平平安安。」

雖然知道他日後一定會成功，可誰知道成功背後會經歷什麼？

「妳也是。」魏正則撥了撥她耳邊的碎髮，眼中滿是不捨。

「如果想我，便在夜裡看星星，因為我會和你一起看，這樣……就像我陪在你身邊。」

魏正則眸光微動。「好。」

秦畫晴嗔怒。「你除了會說好，還會說什麼？」

魏正則無奈嘆息，將她嬌小的身子又箍入懷裡，聲音略帶暗啞。「若不是顧忌著將來，我真想現在就把妳帶走。」

「……去哪兒？」

「上窮碧落，天涯海角，只要和妳在一起。」

秦畫晴臉頰微微有些熱，她眼波流轉，細聲哼道：「我才不聽你這些，你……你早些走吧。」畢竟多在京城留一分，便多一分的危險。

兩人說了道別的話，卻始終站在原地，誰也不肯先行。

秦畫晴忍不住噗哧一笑，笑中帶淚。「快走吧，再不走，夜裡只能宿在山裡。」

魏正則看了看天色，找回了理智，又滿懷複雜地看了眼秦畫晴，想要將她的一顰一笑都刻在心裡。

他點了點頭，終是翻身上馬，復看了她幾眼，這才揚鞭絕塵而去。

流雲藍天，清風微拂，燕子比翼掠過長亭，坡上嫩青的芳草淺淺盈目，魏正則的身影也漸漸消失不見。

錦玉見魏正則離開，才上前靠近，看著還在發呆的秦畫晴，不禁出聲喚道：「小姐，魏大人已經走了，我們也回吧！」

秦畫晴擦擦被淚水模糊的眼，點點頭。「我一點也不想他走，甚至希望他就這樣留在京城，但是……我不能任性。」

為了他，也為了自己。

錦玉不知如何安慰她，想著時間是撫平相思最好的藥，便沒有多言。

當晚，秦畫晴一夜無眠。

她覺得自己與魏正則聚少離多，從開始到現在，一直都是她目送他遠去。

不過這一次比上一次好，他心裡有她，她也有他，兩人互相牽掛著，即便望著天上的明月星子，也能暫解長相思。

魏正則離京後的第三天，朝中又發生了一件大事。

吏部侍郎徐輝突然主動站出認罪，說自己因心胸狹窄，誣衊秦良甫火耗官銀、秦獲靈科舉作弊，無顏愧對列祖列宗，當著眾朝臣的面，一頭撞死在了崇墀上。

本來聖軒帝吃了金丹，身子硬朗了些，一聽這消息，差點又氣得犯病，叫人將徐輝滿門抄斬，卻發現徐輝一家老小早已奔散各地，不見蹤影。

有不明白的小官吏談論徐輝，都覺得他腦子有問題。一會兒說自己受賄，一會兒又說自己誣告，忙來忙去都是不討好的事情，不知他在蹦躂什麼勁兒？可心裡門清的都知道，徐輝不過是上頭的人推出來的靶子，可他這靶子兜兜轉轉，卻是被兩撥人玩弄於股掌之間。

一時京城裡的朝臣都人人自危，生怕自己也步上徐輝的後塵。

鄭海端沒想到竟然動不了秦良甫，李贊與詹紹奇聯合出來保他，任他手眼通天也難取秦良甫的性命。鄭海端很生氣，他並不打算善罷甘休，硬是挖出陳年證據，讓盧思煥在早朝時指正秦良甫貪污，可聖軒帝還沒發話，項啟軒連忙站出來上奏，說秦良甫宅心仁厚，仗義疏財，救濟滄州百姓，白紙黑字的文書做不得假。

聖軒帝左顧右盼，又服用了兩粒金丹，才嘶聲啞氣地說：「既如此，念在秦良甫殫精竭慮這麼多年的分上，便……便將功折過，死罪可免，活罪難逃，貶為朝散大夫，此後俸祿減半，直到還上所貪墨銀兩，再恢復原有俸祿，此……此議諸位愛卿覺得如何？」

聖軒帝的確沒有精力了，短短一句話他說得極為吃力。因太消瘦，龍袍空蕩蕩的，坐在金光璀璨的龍椅上，老態龍鍾，垂垂朽矣，再也不復往年的光輝。

沒有人反駁他的意見。諫議大夫貶為朝散大夫，一個文臣散官，一點實權也沒有，連降了不知多少級！

跪在大殿上渾渾噩噩早已做好就死準備的秦良甫，在聽到這一消息時，愣了半晌，才磕頭謝恩。

一旁的李贊又道：「皇上，既然查清秦大人乃被冤枉，他的兒子也沒有舞弊，您看該當何解？」

聖軒帝扶著抽疼的額角，有些不耐煩地擺了擺手。「畢竟秦良甫貪墨是真，朕不殺他已是天大的恩德。至於他兒子……誰知道是否懷有真才實學？三年後再重考科舉，若考得上，朕直接封他為秘書少監，不必去翰林院；若考不上……考不上朕也不追究了……咳咳……」

他聲音越來越弱，到後來，竟直接歪在龍椅上睡了過去，鼾聲陣陣。

鴻臚寺的言官見狀，與秉筆太監對視一眼，便宣布退朝。

眾官員魚貫離去，秦良甫回想方才一幕幕，仿若夢境。身邊的李贇與項啟軒正好擦肩而過，他連忙快步跟上，這麼多年，頭次朝兩人低聲道謝。「多謝兩位大人幫扶下官，此間恩德，下官日後定當湧泉相報。」

項啟軒對秦良甫始終沒有什麼好印象，他冷冷道：「秦大人不必多禮，我等幫你也是受人所托，要謝你便去謝他吧！」

秦良甫聞言一怔。「敢問項大人，那人是誰？」

項啟軒正要回答，李贇卻摸著鬍鬚笑道：「是誰不重要，倒是我有一件事想與秦大人好商量。」他抬起右手，做了個請的手勢。「煩勞秦大人借一步說話。」

秦良甫看了看項啟軒，又看看眸光透著一股子精明的李贇，心道他們莫不是有什麼陰謀？可如今他只是一個無權無勢、空有官銜的朝散大夫，所謂光腳不怕穿鞋的，定了定心神，便跟著李贇去了。

秦良甫的案子以遭貶落幕。

裕國夫人等交好的命婦都替張氏惋惜，不過張氏得知這個消息後，卻鬆了口氣。就當她婦人之見好了，不求平步青雲、高官厚祿，但求一家人平平安安，哪怕如今只是個從六品的散官，也比當初費盡心思、謹慎行危來得好。

當晚，宋太醫親自提著藥箱來給秦良甫診治，又開了幾服調養的方子，才告辭離開。

秦良甫喝著藥，感慨道：「沒想到我秦家沒落，宋太醫竟還肯雪中送炭，從前只覺得他為人圓滑，沒想到還有這等時候。」

秦獲靈只以為是宋浮洋的關係，笑了笑沒有接話。

「獲靈，父親這次連累你了。」秦良甫放下藥碗，張氏忙給他擦了擦嘴角。

秦獲靈低下頭，道：「不過是科舉考試罷了，三年後我再考一次便是。」他今年能憑藉真才實學奪首雁塔，三年後、三十年後，也依然可以。

「如此便好，為父就怕你想不開。」秦良甫嘆了口氣。

張氏給他掖了掖被角，柔聲道：「我看這樣也是好事，沒了那些削尖腦袋妄圖巴結之輩，你做個散官也不怕行將踏錯被人抓著把柄。等風頭一過，沒人注意到你，咱們一家人在一起可不比守著那皇上強上百倍。」

若是以前，秦良甫又要冷斥她，可眼下幾經變故，他也看開了。

年輕時太追名逐利，導致急功近利，失了本心，誤入歧途，現在亡羊補牢，為時未晚。思及此，他悵然道：「夫人說得是，等任期滿，我便尋個由頭，藉病告老還鄉算了。」

張氏聞言，終於展顏一笑。

這麼多年風風雨雨都過來了，秦良甫做的決定，只有今日這個最得她歡心。

此時，秦良甫突然看向角落裡坐著發呆的女兒，才察覺到她今天有些不一樣。

她把玩著手裡的團扇，流蘇已經被她繞成麻線，視線卻落在地面，不知在想些什麼？

「畫兒？」

秦畫晴沒有聽見。

秦良甫沈下聲，又喚了她一句。「畫兒。」

一旁的秦獲靈連忙拉了拉秦畫晴的衣袖，她這才反應過來，扇子不留神掉到了地上，發出「啪」的一聲輕響。

「爹。」秦畫晴撿起扇子，呆呆地站起來。

她眼底兩道青痕極為明顯，膚色蒼白，眼睛也沒有神采，一看就知道沒有好好休息。

秦良甫下意識就想到，女兒定是在為他擔憂，頓時神情便柔和了一些，淡淡道：「妳方才在想什麼？」

秦畫晴毫不意外今日的結果，所以她並沒有表現得太開心。

她想了想，方道：「女兒在想，雖然父親此次逃過一劫，可難保不會有下次。父親跟隨鄭海端多年，以他現在的權勢，想要再來害您易如反掌，父親太過明哲保身反而兩邊都不討好。依女兒看，不如趁此時機與鄭海端撕破臉，表明立場，站在李大人一邊。」

秦良甫倒是沒想到她會說出這番話，仔細一瞧女兒稚嫩的面容，竟有些詫異。

他突然想到，朝堂上項啟軒說他賑災滄州，他以為那是項啟軒為了保住他，所編造的子虛烏有，可如今冷靜下來一想，關於民意的上奏，白紙黑字無法作假，若被鄭海端查明，反倒惹火燒身，除非真有人打著他的名號廣開粥棚，救死扶傷，不然是無法瞞過鄭海端等人的耳目。

想到這點，秦良甫又仔細看了眼女兒，見她神情鎮定從容，倒是讓他感覺陌生。

他又想起今日李贊找到他說的那番話。

秦良甫眼珠轉了轉，讓張氏與秦獲靈出去，他有話要單獨與秦畫晴商談。

張氏狐疑地看了父女倆一眼，拉著秦獲靈站在門外。

半晌，秦良甫才道：「妳說的為父也考慮過，但站在李贊一方，無異於投靠靖王，可眼下皇上的意思是，準備讓楚王繼位。靖王雖然連年在外征戰，可那都是邊疆軍士，輕易動不得，否則便是動搖大元朝的根基。而楚王管轄淮南，淮南節度使又是鄭海端的遠親，屯禁兵六萬，可以將整個京城圍上三圈……畫兒，妳是個聰明的孩子，應該知道父親的意思。」

秦畫晴點點頭。她知道秦良甫的顧忌，可她也知道，幾年後楚王不會登基。

但這未卜先知的事情太過玄幻，而秦良甫又從來不迷信，她說出來反倒引人起疑。

於是，秦畫晴閉口不答。

秦良甫估計自己方才說太多，她還不懂，於是輕咳一聲，扯到別的話題上。

他看著女兒，問：「妳可知今日李贊李大人找我說了什麼？」

秦畫晴搖了搖頭。

秦良甫露出一個和藹的微笑。「妳年歲也不小了，本該及笄後就說人家，可後來府中出了變故，妳這婚事也耽擱下來。今日李贊來找我，便是有意替他長孫說親。妳應該知道他的長孫是獲靈在桃李書院的好友李敝言，今次科舉，名列三甲，有他祖父扶持，從翰林院裡出來，便能博個正五品的官職……」

「父親。」秦畫晴打斷他。「您方才不是還說，也許楚王得勢嗎？那李敝言是李贊的長孫，就算再怎樣才高八斗，也會受到打壓，女兒嫁給他可不是一件好事。」

她說完，暗暗給李湚言道歉。

倒不是想故意抹黑他，只是聽到李贊竟然找秦良甫說親，有些把她嚇著了。

秦良甫蹙眉道：「妳的顧慮我跟李贊說過，他倒是個豁達的，倘若楚王得勢，他便讓李湚言辭官，回並州老家做個財主，守著百畝田和一個大院，一輩子吃喝不愁。到時候我跟妳母親也搬去並州，咱們一家人住在一起，想想未嘗不是一條好出路。」

秦畫晴臉都聽綠了。八字還沒一撇，她爹卻已經做好了未來的打算。

「萬一那李湚言是個品行不端的偽君子，豈不是委屈了女兒？」秦畫晴再次在心底給李湚言道歉。

畢竟秦良甫沒有與李湚言接觸過，也明白知人知面不知心這句話，想著自己女兒，點了點頭。「此事不急，等哪日我去會會那李湚言，再與妳母親做決議。」

秦畫晴鬆了口氣。看來她的計策得快些用上了。

第三十三章

秦府沒落，風光不再。

本以為黑暗的五月已經過去，卻不料在六月初，秦府又發生了一件大事——秦府嫡女秦畫晴竟得了天花疫症！

聽聞秦良甫四處求醫，央了宋太醫親自瞧脈，吃了不少藥，也不見好轉。

原本還有一些慕名而來的求親人家，聽說秦畫晴得了天花，嚇得連秦府門前都不敢路過。沒過幾日，又傳出秦府上下不少丫鬟和婆子都被傳染，和秦府一條街的官宦人家莫不是用帕子掩住口鼻。

聖軒帝聽聞此事，便讓秦良甫不用上朝，安心在家照顧病女，看似體諒，實則是怕他挾了病氣。

這一連串的事情下來，秦良甫還處在茫然當中。

他下朝回府，直奔秦畫晴的院子，正好看見女兒好端端地坐在院子裡嗑瓜子。張氏陪著她有說有笑，一旁的錦玉和春茜打著扇子，看起來和往常沒什麼不同。

「爹。」秦畫晴朝他笑了笑，連忙起身相迎。「您今日怎麼這麼早就回來了？」

秦良甫仔細看了看她，白皙的皮膚泛著健康的紅潤，明眸似水，神采奕奕，哪有半分病氣？

「快別提了。」秦良擺了擺手，一撩衣袍坐下。「以往還有同僚與我寒暄，今日上朝，認識的、不認識的紛紛對我避如蛇蠍，一打聽才知道，有人謠傳妳得了天花，也不知如此荒謬的話是誰編造出來的！」

張氏一聽，驚愕道：「竟有此事？畫兒前幾日不過染上了風寒，怎麼就傳成得了天花？」

秦良甫哼了哼。「可不是？即便得了天花也是我秦府後宅之事，不足為外人道，如今卻傳得滿城皆知！方才從秦府門前路過，一個貨郎，口鼻摀著，跑得飛快，不知情的還以為我秦府怎麼了。」

秦畫晴與錦玉對視一眼，暗暗好笑。

她咳了咳，正色道：「前幾日我感染風寒臥病在床，不知被什麼蚊蟲咬了，面上起了幾個紅疹，看著有些駭人。那會兒我院子裡的綠櫻偷了簪子，被我逮個正著，錦玉連夜把她趕出了府。如今這謠言來得蹊蹺，依我看，說不定就是這綠櫻傳出去的，想要壞我名聲。」

張氏也見過她院子裡的綠櫻，是個三等丫鬟，做些打掃院子的粗活，看著還算伶俐，沒想到手腳竟這般不乾淨。

眼看前幾日還有不少媒人過來探風，怪不得這幾天一個都沒有了，張氏想著便格外生氣。好不容易秦府風波安定，趁著秦良甫在京中還有些名望，她便計畫著乘機給秦畫晴說個好親事，可被那綠櫻一通造謠，別說秦畫晴的婚事，就連秦良甫也上不了朝。

「可得把這小蹄子抓回來好好盤問！」

秦畫晴一聽，忙道：「綠櫻走了許多天，估計已經回了興南老家，現在要找也找不到了。」

綠櫻是個聰明丫頭，秦畫晴知道她攢了一些銀子想回興南，便乘機拿出賣身契，問她肯不肯揹鍋？綠櫻考慮了一夜便同意了，畢竟沒有什麼比自由的誘惑更大。這會兒聽張氏想要找綠櫻的麻煩，秦畫晴無論如何也要阻止一二。

張氏想了想也是，拍了拍桌子。「今後這種丫鬟不要輕易放走，免得徒生是非。」

秦畫晴點了點頭。

她眼珠子一轉，忽然道：「父親，我看這件事也許不全是綠櫻的問題。您想想，綠櫻她一個丫鬟說出去的話能有什麼分量？她在京城裡又不認識什麼人，可這謠言傳得如此厲害，肯定與茶肆裡、天橋下那些磨嘴皮子的說書人脫不了關係。依我看，上次鄭海端沒有擊倒父親，他心頭悶著氣，這會兒變著花樣來找您晦氣呢！」

秦良甫聞言，眉頭頓時皺成「川」字。

秦畫晴的話不無道理，可他了解鄭海端那人，如果要找晦氣，必然不是搞壞秦府名聲這麼簡單，也許那幕後操縱的不是鄭海端，而是別人。

比如盧思煥、張横，比如其他曾經與他有過節的小官吏。

「妳說得有道理。」秦良甫揉了揉太陽穴。「不過到底有關妳的名譽，等初夏，讓妳母親陪妳到處走走，見的人多了，這謠言不攻自破。」

秦畫晴笑著回答：「女兒正有此意。」

一家三人又坐在院子裡閒聊，秦畫晴想與他們說些別的，可二老總往她親事上面引。

見秦良甫與張氏還在說，她連忙岔開話題。「爹、娘，你們總是操心我，何不關心關心弟弟？」

秦良甫皺眉道：「妳做長姊的都沒有出嫁，他急什麼？」

秦畫晴笑了笑，上前給他斟了一杯茶。「話雖如此，可手心手背都是肉，獲靈的事情你們也留意一下，萬一以後娶了個不好的弟妹，鬧得家中不安寧，豈不是引狼入室？」

張氏看了她一眼，無奈笑道：「獲靈那孩子雖然年紀小，可識人卻比妳這個做姊姊的強，我看以後咱們秦家的兒媳不會差到哪裡去。」

說到這個，秦畫晴立刻想到了長平公主。

她那得天花的謠言才傳出去沒多久，長平就來了信，懇切地問她身體如何？需不需要太醫？有任何請求都可以找她幫忙。秦畫晴看著信紙，忍不住心頭一陣暖。那丫頭年紀不大，但為人卻是沒話說。

思及此，她出言道：「母親，我倒是覺得長平與獲靈很是般配。」

張氏立刻想到了那個機靈的姑娘，跟在她後面一口一個的叫「伯母」。

可張氏卻忍不住嘆氣。「那是個好姑娘，若是不知道她的身分，我還有撮合她和獲靈的想法，可如今知道她是長平公主，獲靈一介白丁怎麼高攀得上？」

若是秦府此前沒有遭難，秦獲靈現在便是正兒八經的今科狀元，身分倒也配得起長平。可如今秦良甫被貶，秦獲靈又要再等三年重考恩科，一切都亂了套。

想到這事，秦畫晴便憤憤地咕噥。「皇上當真是老糊塗了，什麼都拎不清！徐輝明擺著是栽贓陷害，為何還不相信獲靈的真才實學？」

「畫兒！」秦良甫下意識看了眼四周。「這種話不許再說。」

秦畫晴自知失言，囁嚅著不吭聲了。

張氏連忙將話題拉回來，淡淡道：「說起來長平公主當真是個好人，老爺你受難的時候，她四處幫忙打聽，在朝廷干擾了不少事情，否則這案子也不會拖這般久。」

秦良甫愣了愣。「秦府何時與長平公主攀了交情？」他怎麼不知道？

秦畫晴笑了笑，將春遊登百花山的事情說給秦良甫聽，末了還道：「可不就是一對歡喜冤家？」

秦良甫聽後有些感慨，他擺了擺手。「這事妳們也別多想了，那是聖軒帝的么女，指不定以後要與番邦和親的。」

身分越尊貴，便越由不得自己。

比如歷朝公主，不少都嫁去突厥、回紇這些蠻夷之地。聽說那些蠻夷首領身死之後，年輕漂亮的妻子會留給下一任的首領，光是想想就覺得可怕。聖軒帝膝下人丁不興，夭折了不少皇子，原本有一位長樂公主，卻在十六歲時得病死了，如今只剩靖王、楚王、長平三人，屬歷朝歷代人丁最凋零的時候。

秦府人口也少，可比起那冷冰冰的皇宮內院，不知好了多少倍。

想到這裡，秦畫晴難免對長平公主產生兩分同情。

這日，天才下過一場暴雨，暫時消滅了暑氣。

秦畫晴穿著沒有繡花的冰絲衫，不施脂粉，頭髮鬆鬆地披在腦後，看起來嫩生生的。

她坐在院子裡琢磨繡花款式，一旁的黃蕊搖著扇子，就見不遠處的錦玉急忙奔來，揚起手中的信箋，笑道：「小姐，渭州來信啦！」

秦畫晴一震，手中的銀針便不小心扎破了指尖。

可她絲毫不覺得疼，唰地一下站起身，喜出望外。「快給我瞧瞧！」

沒有署名的信封，卻讓秦畫晴高興到極點。

她連忙與錦玉回屋，將信封撕開，抖開信紙，低聲唸道：「畫兒親啟，思念別後月餘，殊深馳系。睽違日久，拳念殷殊，別來無恙。握別以來，深感寂寞，近況如何，甚念。鴻雁傳來，千里咫尺，餘今已歸渭州，相距甚遠，不能聚首，謹憑鴻雁之傳，佇望白雲之信……」

秦畫晴唸著便輕笑起來，對錦玉道：「妳瞧瞧，他說起話來總是文謅謅的，看得我腦仁疼。」

「小姐給大人回一封便是。」錦玉笑道，忙幫著鋪紙研墨。

秦畫晴挽起長袖，歪著腦袋想了想，方才執筆寫道：文霄，以後來信不可再如此之乎者也，滯文生澀，不甚明白。話說前些時日，我對外謊稱抱恙天花，嚇走了不少登門求親者，你切莫為我擔心……

寫了幾大張紙，秦畫晴才勉強擱筆。

她拿起信紙吹了吹，看著厚厚一疊書信，總覺得少了什麼。末了，才又拿出一張紙，寫道：長相思兮長相憶，短相思兮無窮極。

看著工整的簪花小楷，秦畫晴忍不住一聲嘆息。

她好想他，也不知他這些時日過得好不好？只是太露骨的情話，她始終不敢說。

秦畫晴將信紙塞入信封，又拿起新做的兩個亞青色荷包，一併遞給錦玉。「都仔細收好，讓腳夫快些送去渭州刺史府衙。」

錦玉點點頭，接過東西忙去辦。

午後。

天上沒有一絲雲彩，陽光漸盛，湖旁的雜草、葉子都被曬得捲成細條，知了趴在槐樹上，吱吱叫得聲嘶力竭。

屋裡實在太悶熱，秦畫晴便懶洋洋地趴在水榭裡的石桌上，一勺勺地喝著冰鎮酸梅湯，昏昏沈沈不想動彈。

錦玉在旁給她搖著扇子，時不時遞來手絹給她擦汗，低聲道：「小姐，要不再去抱幾個冰盆擱屋子裡，您去屋裡睡會兒，等太陽落山也就不這麼熱了。」

秦畫晴擺了擺手。「這三伏天左右都是這樣，冰窖裡也沒多少冰了，趴一會兒就好。」

她說完，又喝了一口酸梅湯。

聽說今年夏天是最熱的一個暑氣，滄州好幾個地方又鬧乾旱，聖軒帝急得焦頭爛額，跑去丹青觀祈福，結果走到半路就犯病，現在都下不了床。聽宋浮洋說，宋太醫帶著太醫院的十六個太醫已經不眠不休醫治了三天，眼看著快不行了。

這些日子風頭正緊，於是秦良甫又告病在家。

由於秦畫晴得天花的謠言一直斷斷續續地在傳，因而秦良甫告病，沒有人不准的，一時間，朝堂上風起雲湧，秦府倒是平平安安。

秦畫晴想到這事，便忍不住好笑。

錦玉看她突然發笑，正想問她在笑什麼，就聽遠處有人喊道：「阿姊！」

秦畫晴抬頭一看，秦獲靈與李敝言正往這水榭裡來。

今日秦獲靈穿了件蔥綠的簪纓銀翅綾子衫，李敝言依舊是一身不染纖塵的白，兩人皆是高大俊朗，看起來倒是令人賞心悅目。

錦玉見狀，忙拿來杯子，給二人斟了滿杯的涼果湯，又撥了些碎冰。

秦獲靈早已口乾舌燥，忙端起一飲而盡，咂咂嘴。「還是錦玉親手做的涼果湯好喝。」

李敝言倒是斯文多了，朝秦畫晴有禮地打了招呼，這才端起茶杯，滿滿抿了一口。

秦畫晴知道，這些日子李敝言總是藉故過來與她「偶遇」，她都避之不及，可秦良甫在她面前嘮叨的次數越來越多，這事她必須得解決。今日剛好秦獲靈也在，倒不如把一切都挑明了說。

「今日秦姑娘怎麼有興在此閒坐？」李敝言朝她笑道。

秦畫晴笑盈盈道：「天氣太熱，便在這裡坐坐乘涼。」

「是了。」

李敝言又不知道怎麼接話了，他看向秦獲靈，示意他找點話題說。

這些日子秦獲靈可算看明白，他這個阿姊對李敝言是沒有半點意思，雖然李敝言對秦畫晴滿心愛慕，可奈何他是個不會說話的，好幾次都跟秦畫晴談論枯燥的算術，秦獲靈都聽得直打瞌睡。如此手段，怎能俘獲女子芳心？

秦獲靈適時站出來，咳了咳道：「對了阿姊，爹讓我月末繼續回桃李書院。」

「挺好的。」秦畫晴笑道：「雖然你有狀元之才，可也不能自滿，俗話說……」

「滿招損，謙受益嘛！」秦獲靈搶言答道：「這話我聽得耳朵都要起繭子啦！」

李敝言忙道：「秦姑娘也是為你好。」

秦獲靈促狹的看他一眼。「你倒是輕鬆了，如今在翰林院裡，大大小小也是個六品的官，每月俸祿拿著，自不必像我與浮洋一樣，還要回書院見那老頑固夫子。」

李敝言鄙視他道：「我倒希望沒這功名利祿在身，與你們在書院裡還自在些。」

「你也是站著說話不腰疼。」秦獲靈擺擺手。

秦畫晴無奈地看他一眼。「獲靈，你太沒規矩了。」怎麼說李敝言現在是官，資歷也比秦獲靈深，他和宋浮洋混久了，一點也不懂禮貌。

秦獲靈卻見縫插針地揶揄她。「阿姊，妳怎麼突然向著希直兄了？難道是因為父親提過妳……」

「獲靈，不要胡說！」秦畫晴適時打斷他，思忖片刻，看向李敝言，一字字道：「既然李公子今日趕巧來了秦府，我便當著弟弟的面與你說個清楚。」

李敝言見她神色嚴肅，頓時收起玩笑心思，正色道：「秦姑娘請講。」

「想必李公子也知道，李大人與我父親曾經商討過你我二人的婚事，但不知李公子對此如何看待？」

李敝言從來沒見過，哪個閨閣女子議論起自己的婚事，能臉不紅心不跳的？不知為何，她一本正經的樣子，讓他想到了自己的老師魏正則。

半晌，李敝言才低聲道：「婚姻大事乃父母之命，媒妁之言，在下……對此並沒有什麼看法。再者……」他抬眼，凝視秦畫晴姣好的面容。「再者，秦姑娘溫婉賢淑，聰明知禮，李府若能與秦府聯姻，也是在下的福分。」

秦畫晴低頭看著面前的茶杯，裡面的涼果湯已經見底了。

她拿起茶壺，又給自己倒了一杯。

「李公子一番好意，小女子也是明白的。」她端起涼果湯，輕輕抿了一口。「只是，我與公子無緣，這樁婚事怕是訂不得。」

李敝言與秦獲靈皆是一愣。

秦獲靈當下便猜到為什麼，想起幾月前秦畫晴溜出府晚歸，定然是去私會情郎了。他本來以為過去這麼久，秦畫晴已經老實了，他再推波助瀾一把，一定可以撮合好友與阿姊，可他千算萬算還是算錯了，看秦畫晴的樣子，已經魔障了。

李敝言也是半晌回不過神，呆呆地問：「秦姑娘，為何……」

「因為我與李公子無緣。」

秦畫晴知道，當斷不斷，反受其亂，於是深吸一口氣，緩聲道：「李公子是獲靈的好友，我早將李公子也當做好友，所以這話也沒有什麼不該說的。」

她抿了抿略乾澀的唇瓣，一字字道：「我心中有了他人，再容不下旁人半點位置，今生非他不嫁，他也非我不娶。即便是我父母說了婚事，我也不會嫁。李公子，你明白了嗎？」

李敝言是聰明人，他已經明白，她不會嫁給他，不管是什麼原因。

所有的謎團因為她的坦白都迎刃而解。怪不得她不對他上心，怪不得此前秦府遭難，她也不肯為了利益嫁給他，只因為她心裡有了愛慕的男子，而且用情至深。看樣子，那男人也很愛她……

秦獲靈在一旁默不作聲。

知了在樹上鳴叫，一聲聲地，襯得水榭中愈發寂靜。

李敝言攏在袖中的手握緊又鬆開，鬆開又握緊。他深吸一口氣，抬起眼，看向對面端坐的秦畫晴道：「秦姑娘的意思，是讓我勸說祖父……撤了這樁婚事？」

秦畫晴定然道：「本來這婚事也還沒有說定，李公子怎麼說，都隨你意。」

她眉眼態度堅決，李敝言的心卻在滴血。

他能有什麼辦法呢？看秦畫晴的意思，這輩子非那人不嫁，強扭的瓜不甜，更何況，他李敝言也不是執拗的人。

半晌，他才沈重而緩慢地點了點頭。

秦畫晴這才打心底鬆了口氣，起身朝他拜了拜，粲然一笑。「李公子大恩大德，畫晴甚是感激。」

她笑得爽朗，如釋重負，可李敝言卻像吃了百朵黃連，苦澀極了。

第三十四章

秦畫晴自然是高興的。

只要李敝言主動去說對自己無意，想必李贊也絕不會想著跟秦家攀關係，這門婚事自然而然便扼殺在搖籃之中。

李敝言這時候也想到了，他試探著問：「看秦姑娘的樣子，莫非不日便要與心上人促成良緣？」

秦畫晴嘴角漾起一抹苦澀。「還早，他如今不在京城。」

「這樣啊……」

李敝言語氣一頓，又問：「若一、兩個月還好說，若是一、兩年，又有別的求親者上門，秦姑娘又該如何自處？」

他算是問到點上了。

秦畫晴倒是無所謂地笑了笑。「這件事我父母並不知道，如今李公子也是第三個知道的人。若我父母當真擅自做主給我訂了親事，這親事也不會成。只要我不願意嫁，難道還能把我綁著去？」

「說得是。」李敝言低頭苦笑。

秦良甫愛女至極，自然不會讓女兒受半分委屈，是他多慮了。

秦獲靈這時終於找到插話的機會，他忙問：「阿姊，那妳能不能告訴我，那人究竟是誰？京城裡年紀相仿的公子，沒有我和希直兄不認識的，說出來我們也好給妳做個評判，萬一是個品行卑劣，當面一套、背地裡一套的偽君子，耽誤了妳可怎麼辦？」

李敝言聞言，忙抬頭注視著她。

他也想知道，京城裡誰有那麼大的能耐，竟然能虜獲秦畫晴的芳心？

秦畫晴也不想瞞，可想著父親萬一知道，多多少少對他二人將來都不利，索性能瞞多久，就瞞多久，等魏正則日後風光回京，再告訴眾人不遲。

「不是我藏著、掖著，只是現在……情況還不允許。」秦畫晴蹙著眉頭，語氣遲疑。

秦獲靈還不依不饒。「那左員外的女兒當初不也是自己相中了一個秀才，結果差點被騙得傾家蕩產。阿姊，就說出來吧，我怕妳識人不清，也是為妳好啊！」

秦畫晴看了眼李敝言，仍然搖頭。「獲靈，你別問了，我不會說的。」她看秦獲靈臉都氣紅了，不禁解釋。「你當我是三歲小兒，那般容易被騙？不說他腹有詩書，才華縱橫，且心繫天下興亡成敗，胸盡萬點河山；他深謀遠慮，有通天徹地的才幹，即便這樣也不自滿，虛懷若谷，天下少有……」

秦畫晴誇讚著便忍不住自說自話，雙眼出神。「他這樣的人還對我那般好，我說什麼，他就一定能辦到。若能摘得天上的星星、月亮，他也一定會為我摘下。」

她說的都是肺腑之言，可秦獲靈卻是聽得臉都綠了。

錦玉看李敝言與秦獲靈的臉色都有些黑沈沈的，忙輕輕拉了拉秦畫晴的衣袖，示意她快別說了。

秦畫晴這才回過神，臉上有些燥熱，忙低頭端起茶杯掩飾地喝了一口。

秦獲靈悶悶不樂道：「阿姊，我看妳是越來越會鬼扯了，若天下真有這般男子，又豈會是籍籍無名的青年小輩？」

秦獲靈說到這裡，突然一拍腦門，定定地望著她。「莫非是他！」

秦畫晴也被嚇了一跳，心驚膽戰地問：「……是誰？」

秦獲靈拍了下大腿。「咱們桃李書院的陳夫子，可不是才學過人，憂國憂民嘛！」

錦玉還以為秦獲靈猜到了，心都提到了嗓子眼，卻聽他說這麼個不相干的人出來，忍不住噗哧笑出聲。

她用扇子掩著嘴笑道：「少爺，那陳夫子都六十多了。」

秦獲靈一想也是，看了眼眉梢帶笑的秦畫晴，訕訕的不說了。

李敝言卻是沒有笑，因為他想到了一個人——

他的老師，魏正則。

老師一直都是嚴肅的樣子，沈穩從容，彷彿世間沒有什麼事能難倒他。但仔細一想又不可能，以老師的性子，怎麼也不可能與秦姑娘湊成一對，更何況秦良甫與老師年輕時交惡，林林總總，都是他胡猜了。

思及此，李敝言又看了眼秦畫晴。

盛夏時節，少女穿著時興的霜葉紅蝴蝶衫，纖細的右手支著下巴，容色晶瑩如玉，如新月生暈，如花樹堆雪，明豔不可方物。

這樣朝氣蓬勃的女子，無論如何也與他腦子裡的設想不同。或許，一切都只是他想多了吧……

「對了，今日李公子怎麼有空來秦府？」秦畫晴被他這樣直勾勾地盯著，到底有些不自在。

李敝言還未回神，一旁的秦獲靈已經答道：「阿姊妳有所不知。聖軒帝臥病在床，朝中許多閒職都准了休沐假，希直兄在翰林院左右無什麼事，李大人體恤他，便讓他休沐大半月，忙裡偷閒啊！」

「還可以這樣？」秦畫晴從未聽過這種稀奇事。那這般說，豈不是朝中文武人人都盼望著聖軒帝生病？

她正疑惑著，李敝言便出言解釋。「並不是這樣。只是祖父近來察覺到時局動盪，讓我藉機前往渭州，親自捎信給老師，詳談一二。」

「渭州？」秦畫晴聞言一怔，但隨即很快掩飾下來，輕笑道：「李公子，這等大事你也隨隨便便告訴我們，是不是不大妥當？」

李敝言倒不覺得，他看了眼秦獲靈，鄭重道：「秦兄是我兄弟，秦姑娘自然也是信得過的人，這些話沒有什麼該說不該說，只要不被鄭海端的人發覺拿捏把柄便是。」

秦畫晴笑了笑，寒暄兩句便揭過此話。

她心中有些羨慕李敝言。魏正則是他的老師，他便可以乘機去渭州，沒有誰阻攔。

如果自己也能去渭州找他就好了。

幾人又說了會兒話，李敝言便起身告辭，秦獲靈跟去相送。

待兩人一走，秦畫晴才嘆了口氣，雙肩一垮，低聲道：「錦玉，我也想去渭州。」

錦玉好笑地看她一眼。「小姐，來日方長，不著急。等太陽落山，您要不要去鋪子裡看看，四處走走也好散心。」

秦畫晴點了點頭。

臨近暮晚，秦畫晴也不想坐轎輦，於是與錦玉一路走走玩玩來到「錦繡成衣鋪」。

她簡略地查了查帳，發現收益依然不錯，哪怕這些時日價格略有上調，還有不少人眼巴巴地等著買。

與羅管事說了一會兒話，秦畫晴便準備順道去張管事的糧油店看看。

誰知剛離開「錦繡」的大門沒片刻，就見街頭拐角處出現一個自己最不想見到的人。

秦畫晴扭頭便要從別的道離開，身後的薛文斌卻率先喊住了她。「秦姑娘，何必見到本世子如同老鼠見到貓？莫非妳也知道做了不少虧心事？」

秦畫晴本來不欲搭理他，可聽到這話卻忍不住氣笑了。

她轉身，微微抬起下頜。「世子這比喻一點也不恰當，誰做了虧心事還不一定。」

今日的薛文斌穿著玄青色遍地金袍子，腰間綁著深藍色祥雲紋寬腰帶，手執文竹摺扇，看起來倒是風流瀟灑。上輩子便是這副皮相騙了秦畫晴一生，沒有人比她更清楚，這人是金玉其外，敗絮其中。

薛文斌每次見到她，她都比上一次更美，然而這張美麗的面容，對他從來沒有和顏悅色過。

他一開始以為是欲擒故縱，可如今看來，秦畫晴是厭惡他，沒來由的厭惡。

這種感覺讓薛文斌與生俱來的驕傲受到打擊，所以他要想盡辦法讓秦畫晴屈服，他要她明白他的好，要將那厭惡從她眼中抹去！

思及此，薛文斌上前兩步，忽然欺近秦畫晴身前。秦畫晴連連後退，驚呼道：「世子還是與我保持一些距離吧！」

「哼！」薛文斌不依不饒地跟上，趁著巷子四下無人，一把拽住秦畫晴的手腕，咬牙道：「秦畫晴，如今妳父親在朝中已經失勢，妳還當自己身分有多高貴？妳且說說，本世子是做了什麼讓妳見不得的事情？從第一次在永樂侯府見面，妳便對本世子厭惡至極，今日妳不說個明白，我斷不會放妳走！」

一旁的錦玉已經嚇呆了，連忙上前阻止。「世子，大庭廣眾之下，您這樣做不妥！」然而話才說完，就被薛文斌的左右給拉了下去，一把摀住了嘴巴。

「錦玉！」秦畫晴大驚。「薛文斌，快放開她！」

薛文斌見她還是這般伶牙俐齒，心裡忍不住湧出複雜的情緒。

他抬手捏著她的下巴，道：「秦畫晴，妳知不知道本世子對妳朝思暮想得厲害？前些日子更是時常夢見妳，妳穿著華美繁複的衣衫，周圍的丫鬟都恭順地叫妳夫人。妳與本世子坐在侯府裡的花園亭裡賞牡丹，突然下起了雨，將滿園的牡丹都淹死了，本世子正心疼呢，妳還勸我莫要心疼，以後再去洛陽選更好的來……」這夢境裡的一幕幕，真實得都讓他分不清了。

秦畫晴本來還怒不可遏，一聽這話竟連掙扎也忘了，血液倒流，渾身僵硬。

這不是夢，這是上一世真真切切發生過的事！

那是她嫁入侯府的第二個月，京城整整下了三天大雨，滿院子的矮腳牡丹都被淹死了，她為了安慰薛文斌，等雨一停，就立刻安排人手去移植更美的牡丹。只是後來，牡丹雖然開得豔麗，可她，卻逐漸地萎靡……

秦畫晴回過神，看著薛文斌的臉，想起他上一世、這一世所有對她做過的惡，也不知哪裡來的力氣，一把將他推開。

「世子自重！」

恰好這會兒有幾個人路過小巷，薛文斌撣了撣衣衫，默不作聲。

秦畫晴拉過錦玉，柳眉倒豎，盯著薛文斌一字字道：「這一世你我無緣，還是不要枉費心機了。從今天開始，我秦畫晴就當從未見過世子，以前世子的所作所為，我也可以不再追究，希望世子也能做到，告辭。」

薛文斌想要追上去，可看秦畫晴幾乎是落荒而逃的背影，他腳下彷彿生了根。

什麼叫做這一世無緣？

他都夢見她做了他夫人，也叫無緣？

男未娶，女未嫁，他倒要看看，他們是怎麼無緣了！

「他跟來沒有？」

「沒有。」

秦畫晴聽錦玉這般說，這才停下匆忙的步伐，靠在牆壁上喘氣。

她抬袖擦了擦額角的汗，冷道：「這薛文斌是越發不知好歹，簡直令人不齒。」

錦玉也沒想到那薛文斌會如此作為，擰眉道：「虧他還是堂堂侯府世子，沒想到卻是這種下流之人！怪不得當初小姐您不待見他，想必是早就洞察先機，看出此人卑劣。」

秦畫晴沒有答話。她若是當真看出來了，也不會有上輩子的冤枉事了。

只是……

方才薛文斌說起他的夢境，卻讓她在三伏天，冷若嚴冬。

如果薛文斌也回憶起上輩子的事情該怎麼辦？他會不會攪亂靖王和魏正則他們的計畫？

「應該不會的……不會的……」

秦畫晴的鼻尖滲出細細密密的汗珠。如果世上人人都那般容易重生，擁有上輩子的記憶，這世上早就亂了套！

錦玉看她臉色發白，還以為她被方才的薛文斌嚇著了，忙問：「小姐，您是不是身體不舒服？我們回府吧！」

秦畫晴看著錦玉的臉龐，這才稍微安定了一些。

她點了點頭，正要轉身往秦府走，下意識摸了摸胸口，卻一陣空落，那一直揣著的墨玉不見了！

「不好，玉不見了！」秦畫晴大驚失色，臉色比方才遭受薛文斌騷擾還要難看百倍。

錦玉愣了一下，也恍然記起，驚訝地問：「是魏大人給小姐的墨玉嗎？」

「對！」秦畫晴差點腳軟，她一把拉著錦玉，語帶哭腔。「快！快沿途找找！」

錦玉當然知道那對自家小姐意味著什麼。方才被薛文斌那般騷擾都沒有哭，而墨玉丟失，她卻彷彿失了魂魄。她暗暗嘆息一聲，連忙去旁邊的鋪子買了燈籠尋找。

秦畫晴當真要急哭了。

那是魏正則給她的墨玉，他貼身帶了好多年，金殿傳臚的時候，大儒張素親賜給他的東西，天下間只有那麼一枚！

她怎能將那般重要的東西弄丟呢！

秦畫晴急得又是汗又是淚，幸虧天黑，這一段路又沒有人經過，竟是讓她在角落裡找了回來。

然而找到了玉珮，秦畫晴卻笑不出來。她看著手裡被摔成兩半的墨玉，眼淚撲簌簌地往下掉。「錦玉，這可怎麼辦……我把這玉弄碎了，我怎麼對得起文霄？他把這麼重要的東西送給我，我怎麼可以弄壞……」

「小姐。」錦玉忙給她擦了擦眼淚，細聲安慰。「不急，只要找到了就好。奴婢知道翡翠閣可以修繕玉珮，不如我們這會兒去問一問？」

秦畫晴聞言，這才恢復了些心神，看了眼手裡摔成兩半的墨玉，這才轉道前往翡翠閣。

翡翠閣是京城裡專賣玉器瑪瑙的店鋪，聽說掌櫃背後的東家是皇親國戚。可聖軒帝子嗣單薄，來來回回就那麼幾個，一時間翡翠閣生意越做越大，倒成了京中第一的珠寶鋪面。

秦畫晴遞上墨玉，那掌櫃拿起水晶放大鏡仔細看了看，道：「這墨玉倒是少見的好東西啊，上面的椒圖輔首銜環十分別致，雖摔得紋路完整，但修起來有些麻煩，估計要一個月的時間。這價格嘛……」

「價格不是問題！」秦畫晴連忙說道。

掌櫃微微一笑。「既然如此，姑娘立個字據，下個月便來取貨吧。」

秦畫晴還有些不確定地問：「當真能修好？」

「放心，我翡翠閣從來不做砸招牌的生意。」

秦畫晴沒有辦法，放不放心都只能試一試。

她們剛走下翡翠閣的臺階，就聽遠處有人喊：「秦姑娘！」

錦玉抬手一指。「小姐，是李敝言公子。」

秦畫晴順著她手指的方向看去，李敝言依舊是白日裡的那身衣衫，坐在高頭大馬上，身後跟著幾個隨從，看樣子是要出城。

秦畫晴強打起精神，打了個招呼。「李公子這是要去哪兒？」

李敝言笑了笑。「秦姑娘忘了嗎？我今日才說過的，要去渭州。」

一聽「渭州」兩字，秦畫晴立刻清醒了一些。

她不好意思地笑。「這倒是我疏忽了……」

「我看秦姑娘從翡翠閣裡出來，面色不太好，莫非買不到合心意的東西？」

秦畫晴順口便道：「沒，只是玉珮摔壞了，我拿來修繕一下。」

李敝言聞言一怔，他突然想起很久之前，匆匆一眼見過的墨玉。「是那塊做舊的墨玉嗎？」

秦畫晴沒想到他竟還記得，頓時知道自己失言了，勾了勾嘴角，敷衍道：「不過是平日裡把玩的羊脂玉，看著雕刻精細，捨不得讓它作廢，這才拿來翡翠閣。」

「原來如此。」李敝言看她神色無恙，便也沒有多想。

秦畫晴道：「天色已晚，就不打擾李公子趕路，我先告辭。」

「告辭。」李敝言朝秦畫晴點了點頭。

看著她窈窕的身影消失在夜幕深處，李敝言這才戀戀不捨地調轉馬頭。

他也不知道自己還在期待什麼，明明今日秦畫晴已經跟他說的夠清楚，可心中的執念反而越來越深。他不知道這世間竟然還有她口中那樣的男子，彷彿比他還要好過千百倍似的。

身後的隨從催促道：「少爺，我們快走吧。」

李敝言回過神，又看了眼夜色下的京城，這才絕塵而去。

他們選擇水路，自灞河而下，不到四日便到了渭州城。

渭州的天氣比起京城還要炎熱，略帶西斜的太陽殘酷地停留在半空，灑下炙膚的熱力，每一片沙土，似乎都乾涸得快要灼燒。

李敝言與幾名隨從等在刺史府衙外，正用衣袖搧風，就聽府衙的兵丁來報：「幾位，刺史大人有請。」

隨從被安排在偏廳喝茶休息，李敝言則隨著一名老奴來到府衙後堂。繞過照壁，便見堂屋內，魏正則身上穿著一件繡青竹的舊綢長衫，手裡捧著一卷書，小几上的棋盤還擺著沒下完的殘局，角落的香爐燃著玉蘭花香，將這炎熱的暑氣也給壓下去了幾分。

「老師！」許久未見，李敝言倒是真的歡喜，忙給魏正則彎腰一拜。

魏正則將他虛扶而起，淡笑道：「此番怎麼有空來渭州？翰林院沒有要做的事？」

李敝言擦了擦額角的汗，從袖子裡掏出李贊事先寫好的信，雙手呈上。「老師一看便知。」

魏正則雖然人在渭州，可也聽聞聖軒帝病重的消息，他忙拆開信封火漆，李贊筆力遒勁的字跡躍然而上。

他每看一行，神色便沈下一分。信裡說的很簡單，聖軒帝一年病危兩次，鄭黨一派快坐不住了，萬一鄭海端等人輔佐楚王得勢，他在朝中可能會腹背受敵，言下之意，李贊希望他能在靖王面前提點一下此事，避免李府遭難。只是如今靖王的謀劃沒有一年便不能成，唯一能求的，是聖軒帝的龍體一定要再堅持下去才行。

「老師，您怎麼看？」李敝言輕聲問。

魏正則沈吟片刻，緩聲道：「我如今遠在渭州，許多事無法與李大人商議，但你回去告訴他，不必著急，若鄭海端等人捷足先登，便棄卒保車，無論如何要和項大人等人保住自身性命，才能行下一步事。」

李敝言點了點頭。「希直明白。」

「希直，這次你打算在渭州留多久？」魏正則看著他問。

李敝言蹙眉嘆氣。「趁著休沐過來的，明日便要馬不停蹄地往京城趕。」

魏正則也略帶遺憾地道：「既如此，那以後有時間再來渭州看看吧。」

兩人許久未見，倒是有許多說不完的話，李敝言心中堆積不少問題，見到魏正則，都一一詢問出來；魏正則也不藏私，有一樣說一樣。

李敝言聽完後大喜。「還是老師您有曠世經緯，這些問題，我總也想不明白。」

魏正則笑笑。「多日不見，你怎的也學了旁人溜鬚拍馬的功夫？為師就你一個學生，傾囊相授都來不及。」

說到這個，李敝言也來了話頭。「我倒是可以給老師再推薦二人，一人是宋太醫的兒子宋浮洋，一人是秦良甫大人的嫡子秦獲靈，兩人都在桃李書院唸書，特別是秦獲靈，才學不比學生差。」

秦獲靈……

魏正則忍不住笑了笑。他的小醋罈子不知多少次在他面前提過她這寶貝弟弟。

「老師，您看如何？」

魏正則回過神，淡笑道：「秦獲靈本來是今次恩科的狀元，被冤枉而落榜，著實有些可惜。」

李敉言沒想到魏正則遠在渭州也知道此事，不禁扼腕。「正是，學生也為他不值。」
魏正則道：「等日後有時間，為師再親自去看看這二人。」
李敉言一聽這話就知道，此事八九不離十了，想著回京後一定要給二人說說，定然能教他們高興得跳上天。

第三十五章

次日一早，沒承想靖王朱寧應突然駕臨，順道帶來一個不大不小的消息。

因聖軒帝病重，滄州各地又經歷人旱，民不聊生。月初，湖州農民煽動遠近數千人起義造反，群起響應，持鋤頭、鐮刀攻打嘉興府城，不敵朝廷備兵，造反頭子率眾潰逃，官軍追至盡殲其眾。

同月中旬，南贛又有學子率眾，分別圍攻安遠縣和龍南縣；滄州流民起義，攻泰和縣，大敗官軍，殺死官軍副使、千戶數百人，起義頻發，朝廷震驚。

「賑災不到位，百姓有怨言，而百姓為水，君為舟，水可載舟，亦可覆舟；此事不平，民心不向，雖然各地備軍都已平亂，但就怕此事屢禁不止。」朱寧應說到此處，不由嘆了口氣。

縱觀大元朝三代歷史，也沒有哪一年有如今年一般多災多難。

這件事地方官員上報到朝廷，快則三、五天，慢則一個月，聖軒帝又無心朝政，朝中李贊等人又明顯式微，不敵鄭海端一黨。

魏正則沈聲道：「鄭海端本就不在意民心，流民造反，兵力鎮壓，如此往復，只會讓百姓與朝廷之間的隔閡越來越大。」

李敝言皺了皺眉，低聲插話道：「在京城根本沒有聽過這些消息，估計全被鄭海端給壓下來了，就連我祖父也不知道。」

此言一出，朱寧應與魏正則眉頭都擰了擰。

李敝言頓時不敢再多說。

汙吏當道，佞臣掌權，君主病重，天災人禍，百姓流離。

而楚王與靖王之間互相防備，對皇位之爭劍拔弩張，怎麼看，都不是一個有利的局勢。

朱寧應嘆道：「本王原計畫要去徐州的，但半路收到曹瑞的密報，突厥前日派了一隊騎兵擾亂邊關，刺探情形，看樣子似乎知道大元朝內政不穩，妄圖趁火打劫。」

這倒是在魏正則意料之中，他輕輕頷首。「朝中腐朽，估計有官員與蠻夷外壤互通消息，只是朝中兩黨明確，想要揪出此人不太方便。」

朱寧應「嗯」了一聲，眸中突然閃過一抹精光。「本王也是如此想的，倘若哪日大權在手，肅清兩黨也就容易了。」他說到此處，看著多年帶兵打仗留下死繭的手指。「魏大人，依你看，是先下手為強，還是黃雀在後？」

魏正則微微一怔。沒想到朱寧應竟然坐不住了。

他想到遠在京城的人，也有些坐不住，但一切為了大局，都得從長計議。

思及此，魏正則緩言道：「古往今來，政變成敗不分先後，分的是『穩』一字。急不得，緩不得，且按兵不動。楚王雖然明暗有著不少幫手，可他的幫手都集中在京城朝廷，王爺多年來四處征戰，扶植根基，倒有將京城喻為甕中之意。」

朱寧應聞言忍不住笑了笑。「這倒也是。」

吃了兩盞茶，朱寧應又道：「只流民四處作亂造反，這點本王不大放心。」

魏正則道：「百姓過得不好，自然就想推翻現在的局面。只是造反何其不易？時機未到，現在造反那就是找死，且看看各地督軍，雖然費了些力氣，可也沒有一個地方成事的。等王爺醒掌天下，再推出懷柔政策，實施變法，百姓過得好，又何必要造反？」

說到此處，魏正則語氣一頓。「下官倒覺得，這些造反的農兵可以加以利用。」

朱寧應一怔。「此話怎講？」

魏正則道：「百姓造反不過為了溫飽，招安也十分容易，眼下局勢迫在眉睫，各地府兵不好調動，這些農兵倒可以成為王爺成大事的助力。」他隨即低聲在朱寧應耳邊一說，朱寧應忍不住拍案叫絕。

「這方法妙極！妙極！」

魏正則淡淡一笑。

朱寧應越想越覺得可行，忍不住道：「只不知何時才能成事？」

「這天遲早會來。」

朱寧應鬱悶地搖了搖頭。他最近費心的事情太多了，才三十好幾，頭髮根都白了不少。他突然想起一事，看向魏正則道：「此事暫且放一邊不談，本王順道過來，還有一件事要與魏大人商議。」

魏正則肅容道：「王爺但說無妨。」

朱寧應清咳道：「這麼多年，本王身邊只有鈺暉一個世子，年方十二，現在跟著幾個小有名氣的先生習四書五經、春秋禮法，但本王旁聽了幾次，總覺得不如意。思來想去，覺得魏大人若能來教習，本王也就不必擔憂鈺暉的學業。」

魏正則見過朱鈺暉，年紀不大，但卻很懂禮貌，長得白白淨淨，不算聰穎，也不算愚鈍。

也不知今朝的皇室是怎麼了，從聖軒帝開始，子嗣凋零，靖王如今三十多歲，也只得靖王妃生了一個世子，其他人均無所出；而楚王膝下雖有三子，卻全是郡主。也難怪當年那愉貴妃假孕小產，惹得聖軒帝怒火沖天。

魏正則笑道：「能授業與小世子，下官榮幸之極。」

朱寧應聞言心下安穩，看向一旁端站著的李敝言，儀表堂堂，不禁誇道：「若本王沒有記錯，李公子便是師從魏大人吧？聽說今科名列三甲，當真英雄出少年啊！」

李敝言忙躬身作揖。「都是老師教得好。」

朱寧應微微一笑。「那便是名師出高徒了。」

「王爺過獎。」

三人在書房閒聊一會兒，朱寧應還有要事在身，中飯也不留，輕車從簡地要離開渭州，魏正則便親自相送他至渭州城外。

李敝言下午也要回京，東西都打包好了，他閒來無事，便留在魏正則書房裡翻閱典籍。

書房裡縈繞著淡淡的玉蘭香，這味道讓李敝言總覺得有些熟悉，好像在哪裡嗅過，可他這會兒卻怎麼也想不起來。

手裡的《水經注》看完了，他站起身，要將書籍放回書架，豈料右手衣袖太廣，不小心撫落多寶閣上的一個錦盒，「啪」的一聲，錦盒被摔開，一個略陳舊的鴉青色雲紋荷包被摔了出來。

李敝言心道自己毛手毛腳，連忙彎腰去撿，可當他拿起那荷包時，突然覺得這綢緞料子有些眼熟。

他神情一愣。

他將荷包拿到光線亮些的地方，仔細看上面的刺繡，那一針一線緊密極了，而光滑的綢緞也似曾相識，很像……很像他當初悄悄藏起的那方繡帕。

秦畫晴的繡帕。

這個念頭冒出來，李敝言自己都覺得荒謬。

可雖然荒謬，卻一發不可收拾。

他每每去秦府，總是見到秦畫晴拿著繃子在刺繡，很少有蝴蝶、鴛鴦的圖案，多是一些雲紋蝙蝠，鴉青、墨黑為底色，看起來大氣又簡潔。天知道他多想讓秦畫晴繡一個荷包送給他，故此格外在意這些細節，而當初悄悄藏起的繡帕，也被他翻來覆去看了無數遍，所以看著一個綢緞、繡工都相差無幾的荷包，他忍不住想到她。

自己的老師獨身多年，根本沒聽說他與哪個女子發生過旖旎之事，以前沒有，現在也沒有。

李敝言腦子裡一團亂麻。

老師怎麼會有秦畫晴的荷包？這荷包怎麼可能出現在天南海北的渭州，且還被老師珍藏著？要知道在大元朝，女子送男子荷包可是有特別的涵義……

李敝言拿著荷包的手微微顫抖，他將荷包和錦盒放回原有的地方，一顆心卻忍不住跳得飛快。

到底是不是秦畫晴的東西？

還是他想多了？

書房裡靜悄悄的，魏正則還有一會兒才會歸來。

李敝言轉身，第一次背叛了自己的君子作風。他鬼使神差地開始翻看多寶閣上的東西，翻了一會兒沒發現什麼，又轉身去看角落瓷缸裡的畫軸。他飛快地展開畫軸，卻見裡面除了畫著山水魚蟲，還有女子的畫像，只是女子的身形、樣貌都很模糊，辨別不出來。

這已經很可疑了。

李敝言回想，這麼多年從來沒看過魏正則畫女子、仕女圖一類的，如今卻有好幾幅或坐或立的女子圖，還有一幅是在灞河畔的送別圖，女子長亭折柳，即便面容模糊，那深切真情的眼神也隔著冰冷的紙張，炙熱地傳遞出來。

不管是不是秦畫晴，他可以確定的是，如今自己的老師心中有了喜歡的女子。

或許……是他在渭州認識的吧？李敝言只能這樣安慰自己。

他頹然地坐在書桌旁的椅子上，目光忽然落到桌下的抽屜。

愣了半刻，他上前抬手拉開，乃是滿滿一抽屜的奏摺，可還是眼尖的發現奏摺下壓著一遝書信。

他也不知道自己為什麼緊張，心臟咚咚跳動，彷彿能夠數得清楚跳動的規律。

李敝言看了眼窗外，隨即從奏摺下取出那一疊書信，但見信封上一行娟秀的楷書，寫著「文霄親啟」。

「文霄親啟……」

李敝言想都不用想，這一定是魏正則愛慕的女子寫來的書信。

他深吸一口氣，從信封裡飛快取出信紙，正要抖開查閱，就聽書房外傳來一陣腳步聲，徐伯在門外喊：「大人，您回來了。」

李敝言心頭「咯噔」一聲，神色陡然一緊，迅速將那一疊信塞到奏摺底下，手忙腳亂地將抽屜弄平整，剛推回去，就聽房門被「吱呀」一聲推開，魏正則邁步進屋，身後跟著他的隨侍趙霖。

李敝言臉色煞白，還要裝作若無其事。

「……老師，您送靖王回來了？」

魏正則看了他一眼，點點頭，隨即又道：「下午我衙門裡還有事，就不送你了，趙霖會幫你打點好一切。」

李敝言乾笑彎腰。「多謝老師。」

他彎腰的時候，順便打量魏正則腰間，那裡果然懸掛著一枚與青衫相得益彰的素雅荷包，與那雲紋荷包都是出自同一人的繡工。

李敝言脫口就道：「老師，您這荷包真別致，不知京裡有沒有賣？」

他說完才自覺失言，頓時臉頰略紅。

魏正則低頭撫了撫荷包上的流蘇，眸光微閃，隨即看向李敝言，笑意加深，道：「此乃你師娘親手做的，別的地方都買不到，你若喜歡，回頭我讓她給你做一個。」

說罷，他順手拉開抽屜，掃了一眼。

「老師竟然……娶妻了？」李敝言有些啞然。

魏正則將抽屜合上，抬眼看著他，目光深邃。「現在還未三媒九聘，但這輩子除了她，不會有別人嫁給為師。屆時老師娶親，你與你祖父可一定要來。」

不知為何，李敝言有種被他看穿的感覺，聲音因為心虛，越來越低。「老師放心，我與祖父定然會來。」說到此，他語氣一頓。「師娘是渭州人士嗎？」

魏正則想了想，摩挲著拇指上的古玉扳指。「算是。」

李敝言一聽，立刻放下心來。看樣子絕不是秦畫晴，她可是京城人士。

夏日炎炎，正午最燥熱時，京城街道上一個人影也瞧不見。

這麼熱的天，秦畫晴也不想動，可她一直惦記著摔碎的玉珮，沒兩日就要去翡翠閣催一催。掐指一算，又有三天沒去催了，她這便坐不住，拉著錦玉就往翡翠閣去。

錦玉收傘，擦了擦額角的汗，對秦畫晴道：「小姐，萬一那玉珮還沒修補好怎麼辦？豈不是又白跑一趟了？

天？」

秦畫晴蹙眉道：「應該不會這麼倒楣吧……」

要知道，她隔三差五地過來，和翡翠閣的人都熟識了。

那掌櫃聽到外頭動靜，一看是秦畫晴，拍大腿道：「姑娘啊，妳怎麼又來了，這才幾天？」

「三天了啊。」秦畫晴拍了拍櫃檯。「你上次不是說三天之內嗎？我按時來取，有何不對？」

「沒說姑娘不對，只是妳看字據，上面寫著月末來取，妳說妳急什麼呢？」掌櫃也吃不消了，一個大姑娘圍著他天天要玉珮，不知道的還以為他做了什麼黑心生意呢！

秦畫晴也不想跟他廢話，只問：「你就說今天能不能拿到？」

掌櫃也被她催的沒辦法了，無奈道：「我再給妳催催，明日妳來取。」

秦畫晴又好說歹說了一會兒，那掌櫃沒轍，只得給她看墨玉現在的樣子，果然細縫的地方還沒有黏合仔細。秦畫晴只得轉身離開，臨走又囑咐道：「明日我來，你可一定要將這玉還給我。」

這玉不在她身上，就像沒了主心骨，心頭空落落的。

離開翡翠閣，秦畫晴嘟噥道：「錦玉，妳又烏鴉嘴了。」

錦玉忍不住笑了笑。「小姐，奴婢冤枉，我看不是奴婢烏鴉嘴，是小姐您思君心切！」

秦畫晴哭笑不得，瞥她一眼。「有妳這般編派主子的嗎？」

「奴婢不敢！」

主僕二人打打鬧鬧地往回走，壓根兒沒聽見身後有人叫她們。

李敝言沒想到一回京城，又在翡翠閣門前遇到秦畫晴，他喊了兩聲，秦畫晴與錦玉都沒聽見，便收了心思，目光落在翡翠閣外。

「少爺，我們回府吧。」隨從拿手搧了搧風，提醒道。

李敝言正欲點頭，沒來由心裡又升起之前那荒謬的想法，甚至迫切地想要佐證。他讓隨從先回李府，自己則調轉馬頭，往翡翠閣去。

翡翠閣的掌櫃好不容易送走秦畫晴，打了個呵欠，剛要回後堂補個午覺，就聽外間傳來一陣馬蹄聲。

李敝言翻身下馬，身姿頎長，衣袂翻飛，一身貴氣。那掌櫃登時來了精神，忙笑盈盈地上前招呼。「公子想要買點什麼？珊瑚瑪瑙，還是翡翠玉石？近日新來了一批南洋珍珠，公子要不要……」

李敝言思忖著，如果秦畫晴有喜歡的珠寶翡翠，他便買下來送給她。

「方才來了位姑娘，她買了什麼？」

那掌櫃還有些迷糊。「哪位姑娘？」

李敝言指了指外邊。「方才走的那位，穿粉衫的姑娘。」

掌櫃瞬間明白，「喔」了一聲，了然道：「是她呀。」隨即他擺了擺手。「她不是來買東西的，此前這姑娘摔壞了一枚玉珮，拿來我們這兒修補呢。」

說到這個，掌櫃一肚子苦水，炮語連珠道：「公子，你不知道，這姑娘愛惜那玉珮得很哪！前前後後來了翡翠閣好多次，每次都在催，好像我們翡翠閣要吞她東西一樣。雖然那玉不錯，成色很好，雕工精湛，可有些舊了，看起來也不光華，上面還有許多劃痕，也不知她寶貝什麼？」

李敝言神色一暗，他突然記起此前問過秦畫晴，她說拿來修的是一塊普通的羊脂玉。

他下意識便問：「是羊脂玉？」

掌櫃的擺了擺手。「哪能啊，是一塊少見的墨玉。」

「墨玉？」李敝言眉頭一皺，不明白秦畫晴為何要騙他？

可是她越隱瞞，他就越想知道，彷彿有貓在抓一樣心癢。

他知道她心裡有人，她那般專情的人不會再移情別戀，可是他就是想刨根問底，想知道自己到底有什麼地方比不上她所愛慕的那人？

他沈聲問：「掌櫃的，能把那塊墨玉拿出來給我瞧瞧嗎？」

「這……」掌櫃面有難色，略胖的雙手交握摩挲。「咱們翡翠閣沒有這個規矩，萬一弄壞客人的東西……」

「就看一眼。」李敝言從腰間掏出一錠沈甸甸的銀子，塞到對方手心。

掌櫃的掂了掂，隨即納入袖中，眼珠子一轉。「說好一眼啊。」

楠木盒子遞到他手中，李敝言深吸一口氣，「啪嗒」打開盒子，但見紅色的絨布上，靜靜躺著一枚墨玉。

輔首銜環的山海經異獸椒圖，用墨色的玉雕鏤出來更顯得栩栩如生。陳舊、輕微的劃痕，每一道都與自己此前見過的重合。

魏正則曾說過，這是大儒張素親賜的東西，天下間只此一枚。

可這一枚，出現在秦畫晴手中。

李敝言險些拿捏不穩，一旁的掌櫃忙將墨玉搶了回去，膽戰心驚道：「你這人看起來滿沈穩的，竟連個東西都拿不穩！」說完，就撩開簾子去了後堂。

整個翡翠閣裡，就剩下幾個打瞌睡的小二，以及呆若木雞的李敝言。

一切都串聯了起來，從第一次他看見秦畫晴開始。

那個美若天仙的女子，徑直從他身邊走過，去找他的老師……她無視他的存在，無視他後來所有的討好，一切都因為她心裡有了他的老師。而這塊一直掛在老師身上的墨玉，也落到了她的手上，如今老師腰間一直懸掛著的，是她親手所繡的荷包。

她投之以荷包，他報之以玉珮。

這一切都悄無聲息地發生了。

李敝言想起那晚在秦府看見私會的丫鬟和小廝，他以為那是長相相似的兩個人，其實……其實就是他們吧？他的恩師，和他喜歡的女子。

怪不得老師會對他說，他們還沒有三媒六聘；怪不得秦畫晴怎麼也不肯透露自己愛慕的人是誰，她不能說。

魏正則與秦良甫多年政敵，到頭來，他竟然和秦良甫的女兒在一起，這是多大的笑話、多大的諷刺？

李敝言很難受，可他想到日後秦良甫得知真相的樣子，卻忍不住想笑。

他似笑似哭，踉蹌著離開翡翠閣，外面的太陽毒辣辣的，曬得人皮膚發痛，他雖然汗流浹背，心底卻冷到骨子裡。

莫名地，他心底升出一股不甘。

他突然想去質問秦畫晴。

不管任何緣由，他要見她，想和她說個清楚。

秦畫晴和錦玉共撐一傘，說說笑笑，才走到秦府正門，就聽身後傳來急促的馬蹄聲。

她下意識回頭看去，卻見刺目的陽光下，李敝言一身白衣，縱馬朝這裡而來。他面色凝重，泛著不正常的潮紅，大汗淋漓也不見他擦。

秦畫晴記起他從渭州歸來，本以為會去很久，沒想到回京得這般迅速。

她驀然心底一驚。難道渭州出事了？

她頓住腳步，蹙眉問：「李公子，你如此匆忙，可是渭州發生了什麼事？」

李敝言翻身下馬，看著秦畫晴憂心的面容，一如既往的美麗，可他的心，卻抽疼得不像話。

他的聲音也帶著一絲絲顫抖，順著她的話頭接道：「放心，魏大人無事。」

秦畫晴一聽魏正則沒事，頓時鬆了口氣，點了點頭。「那就好……」

一旁的錦玉驚駭地拉了拉秦畫晴的衣袖。

秦畫晴倏然大驚，瞪著雙眼，滿臉訝異，連說話也不索利了。「李公子，你……你……」

李敝言看著她的反應，心底最後一絲期望也沒有了。

他垂下眼簾。「我能問問秦姑娘，是什麼時候與我老師……」

「你先別說！」秦畫晴看了看周圍，這可是在秦府門前。

她連忙將李敝言引到拐角的陰涼處，擦了擦鼻尖細密的汗珠，問道：「李公子是從哪裡得知來的消息？」萬一她與魏正則的事被鄭黨的人發現，以此為要脅，對她、對他，甚至對秦府、李府和整個靖王黨都不利！

李敝言方才一時間又驚又急又難過，腦子轉不過來，這會兒見秦畫晴一臉凝重，想到靖王此前在渭州說的話，也反應過來了。

他頓時收回迷茫的神色，看著秦畫晴嬌美的面容，低聲道：「沒有人告訴我，是我自己猜測的。」

秦畫晴這才放下心來，看了他一眼，道：「李公子應該明白朝中局勢，此前我連獲靈都不說，就怕我與文霄的兒女情長會連累到其他，所以隱瞞得滴水不漏。現在咱們與李大人、項大人等都是一條船上的，因此這件事還請李公子代為保密，在大事未成之前，不要聲張。」

她柔和的臉孔如今卻擺出如此嚴肅的表情，讓李敝言心頭更是澆了一盆冷水。

「秦姑娘，我來找妳不是想談這些，我只是想知道妳什麼時候……」

「李公子。」秦畫晴打斷他。「我此前便說過，你我無緣。至於我是怎麼和文霄相識相知，也沒有必要告訴你。你是文霄的學生，又是獲靈的好友，我不希望因此事讓我們之間生出隔閡，畢竟我很願意結交李公子這位朋友，也希望我們永遠是朋友。」

李敝言閉口不言，大顆的汗卻滴滴答答地流。

秦畫晴看他這樣也於心不忍，語氣放柔了一些。「李公子，你總會找到你真心相待的人，告辭。」

李敝言看著她的背影，心碎極了。

第三十六章

月末。

秦良甫也無法一直賴在府中，硬著頭皮也要去上朝。

如今朝廷裡爭吵不休的便是滄州各地大旱，流民起義的事也層出不窮，李贊主張掏空國庫上下節儉，也要賑災安撫難民；鄭海端卻以天子重病，不予理會，兩方僵持不下，聖軒帝臥病在床又無法做出決斷。

秦良甫老神在在地站在角落，聽他們吵得不可開交。

結果這一上午過去，還是沒有商量出一個對策，百官魚貫而出。

秦良甫正要回官轎，卻聽身後有人喊道：「秦良甫！」

秦良甫雖然如今貶官，可到底也沒誰直呼其名，他蹙眉一回頭，就見張橫抄著手，趾高氣揚地走過來。

「我道是誰，原來是張大人。」

他皮笑肉不笑，這模樣看得張橫心裡打緊。

張橫眼睛一瞪，怒道：「秦良甫，有你這樣跟本官說話的嗎？」

秦良甫也不看他，負手而立。「那張大人說說，我該如何與你說話？」

張橫翻了個白眼，搖頭晃腦道：「自然得自稱『下官』，不僅如此，還要朝本官拜禮。」

「哦？」秦良甫挑眉。「如何拜禮呢？還請張大人示範一下。」

張橫正要作揖，猛然回過神，怒不可遏。「秦良甫！你竟敢戲弄本官！」

秦良甫懶得理他。若不是鄭海端想要以此人來要脅激將他，如今張橫死了多少次都數不清。再說了，鄭海端也得養狗啊，這張橫與狗簡直一個模子裡刻出來的，可不是正得了鄭海端的歡心。

這些林林總總，秦良甫都不想深究。

他轉身便彎腰上轎，催促轎夫離開，卻是把張橫氣得夠嗆。

張橫在轎子後跺腳大罵：「秦良甫，我看你還能得意到什麼時候！我估計你都活不到下個月！」罵完，抬手給自己順了順氣。「他奶奶的，可氣死老子了！」

秦良甫坐在轎子裡，神色凝重。

雖然張橫此人不可靠，可他這話卻說得突兀，沒有倚仗，是萬萬不敢說的。

秦良甫擰著眉頭，心頭彷彿壓著一塊大石，又沈又悶。

八月初三。

圓月高掛，滿城桂香，草叢裡的蛐蛐兒唧唧地叫，屋子裡卻靜得落針可聞。

秦畫晴靠在床上，抱著大迎枕，愁眉深鎖。

她幽幽地嘆了口氣，睡在外間的錦玉敏銳地問：「小姐，怎麼還不睡？」

秦畫晴低聲道：「不知為何，這幾日總是心神不寧的。」
「小姐何必憂思太多，天塌下來，還有老爺頂著；再不成，魏大人也會頂著，總歸落不到小姐身上去。」
秦畫晴被她這話逗笑了。「話雖如此，可我並不想做那依附旁人的菟絲花。」她看了眼外面的明月，當真是又圓又亮。快到中秋了，也不知他在渭州過得好不好？
自從上次收到來信後，許久又沒了他的消息。
只要想他了，秦畫晴便抬頭看著天上的月亮，久而久之，她覺得自己都快成那「望夫石」了。
錦玉聽著沒了動靜，輕聲問：「小姐，您睡著了嗎？」
秦畫晴不想她擔心，低聲道：「睡著了。」
隨即便是兩人心照不宣的低笑。
正笑著，突然聽得「噹」一聲響，兩人忙止住笑聲，豎起耳朵聽，又是「噹」一聲，似乎是古舊的皇城鐘發出的嗚咽之聲，一下一下，極有規律。
「這聲音……」秦畫晴從床上一卜翻身坐起，面色鐵青。
錦玉也聽出這鐘聲非比尋常，忙起來給秦畫晴更衣，剛穿好衣衫，走到外面，才發現整個秦府燈火通明，越過牆頭往遠處看，京城裡的官宦豪門幾乎都燃起了燈火，嘈雜一片。
秦畫晴才走到廊上，就見秦良甫快步疾走，邊走邊往頭上戴官帽，她連忙上前詢問：「爹，發生什麼事了？方才我聽到皇城那邊傳來鐘聲，是……」

「喪鐘。」

秦良甫面沈如水，看起來很是平靜，可他繫蹀躞帶的手卻抖個不停。「方才宮裡傳來消息，皇上駕崩了，妳母親和弟弟在花廳，妳趕快過去和他們一起。」

他繫了半天還沒繫好，秦畫晴忙彎腰幫忙。

「爹，您什麼時候回來？」秦畫晴抬起頭，心臟咚咚地跳。就怕鄭海端等人太心急，駕崩後不等服喪，便要輔佐楚王上位。若是楚王上位，第一件事可不就是清君側？一朝天子一朝臣，父親與鄭海端大有過節，這可怎麼是好？

秦良甫身子一僵，隨即抬手摸了摸秦畫晴沒來得及綰起的頭髮，定然道：「若明日酉時我還未歸，妳就帶著妳母親和弟弟去丁大人府上暫避。」

秦畫晴只覺得後背寒毛直豎。丁大人？那個一直在朝中秉持中庸之道、兩邊討好的丁正？

「爹，那您呢？」她拽著秦良甫的衣袖不讓他走，眼睛裡氤氳著淚。「不去行不行？」

「不去只會死得更快。聖上駕崩不前往太和殿弔喪，此乃誅九族的大罪！」秦良甫忍聲道。

他看了眼女兒，又看了眼花廳的方向，隨即一根根掰開秦畫晴的手指，整了整頭上的官帽，毅然決然地轉身離去。

秦畫晴淚流滿面，伸手卻拽不住他。「爹……」

然而她只能眼睜睜看著秦良甫去。

這一去，凶多吉少。

「小姐，怎麼辦？」錦玉雖然不懂，可也察覺到了危險。

這茫茫的夜色裡，彷彿蟄伏著吃人的巨獸。

秦畫晴擺了擺手，扶著柱子站起來，她抹了把臉上的淚，從懷裡掏出魏正則當初交給她的權杖。

她摸了摸上面的「靖」字，對錦玉道：「將此物交給詹紹奇大人，倘若待會兒宮中發生什麼事，讓他務必、務必保住我父親！」

「是！」錦玉想也不想，立刻接過那沈甸甸的權杖，轉身從後門出府。

卯時初，各家都收到禮部公布的消息——聖軒帝病重不治，昨夜駕崩。

京城裡自然是一片慌亂，不僅僅只是宮外，宮裡頭的氣氛更是亂作一團。

火速入宮的群臣跪在殿前，聖軒帝龍體還未下葬，皇后被迫站了出來，手捧黃燦燦的親筆詔書，斷斷續續的哽咽道：「奉、奉先帝遺詔，曰：朕以宗人入繼大統，獲奉宗廟四十五年。深惟享國久長，累朝未有。乃茲弗起，夫復何恨……楚王皇二子寧嘉，秉性仁慈，居心孝友，最為鍾愛，即皇帝位，且邊關不穩，內政不平，即日可登大寶，安內攘外……布告天下，咸使聞知。」（注）

聖軒帝駕崩，面對如此重大的巨變，許多朝臣仍然沒有反應過來，正迷迷糊糊地跪在底

注：改寫自「嘉靖遺詔」及「雍正遺詔」。

下，就聽皇后唸出聖軒帝「親筆」寫的遺詔，讓楚王繼承大統。

皇后都唸完了，眾臣還呆滯著。

鄭海端與盧思煥等人連忙有條不紊地上前跪拜。「臣等謹遵先帝遺詔！」

「荒謬！」李贊連忙站出，義正辭嚴地指責。「且不說遺詔真偽，哪有即日便登大寶的道理？古往今來，莫不是皇子、公主入京後，按喪儀到先帝靈柩前，和文武官員們一起弔唁七日，沐浴齋戒，焚香哭喪，出殯入葬，安排嬪妃守陵，由禮部安排在京的軍民摘冠纓、服素縞，月內不嫁娶，百天內不准作樂，自大喪之日始，各寺廟、道觀鳴喪鐘萬次……」

「李大人！」鄭海端冷冷地打斷他。「你難道比禮部還要清楚這些嗎？先帝既然下詔讓楚王即日登基，便是想著我朝內外不安，須得即刻穩定，否則此大變入蠻夷耳中，趁我大元混亂來犯，這罪名難道是李大人你來背？」

鄭海端平時甚少開口，可此時箭在弦上，他也顧不得那麼多。

李贊冷然道：「皇上屍骨未寒，大葬還未開始，便要行登基之禮？鄭大人，你這是安的什麼心思，是想讓新帝一登基便飽受後人詬病非議嗎？百善孝為先，更莫說是皇帝之子了！」

「李大人這是要公然抗旨了？」鄭海端眸中精光一閃，語氣也陰森森的。

李贊不懼是假的，可他現在能有什麼辦法？朝中只他幾人是靖王一黨，若覆了，妻兒怎麼辦？百年基業又怎麼辦？

鄭海端與他一樣，都是同樣的想法。

兩人鬥了這麼多年，改朝換代，便是誰勝誰負的生死局，誰也不能讓步，誰也不能膽怯！

李贊涼道：「老臣不敢。」

他持著玉笏，抬起下巴，那樣子可不就是在抗旨嗎？

鄭海端正要開口，卻聽遠處傳來一聲嬌嫩的嗓音，說出的話卻像一柄利劍，毫不留情。

「這遺詔是不是我父皇所寫，真假猶未可知，更何況楚王、靖王一個也沒回京，即日難登大寶。鄭大人如此心急，莫不是想自個兒坐這龍椅？」

眾群臣回頭一看，只見長平公主素面朝天，穿著隆重的拖曳華服，一步步走了過來。

長平公主徑直走到皇后跟前，扶著她的手臂。

皇后看了眼女兒，差些哭出來，低聲道：「傻孩子，這當口妳來做什麼？」

長平公主拍了拍皇后的手臂，眼神落在鄭海端身上，微微一睇。這個老東西，一肚子壞水！

鄭海端忙躬身道：「公主這話的罪名太大，微臣惶恐。臣入仕途三十餘年，一心輔佐先帝，今後也會一心輔佐楚王，絕不會有這種大逆不道的想法。至於遺詔真偽，公主親自看看便是，上面白紙黑字，可蓋著傳國玉璽的印呢。」

長平冷冷地掃了一眼。「不過是蓋個戳的事，我讓瞎子摸著玉璽蓋一下，不也是一樣嗎？左右無人看見，誰信得過？」

鄭海端對她禮遇三分也是看在楚王的面子上，說到底，以後楚王登基，不過是個傀儡罷了，真正掌權的是他鄭海端！

區區後宮婦人，也敢在他面前叫囂？

鄭海端語氣冷了幾分。「公主年紀小，不懂事，臣等明白。」

「明白？你明白什麼啊！」長平最厭惡別人說她年紀小！她年紀小，心思卻不小。

她提起裙子，正要走下臺階摑鄭海端，就聽殿外有人厲聲呵斥：「長平！退下！」

群臣順著聲音看向外面，只見楚王朱寧嘉身穿錦衣華服，外面鬆垮垮地套了一身白麻孝衣，大步流星的走進殿中。

他剛入大殿，身後跟著的一幫禁軍，飛快地持槍劍包圍大門，森然林立，一派肅殺。

群臣見了不免低聲唏噓，與鄭海端等人交好的自然有恃無恐，與李贊等人交好的則人人自危，而保持中立的官員十分緊張，人人屏息凝視，沈重的呼吸聲在靜得詭譎的氣氛下異常清晰。

「楚王殿下！」鄭海端等人忙上前參拜。

長平也愣住了。「……二皇兄，你怎麼來了？」

朱寧嘉拍了拍身上根本不存在的灰塵，答道：「昨夜聽說父皇駕崩，本王大感心痛，悲痛不已，累壞了三匹馬，連夜才趕回京城。」

盧思煥忙假裝擦了擦眼淚。「楚王一片孝悌之心，感天動地！」

四下當即有人小聲附和誇獎，稍微有點眼色的人都看清了局勢。要知道，靖王身在隴南，天南海北，得到消息最快也要三天，別看三天不久，可這三天已能定住京中局勢。

李贊等人氣結。

未得天子詔令，各地王爺不得入京，否則當以謀反論處。

楚王遠在淮南，就算昨夜星夜兼程趕來，也不可能出現得這麼快。別說累壞三匹馬，就看他一臉吃好喝好、精神飽滿的樣子，也不像連夜趕來的。料想他一早就藏在京城，聽到聖軒帝駕崩，高興得不知東南西北，急匆匆地就趕來了。

可他這般說，李贊等人無法反駁。

遺詔真偽，所有人心裡都門兒清。當年秦始皇將死，令丞相李斯、宦官趙高擬定詔書，命長子扶蘇繼承皇位。可詔書落到趙高手中後，經其篡改，變成了幼子胡亥承繼帝位，從此秦朝江山成了宦官手中的玩偶。如今歷史再現，大元朝的江山也要落在佞臣愚王手裡，斷送大元盛世。

朱寧嘉看了眼遺詔，連忙朝著東邊跪拜，一把鼻涕一把淚，聲嘶力竭。「父皇抬愛，兒臣一定朝乾夕惕，勵精求治，紀綱整飭，封守疆之臣，使萬民樂業！」

李贊上前兩步，想要阻止，可還來不及說話，就聽盧思煥等人趴在地上山呼萬歲，恭迎新帝登基。

他年邁身體不便，還沒反應過來跪拜之事，就被鄭海端指著鼻子，冷然道：「李大人是何居心，竟對新帝不拜？」接著抬手朝東邊拱了拱。「先帝的安排，莫非李大人還覺得不妥？還是對新帝有何不滿？」

「你——」李贊第一次語塞。

朱寧嘉站起身，抬袖擦拭毫無淚意的眼，面無表情地看向李贊。「李大人年紀大了，行事難免偏頗，鄭大人也就不要追究了。」

鄭海端忙躬身拜道：「皇上仁德。」

這句皇上可把朱寧嘉樂壞了，忍不住學以往聖軒帝的樣子，清了清嗓子，道：「愛卿平身。」

李贊看他二人一唱一和猶如兒戲，又怒又氣又著急。也不知靖王他們謀劃得怎麼樣了？那魏正則也是，只叫他按兵不動，後發先至，卻也沒有說如何後發，如何先至！

朱寧嘉看了眼身後金光璀璨、華貴逼人的龍椅，忍住了一屁股坐下去的衝動，掃了眼跪了一殿戰戰兢兢的百官，清咳道：「朕體恤各位連夜來給先帝奔喪，不如就此在宮中休息一日，等先帝龍體入殮，再來與各位愛卿詳談，各位愛卿意下如何啊？」

項啟軒等人都沒有答話。他們始終佔據小數，京城裡的官僚大都是鄭海端的人，如此一來，倒真有幾分擁簇朱寧嘉為帝的意味。

宮人引百官入住宮中大大小小的偏殿，每一殿外都有禁軍重兵把守，不能外出，不能傳遞消息。

秦良甫汗流浹背，埋頭走在前面，太陽火辣辣的，曬得他頭昏腦脹。

連夜發生的事情彷彿一場夢，只是這夢驚險得有些過分。估計這次凶多吉少，等鄭海端等人商定完畢，擬出「叛黨」名單，他的日子也就到頭了，只是不知那丁正能不能達成諾言？萬一他不能保全自己的妻兒，又如何是好？

他死了不要緊，千萬不要連累家人才是。

秦良甫正暈乎乎地想著今後，身邊突然急匆匆地走過一人，竟是兵部尚書詹紹奇。

他興許走得太急，不小心撞了下秦良甫，回頭歉疚道：「秦大人，不好意思，這人有三急，本官實在憋不住了……」說著便催促宮人。「快些帶路啊！」

秦良甫看著詹紹奇的身影消失在另一邊偏殿，神色晦暗莫名。

說是在宮中休息，實則是軟禁，大家都心知肚明。

秦良甫被關在一個不知名的偏殿，他剛進屋子，大門就被「喀噠」落了鎖，外面站著兩個持刀的禁衛軍，把守嚴格。

確定偏殿無人監視，秦良甫才將手裡那已經被汗濡濕的紙團展開，但見上面寫了短短一行小字——

有人保你周全，無須擔憂家中。

字跡已經模糊，可讓秦良甫忍不住老淚縱橫。

他許多年都沒有哭過了，哪怕是上次衝撞愉貴妃，也沒有讓他如此膽戰心驚，畢竟上次是他一人，這次卻攸關妻兒。

也不知是誰臨近這生死關頭，還要來照拂他秦家？

秦良甫想破腦袋，也想不到與詹紹奇交好的官員，更想不到詹紹奇給他紙條，安撫他的用意，只能說那背後之人對秦家是有利無一害。若有命活著出宮，他秦良甫一定要給那人跪下磕三個響頭。

秦良甫將紙條撕碎，等入夜再用蠟燭燒乾淨。

那邊百官人人自危，而皇帝內殿中，鄭海端、盧思煥等人卻老神在在，捋著鬍子一副成竹在胸的模樣。

朱寧嘉雖已經換上龍袍，坐在八方龍椅上，但他面對鄭海端仍有些惶恐。

「鄭大人，雖然本王……朕如今已經繼承大典，可畢竟還沒有舉行儀式，萬一我皇兄他……」

「皇上不必擔憂。」鄭海端擺了擺手。「遠水怎能救近火？你也不想想，靖王遠在淮南，就算他要領兵過來，也根本無法靠近皇城。況且兵部尚書詹紹奇明哲保身，如今已然投靠我等，不會調動虎符，即便他朱寧應兵臨城下，范陽節度使和淮南節度使共屯兵十餘萬，聯手還打不過他嗎？」

他雖然對朱寧嘉稱「皇上」，可動作和語氣卻沒有絲毫對帝王的尊敬。

朱寧嘉也是個不明白的，如今連隴南在哪兒都沒搞清楚，鄭海端如此說，他便放心下來。

那邊盧思煥也整理出來「叛黨」名單，遞給鄭海端，右手做了個抹脖子的動作。「以李贊、項啟軒為首，咱們給他安個通敵賣國之罪，趕盡殺絕！」

鄭海端撫著鬍鬚笑笑，將名單又拿給朱寧嘉看。「皇上，這上面便是靖王的左膀右臂，咱們若是砍了他雙手，你覺得靖王還能對你造成什麼威脅？」

朱寧嘉看了眼名單，上面赫然有秦良甫的名字，不禁皺了皺眉。「朕記得這秦良甫不是鄭大人你一黨的？」

「哼！」鄭海端冷哼一聲。「怪就怪他識人不清。」

想起上次沒有將秦良甫坑害成功，鄭海端心頭還有些不舒服。何況秦良甫還知道他許多陳年舊事，若是抖了出來，他還如何立足？

朱寧嘉也不在意這些，他只知道自己當了皇帝有吃喝不盡的美食、享用不完的美人，這些打仗、政變之事，通通交給鄭海端就好。

他又問：「那朕何時舉行登基大典？這名單上的人又什麼時候開始肅清？」

鄭海端蹙眉道：「宜早不宜晚，不如今夜就讓禁軍將他們殺了。」

「不可。」侍御史錢如諱站出來阻止。

盧思煥狐疑地看他一眼。「莫非錢大人還顧念著舊情？」

錢如諱呵呵笑道：「盧大人這是什麼話？下官若是顧念與李贊的舊情，怎會不止一次的給你們通風報信？下官也沒說不肅清這些亂臣賊子，只是皇上還未舉行登基大典，便下旨殺朝廷重臣，師出無名說不過去。百官囚在宮中不擔心多生事端，何不趁此時機下葬先帝，舉行新帝登基大典，讓皇上名正言順行事？就算後面靖王想要如何，也都覆水難收，再來不及了。」

鄭海端自然不會懷疑錢如諱。好幾次李贊遭殃都多虧了他的密報，他自認自己識人很準，而錢如諱這種見風使舵的人甚好拿捏。仔細一想他的話，的確大有道理。

他思索片刻，招來禮部官員，問道：「先帝下葬，舉行新帝登基大典，最快需要多少天？」

那禮部官員也是個猴精，如何不明白其中意思，忙道：「一切從簡，抓緊時間也就兩、三天。」

鄭海端一聽也不是很急，捋鬚頷首。「如此，便再留李贊那老兒幾日。」

第三十七章

八月初三，聖軒帝駕崩。

八月初四，龍體下葬皇陵。

八月初五，楚王朱寧嘉舉行登基大典。

這一連串火速行動幾乎讓所有人目瞪口呆，可偏偏無人敢說。

秦畫晴、秦獲靈與張氏寄居在丁正丁大人家中，與他家女眷每天憂心忡忡。聽小廝帶回來的傳言，許多官家子女、妻妾都被殺了乾淨，嚇得張氏整夜無法入眠，但個中真假，不得而知。

相比一屋子驚慌失措的女眷，秦畫晴卻淡定得不像話，她每晚安慰張氏，還要勸慰眉頭深鎖的弟弟，每次都是最後一個就寢。即便是在夢中，也睡得很淺，稍微一點風吹草動便能驚醒。

秦獲靈問她為什麼這般淡定，秦畫晴也回答不上來。

她哪裡淡定呢？

父親已經三天無消無息，丁正丁大人也是如此。

只是她每每害怕到無以復加時，便會掏出那溫潤的墨玉捏在手心，一遍一遍給自己打氣。

鄭海端等人冒天下之大不韙，不顧祖宗喪儀，飛快下葬，再擁立新帝，完全不可理喻。如今急匆匆地做這些事，反倒有此地無銀三百兩之感。

因這緣由，錢如諱被鄭海端劈頭蓋臉一頓臭罵。

但做都做了，半途而廢反而更讓天下人恥笑。

於是初五清晨天不亮，朱寧嘉硬著頭皮去穿帝王朝服，鄭海端讓新任的秉筆太監服侍在側，自己則去上書房擬詔書，剛攤開黃燦燦的聖旨，還沒來得及落筆，就見盧思煥破門而入，大驚失色道：「鄭大人，大事不好！」

鄭海端擱筆，看向盧思煥，心底升起一股不好的預感。「何事如此驚慌？」

盧思煥擦了擦額頭上的汗。「方、方才接到情報，靖王率十萬大軍南下，如今已行至京城三十里外，看樣子，不時……不時便要兵臨城下！」

「十萬？」鄭海端唰地站起身，桌上的硯臺也被他打翻，墨汁流得到處都是。

「他哪來的十萬兵？平盧、河西、朔方的兵都得鎮守邊關，調離不得，一旦調動，突厥、回紇等邊關蠻夷就會長驅直入，如此奪得了王位又如何？豈不是輸了天下！」

盧思煥握著雙手，顫聲道：「靖王沒調兵，他、他只帶著一千鐵騎，一路南下，路上招安了各方流民起義的農兵，說、說突厥有刺客潛入京城，要刺殺新帝。他顧念手足安危，美其名曰『勤王之師』，前來救駕。」

鄭海端臉色變幻莫測，冷笑道：「勤王之師，他倒會給自己安名頭！」他一掌拍在書桌上，又問：「范陽節度使呢？淮南節度使呢？一早便安排他們保護京師，大軍壓境，他們怎麼一點風聲都沒有？」

盧思煥苦著臉道：「下官正要給你說這事。一開始范陽節度使查到消息便要讓人來通報，可要過寧州時，卻被寧州刺史晁冠東給攔下了。他察覺到不對勁，便領了五萬援兵打算上京，可這晁冠東死活不開城門，現在那五萬兵馬還滯留在寧州外。」

「他不會繞路嗎?!」

「隔著灞河最寬的地，要繞得繞五天啊。」

鄭海端臉都氣綠了，他背著手來回踱步，焦慮道：「淮南節度使呢?他總不用經過寧州吧?人呢?兵馬呢?」

盧思煥說起這事就更為難了。他從袖裡抽出一封密函，遞給鄭海端，一臉難色。「大人自己看吧！」

鄭海端展開密函，上面的字跡正是淮南節度使所寫，歪歪扭扭，墨跡潦草，看來寫這密函時，極度生氣。

上頭說，范陽節度使搶了他老婆，淮南節度使心生怨恨，老死不與范陽節度使往來云云，於是此番援京便交給范陽節度使，他就不來邀功了。

鄭海端知道那淮南節度使是個拗脾氣，可沒想到竟如此拗！

雖然聽說過他二人不和，可也沒深入想，如今在關鍵時刻掉鏈子，鄭海端殺人的心都有了！怪只怪他平日裡太寵這些親戚，如今幹起大事來，沒一個能成！

盧思煥身上的汗一個勁地往外冒，他戰戰兢兢道：「淮南節度使也是太相信我等能成事，以為靖王不會領兵南下，卻沒想到靖王竟然一路募兵，這點是我等失策。」

現在說什麼也晚了。

鄭海端渾身放空，坐在椅子上，儘量讓自己語氣平穩。「劍南節度使呢？沒被攔在哪兒或與誰爭執吧？」

「這倒沒有……」盧思煥抿了抿乾燥的嘴皮子。「應該走到平縣了。」

鄭海端苦笑。

平縣最快也要三個時辰。

不過，他若能用五千禁軍守住城門，等到劍南節度使支援，說不定還能與靖王一戰。

鄭海端正打著算盤，錢如諱突然也急匆匆地跑來稟報：「大事不好啊，大人！」

鄭海端聽到「大事不好」幾個字就無名火起，站起身怒道：「有什麼話快說！」

錢如諱看了眼一旁面如菜色的盧思煥，隨即咽了咽唾沫，呈上一封信。「城外探子剛送來的密函。」

鄭海端快步走過去，拿起密函打開一看，但見上面寫：靖王率十萬大軍兵臨城下，隴右鄯州都督曹瑞率親兵兩萬部署在灞河。寧州各縣由當地督軍率領三萬軍隊，另外徐州再增加五萬軍隊，由老將薛饒出任統帥。一共二十萬大軍，兵壓京城，堵住所有來路退路；再加上邊防三十萬大軍，從四個方向將京城團團圍困，形成包圍之勢。

「二十萬……」鄭海端這下再沒了希望。即便劍南節度使率八萬兵馬趕來，也只能被生擒活捉。

他彷彿被抽光了渾身力氣，頹然地坐在椅子上。

半晌，他才蹙眉道：「靖王是從哪裡得來的調兵虎符？」

盧思煥也看向錢如諱。

錢如諱也一臉茫然。「這……下官就不知道了，莫非兵部尚書詹紹奇他、他……可是他一直關在宮中，鞭長莫及。方才下官也找人裡裡外外搜過，詹紹奇也不知道虎符去了哪兒，應該與他無關。」

大勢已去，鄭海端仍不願意相信這個事實。

他拍案而起，彷彿下定某種決心。「就算此次政變失敗，我也絕不讓李贊等人好過！盧思煥、錢如諱，你們傳令下去，讓禁軍按名單將這些官員趕盡殺絕，連他們京中妻兒老小也不能放過！」

盧思煥雖然知道政變會血流成河，可沒想到他竟然連對方妻兒老小也要殺害，一時間愣在當場。

「還不快去！」鄭海端抄起桌上的筆架，朝盧思煥狠狠砸去。

錢如諱忙一把拉開盧思煥，一迭聲道：「遵命、遵命。」

錢如諱拉著還渾渾噩噩的盧思煥出了門，見盧思煥要去吩咐禁軍，他立刻扯了扯盧思煥的衣袖。「盧大人，你可別傻了。」

盧思煥這才回神，看向錢如諱道：「什麼？」

錢如諱將他拉入一旁的廊廡拐角，指著宮殿的飛簷翹角，嘆然道：「鄭大人是成不了事了，你我都心知肚明。如今靖王率大軍兵臨城下，破城奪位只瞬息的事情，方才鄭海端還讓你我下令去殺死靖王一黨的官員，甚至殺死這些官員的子女，我看鄭海端是糊塗了！我等現下能對他們趕盡殺絕，一、兩個時辰後，焉知靖王不會對你我家人下此狠手？依我看，若要保全家人，不如趁此時機打開城門投誠，說不定還能留妻兒子女一條性命！」

他言辭懇切，一語驚醒夢中人，盧思煥這才猛然一個激靈。

「錢大人，你說得對！」

鄭海端都要完了，還想拉他一起下水，即便共事這麼多年，為了家人，他盧思煥良禽擇木而棲，也無可厚非！

盧思煥看著陰沈沈的天，問道：「錢大人，你看下一步該如何去辦？」

錢如諱微微一笑。「自然是去城外，通知禁軍開城門，迎接新皇。」

兩人商議完畢，避過鄭海端其他耳目，好在此時城中已經一團亂，也沒誰注意到他二人。

盧思煥身上有鄭海端的信物權杖，來到城門上，給守城的禁軍首領看了一眼，那禁軍首領早就守不住了，不假思索，立刻打開城門。

眨眼間，一身甲冑的靖王朱寧應威風凜凜地騎在高頭大馬上，手握長刀，身旁另兩匹馬上分別是魏正則與方子明等武將，他們身後跟著黑壓壓一片士兵，冷風蕭瑟，氣氛肅殺，京城長街靜謐至極。

盧思煥與守城的禁軍忙跪在靖王面前，磕頭認罪。「下官等人一時鬼迷心竅，希望現在亡羊補牢，為時未晚，還請靖王饒命，饒過我一家老小！」

盧思煥老淚縱橫地哭了半天，看旁邊的錢如諱卻直挺挺站著，面帶笑意，不禁疑惑。「錢大人？」

錢如諱回過神，用極其輕佻的眼神掃了一眼盧思煥，隨即大步上前，朝朱寧應單膝跪拜。「啟稟靖王，下官幸不辱命！」

朱寧應翻身下馬，扶起錢如諱。「有勞錢大人了。」

他隨即轉頭，看向旁邊的魏正則，笑道：「說起來，還多虧了魏大人的連環計。」

錢如諱也笑了，朝魏正則拱手。「魏大人，別來無恙。」

兩方還了禮，魏正則肅容道：「此時不是敘舊的時機。殿下，快速速入宮勤王吧，以免那突厥叛賊將皇上傷了。」

朱寧應眼珠子一轉，強忍笑意。「不錯。」

盧思煥跪在地上，徹底傻了，看了看錢如諱，又看了看魏正則，怎會還不明白？原來靖王勾搭上了魏正則，以他做謀臣，怪不得會想到一路招募農兵勤王，使兩大節度使反目；寧州刺史晁冠東是他好友，關閉城門等等都說得通了。

搞了半天，這一切都是他們精心策劃的詭計。錢如諱之前故意投誠，坑害李贊，想必就是為了獲取鄭海端等人的信任。

離間、使詐、誘敵——簡直無恥！

京城內已經亂成一團，街道坊門鋪面皆已關閉，人人自危。

各種傳言在京城百姓之間流傳，有人說突厥大軍殺入，也有人說楚王謀反，滿城風雨。

丁正家中的小廝搭著梯子看了一眼，回來稟報。「大軍已經入城了，只是不知道是靖王的人馬還是楚王的？」

那小廝還想再看，被士兵發現一陣呵斥，嚇得一屁股摔在地上，半天爬不起來。

秦晝晴推開秦獲靈，提起裙襬想要爬上梯子看個究竟，卻被張氏一把拽了下來。「畫兒，妳不要命了！萬一是楚王的人馬，見妳美色，妳可知道後果？」

秦晝晴這才有些惶恐，退後幾步，不再言語。

鐵騎踩踏著街道石板發出整齊而肅穆的聲響，秦晝晴站在丁正家中的假山樓閣上，遠望著巍峨壯觀、瑤楹金拱的皇城。

她不知道那邊發生了什麼事，只希望魏正則給她的權杖能有作用，一定要保護父親的安危。

鄭海端枯坐了半晌，坐不住了，正準備起身出去看看，就見朱寧嘉抱著傳國玉璽衝進上書房，大哭大叫。

「鄭大人，大事不好啊——我皇兄他帶兵殺進來了！殺進皇宮了！」

「不可能！」鄭海端眼珠子差點掉出來，嘴角抽搐。「禁軍守在城門，靖王的兵馬怎能長驅直入？」

朱寧嘉跺了跺腳。「盧思煥與錢如諱投誠，用你的權杖，打開了城門——」

他話還沒有說完，就被鄭海端一把推開，他跌坐在地，懷中的玉璽骨碌碌滾出老遠，朱寧嘉連忙爬過去將玉璽又揣入懷中，仔細地擦了擦灰。

鄭海端冷笑。「草包就是草包！」

他推門走了出去，此時正是日落時分，橙黃的夕陽懸掛在天邊，暈紅了半邊天色。斜陽畫角哀，靖王軍隊長長的號角聲吹響，聽在鄭海端耳裡，卻充滿了悲聲，正如他已絕望的心。

不知哪座宮殿起了大火，有宮女驚慌失措的大喊：「走水了、走水了！」

幾座緊靠宮城的殿閣被點燃，火勢燃燒迅猛，火光和濃煙直衝天際，與那天邊紅彤彤的夕陽融為一體，分不清哪邊是火，哪邊是天？

宮女和太監四散奔逃，有神色匆匆的禁軍在鄭海端耳邊說了什麼，但鄭海端似乎已經失聰。

怪就怪他不該作那執政天下的美夢，從一開始就錯了；他不該選擇楚王，若是安安分分當個權臣，或許還沒有今日的「勤王」。可是他不甘心，他三十多年宦海浮沈，該有的都有了，但人心不足蛇吞象，有一便想著二，有二便想著三，來來回回怎麼都填不滿慾望與虛榮的溝壑。

他不想當皇帝，可當個謀反之臣為何也如此難呢？

鄭海端還在望天思索，絲毫不知宮門內院已經一層層被靖王的兵馬打開，對方正殺氣騰騰地向他殺來……

當朱寧應等人平定叛軍，找到鄭海端時，只剩下一具冰冷的屍體。

上書房外的槐樹上，一截白綾隨風飄蕩。

「靖王殿下，鄭海端畏罪自縊了。」錢如諱沒想到鄭海端竟然會上吊自殺，有些驚訝。曾經叱吒風雲、攪亂朝綱的一代佞臣，就這樣死在敗北的政變下。

朱寧應嘆了口氣。「知道了。」

魏正則沒說話，他聽見書房內還有動靜，邁步便走了進去，靖王等人忙隨後跟上。

一進屋子，便見朱寧嘉還穿著一身嶄新的登基朝服，頭上的冕旒早不知落到什麼地方去，他披頭散髮，狼狽不堪，緊緊抱著傳國玉璽，正襟危坐在書房的椅子上。

「皇兄，你來了。」朱寧嘉抬起頭，眼眶紅紅的，聲音嘶啞到了極點。

他也想過學鄭海端一樣自縊，可他做不到。

他還捨不得美酒佳餚、美女財寶，他還想要享樂，即便還是做他的楚王，在淮南封地上作威作福，也是極好的。

什麼狗屁皇帝，他不想當。

朱寧應半晌才道：「如此這般，你可滿意了？」

朱寧嘉扯了扯嘴角，抱緊懷裡的玉璽，答非所問。「從小到大，從國子監到太學，皇兄你什麼都比我厲害，父皇也誇你誇得最多，我什麼都不是，所以我要努力地討好父皇。我努力討好，只是想獲得同等的關注、關愛，並不是想和你搶皇位……我什麼都輸給你，所以我想著，總得有一件事超過你……皇兄啊，你明不明白？」

他說得亂七八糟，語氣也不通順，可朱寧應卻明白了他的意思。

朱寧應緩步上前，半蹲在朱寧嘉面前，看著這個面容與自己有五分相似、同父異母的弟弟，嘆息道：「我明白。」

隨即話鋒一轉。「可千不該、萬不該，你不該拿皇位這件事來做比較！」

「那我能拿什麼？我什麼都比不過你，什麼都比不過……」

朱寧嘉說著便埋頭號啕大哭，朱寧應心裡也很難受，可是他知道，他這弟弟最愛演戲，他不知道他幾分真、幾分假？

朱寧嘉哭得滿臉通紅，他抬起頭。「皇兄想要如何處置我？」

他只要一做戲，他的皇兄就會心軟。

朱寧嘉雖然愚蠢，可這一點卻記得很清楚，這也是為何他有恃無恐敢與鄭海端結盟，來謀劃這高高在上的龍椅。

他的皇兄，不會殺他。

朱寧應看出了他的想法，心下又可悲，又可恨。「你覺得呢？」

朱寧嘉趴在他腳邊哭道：「皇兄，我錯了，你放過我吧……」

朱寧應良久都沒有說話。

他想起小時候，與弟弟一起掏鳥、摸魚；一起捉弄太監，脫他們褲子；一起裝扮成宮女，想要翻過宮牆出宮玩耍……如今回想起來，歷歷在目。

他目光掃過書房裡站著的幾名親信，似乎在徵求他們的意見。只要他們誰來求情，他一定會饒恕這個大逆不道的弟弟。

可是一個人也沒有站出來。

朱寧應目光落到面無表情的魏正則身上，他突然記起他當初說過的話。

舜帝若被手足暗害，還如何澤被天下？

而他，萬萬不能給自己留下任何禍根，一個也不能。

朱寧應忽然硬起心腸，從袖中掏出一柄鍍金的匕首。朱寧嘉還埋在他懷裡哭，似乎沒有一絲察覺。

朱寧應閉了閉眼，眼淚傾瀉而下，而隨之而下的，還有那柄泛著寒光鋒利無匹的匕首。

噗哧！

匕首插入朱寧嘉的後頸，鮮血四濺。

「皇兄，你……」朱寧嘉不可置信地抬眼，眼珠子似乎要從他眼眶裡瞪出來，可他終究做不到了。

他像一個破麻布袋，腦袋一歪，倒在椅子上。

「叮」的一聲，他手裡滑落一件物品，朱寧應低頭一看，卻是一柄銀色的匕首。

朱寧應臉上不禁勾起一抹諷刺的笑容。

他的好弟弟抱著他哭，原來也是想要殺他的。

金銀雙匕——當初先帝賜給兩兄弟的信物，希望他們如這一對匕首，親情比金銀還要堅固，豈料卻發現，最最不堅固的，恰好是金銀。

「殿下……」錢如諱看了眼朱寧壳的屍首，再看看朱寧應的臉色，不知說什麼好？

魏正則沈聲道：「錢大人，隨我一起去看看李大人他們吧。」

錢如諱這才找到契機，連忙點頭。「是，魏大人不提醒我都忘了。」

魏正則見大局已定，便開始著手安排。首先便是將鄭海端一黨的官員通通抓起，再則便是清理宮闈，命禮部等人準備隆重的登基大典。

李贊等人雖然被關了幾天偏殿，但精神尚足，見到魏正則都是喜出望外。

「我就知道，有文霄兄在，大事可成。」項啟軒露出一個笑容，拍了拍魏正則肩頭。

「只是這二十萬大軍，邊關難道不鎮守了？」

魏正則與錢如諱相視一笑。「哪有什麼二十萬大軍，聽著著實有些驚人。」

李贊等人都是一驚。「沒有二十萬？」

「靖王南下，一路上也就招了六萬人馬，加上一千鐵騎、一千親兵，也不到七萬。」錢如諱指了指魏正則，解釋道：「魏大人知道軍隊人數不夠，生怕劍南節度使帶八萬兵馬援軍，於是讓我在鄭海端面前造謠，這 下他心智遭受重擊，哪裡還有心思去求證真偽？其實以鄭海端的心智，稍微冷靜一下就能猜出其中有詐，只可惜他自亂陣腳了。」

魏正則嘲道：「名不正，言不順，作惡多端，本就心中有鬼，如何冷靜自持？大勢已去，六神無主，此乃意料之中。」

李贊忍不住哈哈大笑。「枉鄭海端精明一世，竟還是被文霄擺了一道。」

錢如諱接話道：「也多虧李大人與我演戲，為了博取鄭海端信任，下官彈劾你多次，使你遭罪，還望李大人海涵。」

「錢大人，你說這話可就見外了。奸佞可除，我遭罪也不算什麼。」李贊笑咪咪地捋鬍子。

魏正則看向詹紹奇。「多謝詹大人藏好了虎符，不然這一招還唬不住他們。」

「魏大人自謙。」

魏正則正色道：「范陽、劍南、淮南三地的節度使還要重新選拔，屆時便要請詹大人多多費心。」

詹紹奇知道這事馬虎不得，點點頭。「魏大人放心。」

「還有，那秦良甫……」魏正則看了看李贊等人，話不說滿。

詹紹奇笑了笑。「好著呢，他家裡人也都有重兵護著，絕不會出任何差池。」

魏正則頷首。如此他就放心了。

現在宮中還有許多事未解決，他抽不開身，待一切步入正軌，再去尋她。

第三十八章

朱寧嘉的屍體被收斂入棺槨，擇日下葬皇陵。

而鄭海端的屍首卻不知被扔哪兒去了，估計隨著死去的禁軍被丟去了亂葬崗。

勤王之事已經過去了一天，皇宮裡還十分混亂，朱寧應在偏殿休息了一夜，這一夜魏正則等人卻是沒有合眼。

他與錢如諱、李贊、項啟軒等人也要列出一份名單，而這份名單卻是關於鄭海端一黨的亂臣賊子。鄭海端手下雖然都有作惡，可一樁一件查起來並非易事，按照這些作惡的大小再來排列，可把幾人弄得夠嗆。

趁此時機，宮中放出話，那突厥賊子殺害了皇上，靖王哀痛，幸好抓住了那亂賊，如今首級被掛在宣武門城頭示眾。

靖王短時間痛失胞弟、生父，心神哀痛，所以短時間內不準備登基繼位，準備守孝一年。此舉對比之前楚王急匆匆地登基，更顯得有血有肉，忠孝感德。

楚王被追謚號「孝宣」，以帝王之禮下葬皇陵，而楚王身邊的妻妾子女也都被發配守陵。

待隆重的喪儀結束，魏正則等人也整理出鄭海端一黨的亂臣名單。其中最重當數盧思煥、永樂侯、張橫幾人，只等靖王登基後，便要名正言順地將幾人處決。

此次永樂侯雖然沒有明擺著造反，可暗中一直是他提供物資，加之這麼多年與鄭海端結黨營私，當年還與靖王有過節，明裡暗裡，他都逃不過。

朱寧應雖說要守孝一年，但國不可一日無君，手下的臣子也不會允許，只等一個月滿，便讓禮部著手登基大典，大典之後，朱寧應順利成為大元朝第四任帝王，改國號為「順平」。

緊接著，便是對臣子論功行賞。

政變第一天，已經有鄭海端一黨的人出來負罪求情，都被魏正則壓在了後面。如今這些人又如雨後春筍冒了出來，朱寧應看著心煩，將這些人都給關押收監。

他道：「朕最是看不慣兩面三刀之人，前些日子見鄭海端得勢便與高采烈地擁立，如今朕掌了大權，他們又紛紛出來告罪，當真將鄭海端那套壞習性學了個十成十。」

李贊沒幾年便要致仕了，所以當朱寧應封賞時他拒不邀功，朱寧應大受感動，封了「忠勇公」的爵位給他，並可世襲。

李贊雖然覺得不必，可想了想這爵位可以世襲，為了子孫福澤綿延，便欣然接受。

朱寧應隨即又任命錢如諱為太子詹事，曹瑞為左衛率，方子明為右衛率；晁冠東也從寧州調任過來升遷京官，王府一干舊臣紛紛加封。再論及政變的功勞，以魏正則為第一，其他人都沒有任何意見。

可到了賜封之時，朱寧應卻犯了愁。

他對魏正則道：「魏卿，你說朕封你什麼好？」

魏正則笑了笑。「一切遵照皇上安排，不管微臣做何官職，都會盡忠職守，保我大元太平盛世。」

「甚好。」朱寧應撫了撫掌。「若是公爵，魏卿資歷尚不如李大人，封起來未免有些太空。不如便頂了當初鄭海端的位置，為中書令兼尚書左僕射，掌典領百官，以魏卿才識正合適。」語畢，又想起他要給朱鈺暉授業，便又補充道：「加封太子少傅，這只是個頭銜，沒實權，聽著也響亮些。以後太子若有要事，也可直接來尋魏卿解惑。」

「謝皇上隆恩。」魏正則對於這件事不想推脫，他撩袍下跪，心頭卻想，這下秦良甫還如何拒絕他的求親？

當夜，魏正則還不能離開，行賞後還要舉行慶功宴，與朱寧應交好的武官也紛紛上殿，一時間又喝又跳，好不熱鬧。

一夜盡歡。

次日魏正則還是不能脫身，在何位司何職，新帝登基，宮中裡裡外外要處理的事情實在太多。

譬如招安流民時，曾許諾給其一個正當編制，而魏正則此前與朱寧應討論的四大變法，便要提上日程。一方面要詳細規劃變法法律，又要重新編制府兵、廂兵；另一方面，要對此次幫助過靖王的小官行賞，還要處理天災大旱。如今朱寧應信得過的朝臣就他們幾個，日日夜夜都宿在宮中，事情沒有忙完，都不敢鬆懈。

但他心底惦念著人，即使再忙，也抽出時間寫了一封信，讓趙霖交遞。

而盧思煥等人的懲罰聖旨也下來了。

張横、盧思煥、永樂侯斬首，其家人流放寧古塔，永世不得回京，家產充公。

魏正則一邊處理變法改革，一邊還要跟著禁軍去監督抄家，好在監斬官的事被項啟軒頂替，不然他不知自己要忙到什麼時候？

再說秦良甫這邊，他的功績讓朱寧應有些犯難。

以前扒出來不少貪污腐敗的惡事都是跟著鄭海端所為，可現在脫離鄭海端也沒兩年，雖然一直斷斷續續地賑災、扶持百姓，可也比不上他當初貪墨的銀兩。

「秦良甫，你說朕該如何處置你？」

秦良甫跪在冰冷的大理石地面，半晌才道：「罪臣萬死難辭其咎，全由皇上懲處，絕無半句怨言。」

朱寧應點了點頭，拿過魏正則遞來的奏摺，翻了翻，道：「你此前雖然作惡多端，可近年卻是大有功績。比如這兩年滄州大旱，皆有扶持百姓，廣開粥棚，要不罰你家產充公……」

魏正則眉頭一挑，這新帝如今是抄家抄上癮了？

他忙上前低聲道：「皇上，抄家未免太過，畢竟秦良甫乃朝廷老臣，雖然此前貪墨，可後來也還回不少，以微臣愚見，讓他還清銀子，貶官一級便是。」

「會不會處罰得太輕？」朱寧應抬眼看他，眼底倏地閃過一抹促狹，悄聲道：「魏卿，朕知道那是你老丈人，若不秉公，朕心不安，於其他罪臣也就無法重判。」

「……」魏正則目光古怪地看了眼御階下跪著的秦良甫。

秦良甫感受到上頭傳來的視線，也不知是什麼滋味，他知道那是魏正則，也知道輔佐靖王登基，他是最大的功臣。

新帝論功行賞，魏正則乃一等功，這意味著什麼，秦良甫還是知道的。

他此前和這人鬥了半輩子，從同窗到同僚，爭的便是一口氣，如今他是徹底服了。魏正則站對了邊，風頭無量，中書令兼尚書左僕射，頭銜還是太子少傅，放眼朝中，誰有他官大？誰有他勢足？他能不認輸嗎？

幸好秦良甫還算了解此人，知道他不是一個睚眥必報的小人，也絕不會因為以往的過節暗害於他。

至於新帝想要怎麼處罰他，只有聽天由命了。

「秦良甫。」

「罪臣在。」秦良甫忙彎腰躬身。

朱寧應看了眼一旁端站著的魏正則，想著還是給他老丈人幾分甜頭吧，這樣魏正則才會對他感恩戴德，更加死心塌地。

朱寧應清咳道：「朕念你有功，不貶你的官，也不會升你的官，但三年中都不會有俸祿，以彌補你當年貪墨之罪。」

秦良甫沒想到，只是這般容易就過了，登時感激涕零。「謝主隆恩！」

朱寧應擺了擺手。「秦大人不要高興得太早，你要謝就謝魏大人吧，方才是他替你求的情。」

秦良甫笑容僵在臉上。不知為何，面對這個同窗，他總是心下尷尬。可為什麼尷尬，他自己也說不上來。

秦良甫暈乎乎地離開皇宮，還是沒想明白自己為什麼如此輕鬆被治了罪？想想張橫、盧思煥這群人，抄家的抄家，流放的流放，斬首的斬首，他以為自己最好也不過是貶為庶人，沒想到官職不變，只是減了三年俸祿。

他秦家家大業大，區區三年，還養得活一家人。

只是，魏正則為何又一次地幫了他？

他正疑惑著，就見前面有個人影眼熟，定睛一看，正是當初政變時給他塞紙條的詹紹奇。

秦良甫心下一喜，忙快步追了過去。「詹大人，請留步！」

詹紹奇正想著如何安排兵部的人手，就見秦良甫走了過來，他笑了笑。「秦大人的精神不錯啊！」

秦良甫朝他拱了拱手。「此前在宮闈，還要謝謝詹大人的一張紙條，使下官不用膽戰心驚，掛念妻女。卻不知詹大人為何那會兒要幫下官，這點下官百思不得其解。」

「秦大人，我幫你，也是受人所托。」詹紹奇也不隱瞞，畢竟對他來說，這種好事也沒什麼可隱瞞的。

秦良甫卻是愣了愣。「還請大人告知一二。」

詹紹奇朝皇宮努了努嘴。「秦大人從宮中出來難道沒有碰見？」

秦良甫呆住了。

他不是愚鈍之人，聯想到最初自己衝撞貴妃時，一樁樁、一件件，竟然都是魏正則替他化險為夷。

可他還是忍不住求個佐證。

他抬起頭，不可置信地看向詹紹奇，詢問道：「可是魏正……魏大人？」

詹紹奇頷首。「不錯。」

「他為何要幫我？」

這下輪到詹紹奇古怪了，他上上下下地掃了一眼秦良甫。「秦大人，這件事難道不該問你嗎？我還以為魏大人是顧念與你的同窗情誼呢，可看你的樣子，似乎不是因為這個？」

秦良甫內心頗為不解。他跟魏正則是同窗，可算哪門子情誼？魏正則此前也恨不得他落馬，這轉變是不是太快了？

秦良甫越想越奇怪。這一年魏正則幫他幫得太多太多，簡直令人匪夷所思。

不管如何，他一定要知道答案！

盧思煥、永樂侯等叛黨名單被大剌剌地張貼在東南西北四城門上。

囚車遊街，百姓都自發性地拿了爛菜葉、糞水去潑、去扔，出去看熱鬧的錦玉回府，便沾染了滿身臭味。

她忙換洗了衣衫，來到秦畫晴的院子，撩開簾子走進去道：「小姐，盧思煥等人今日被押出宣武門，送往菜市口法場行刑去了。」

秦畫晴心中擔憂秦良甫。父親從早上出去，到現在都沒有回來，也不知會不會步上盧思煥等人的後塵？

她聽見這消息，不禁愣了愣。「今日便要行刑？」

「嗯，估計靖王……呃，皇上也等不得了，多留一日，便是多留禍患。」錦玉見秦畫晴臉色慘白，忙提起茶壺給她倒了一杯參茶。「這可真真是為民除害！那永樂侯世子總愛騷擾小姐，如今永樂侯被斬，侯府抄家，他一家家眷也流徙寧古塔，眼看著去到那邊就要入冬，估計也難捱過今年除夕。」

秦畫晴呆呆地接過茶杯，抿了一口。

不知為何，她忽然有些想去看看，看看上輩子的自己曾經走過的路。

「什麼時候流放？」

錦玉搖搖頭。「這事奴婢還不清楚，奴婢等會兒去找趙霖問問。」

她不提還好，一提起趙霖，秦畫晴忍不住托腮嘆氣。

錦玉吐了吐舌頭，上前輕聲安慰。「小姐，這宮中大大小小的事情估計都要魏大人操辦，他在宮中又出來不得，您又無法過去，再等等吧。」

秦畫晴百無聊賴地把玩著茶杯，鬱悶地點頭。

她能怎麼辦，也只有等著。

自從靖王帶兵入京勤王，她便知道魏正則也入京了，隨即便是連續多日的清剿、善後、賞功……聽到秦良甫說魏正則封了官，秦畫晴還以為他會立刻來找自己，結果又苦苦等了幾日，別說魏正則人了，就連書信也沒一封。期間就趙霖悄悄來過幾次，帶來口信讓她莫急、莫擔心云云。

她現在才不擔心呢，她只想見他。

好多好多話要問，好多好多的心事要說，她想告訴他，自己真的好想他。

「我知道。」秦畫晴放下茶杯，垂下眼簾。「如今朝廷還未穩，他無法顧及到我。」

錦玉笑笑。「小姐當真知書達禮。」

秦畫晴低聲咕噥：「我倒希望自己能任性一些。」

主僕二人說了會兒閒話，秦畫晴突然想起張氏，起身道：「我去詠雪院看看。錦玉，妳去打聽一下永樂侯府什麼時候被流放？」

錦玉點了點頭，轉身便去驛館尋趙霖。

張橫站錯隊伍，肅清的名單裡定然有他，可秦畫晴也沒想到，他的罪名竟然和盧思煥等人一樣嚴重。

雖然他跟著鄭海端的時間不長，可太目中無人、不懂收斂，升遷以來，藉著自己的官職作威作福，欺男霸女，貪污行賄，樣樣都做了個遍。光是貪污，便火耗了官銀五萬兩，拿著這救災的賑災餉銀在外頭養了幾個外室，揮霍一空。

如今落得如此局面，也怨不得別人。

詠雪院裡，張氏正站在廊下發呆。

秦畫晴見她面容憔悴，猜想她肯定知道了張橫家發生的事情，緩步上前，低低叫了一句。「娘……」

她還沒來得及開口安慰，張氏便牽起她的手，拍了拍她的手背。「我知道，畫兒，妳不必安慰我。」

張氏嘆了口氣，目光落在遠處的海棠樹上，輕聲道：「妳舅舅自小與我一同長大，感情深厚，但當初張通寧在府中對妳做了那等行徑，加上後來妳爹落難，他又置之不理，母親也算將他看透澈了。現下他落得如此田地，全是他咎由自取，母親不會讓妳父親去求情，也不會去看他一眼……母親最擔心的，反而是妳遠在渭州的外祖母，她若是知道此事，不知心底會有多難過。」

秦畫晴見張氏想開了，心裡也稍稍放心。

她寬慰道：「能隱瞞一時便一時吧，上個月外祖母還來信說身子不太好，這件事就沒必要讓她知道了。」

張氏點點頭。「現在也只能這樣了。」

半晌，她又問：「是今日行刑？」

秦畫晴頷首。「在菜市口，還有盧思煥、永樂侯等人，由項啟軒大人監斬。」

張氏疲憊的眼底到底流露出一絲哀涼，她抬起衣袖擦了擦眼角，帶著鼻音道：「雖然他那人是活該了些，到底是咱張家人，是妳的親舅舅……我怕無人殮屍，待會兒妳安排兩個手下，將他屍體收了，找個地方葬了吧！」

秦畫晴嘆了嘆氣，拍著張氏的背，「嗯」了一聲。

張氏看了眼女兒的側臉，突然想起她曾說過的一句話，有感而發。「妳當初說那張穆蘭嫁給鍾家公子是她的福分，娘還以為妳在說笑，如今看來，倒是一語中的。」

鍾家公子的父親是個六品小官，母親是丁正的親妹妹，此前沒有牽連進鄭海端、李贊的政鬥，宮變之時也明哲保身，隨大流不被針對。

張横被砍頭，張通寧和徐氏被流放，而她因為早早嫁了人，還是鍾家的少奶奶，這些事情都與她無關。

秦畫晴卻想到了秦良甫。

她抬頭望天，憂心道：「也不知父親的罪名會是什麼？」

張氏顰眉不答。

母女倆正憂愁著，就見秦良甫一身官服未換，同秦獲靈一起往這邊走來。

秦獲靈臉色紅潤，看樣子似乎遇到了什麼高興事。

他見到秦畫晴與張氏，忙三步併作兩步上前，笑嘻嘻道：「娘、阿姊，妳們絕對猜不到今次是誰幫了父親？」

秦畫晴眼珠子一轉，正準備裝模作樣地問一問，就聽秦獲靈喜笑顏開道：「是魏大人呢！」

張氏一怔。「魏正則？」

秦獲靈點點頭。「正是我好兄弟的老師。這次乃是他輔佐靖王勤王，如今封侯拜相，好不風光。」他早就聽李敝言好幾次提起他的老師，又一直仰慕「嘉石居士」的字畫，突然這八竿子打不到的人竟然幫扶自己的父親，他心底隱隱約約有些驚喜。

秦良甫的臉色卻與秦獲靈截然相反，他步入院子，坐在石凳上，滿臉凝重。「他這幫扶來得莫名其妙，我就怕他又在盤算什麼陰謀詭計。」

「爹，您這簡直是以小人之心度君子之腹。」秦獲靈不滿地說。

「放肆，有你這般與父親說話的嗎！」秦良甫一拍桌子，呵斥道。

秦獲靈看了眼張氏，又看了眼秦畫晴，那眼神彷彿就是在吐槽自己的老爹莫名其妙。

秦畫晴低頭，掩飾眸中的笑意。

「你們知道什麼？」秦良甫氣呼呼地說：「這魏正則少時與我同窗，從小便一肚子謀略，我看不慣他，他也看不慣我。此前我監工姑射樓，惹下那般大的事，他替我求情；鄭海端等人軟禁百官，也是他託兵部尚書詹紹奇照拂；現下新帝問罪，他又在御前庇護。這一樁、一件件，簡直令人百思不得其解。」

張氏驚訝道：「他竟然暗中幫了老爺你這般多？」

這麼一來，的確有些耐人尋味了。

說到這裡，張氏也記起來了。「當初我與畫兒回渭州，她被兩個廖家姊妹推下山，那魏正則也是費盡心力地調動兵力來尋。畫兒大難不死，說起來，他才是真正的救命恩人。」

秦良甫不由一驚。「還有此事？之前怎麼沒有聽妳們提起過？」

秦畫晴心虛，忙搶言道：「魏大人與爹有過節，我與母親怕說給您聽，平白惹您生氣。」

「哼！」秦良甫一拂衣袖，不予置評。

張氏這會兒越想越覺得不對勁，蹙眉道：「說來也怪，這魏正則前些年與我秦家並無干係，甚至處處與老爺政見不合，這一、兩年卻是掏心掏肺地對待咱們秦府，莫不咱們府裡有什麼讓他覬覦的東西？」

秦畫晴低著頭，抽了抽嘴角。敢情她算個「東西」？

秦良甫一想也是，可他現在無職權、無勢力，新朝更迭，魏正則深得新帝寵信，說是一人之下，萬人之上也不為過，何必來巴結他呢？

莫非魏正則想從他這裡得到大儒張素當年賞賜給他的字畫？可也沒道理啊，魏正則收藏的字畫比他多了不知多少，何必覬覦？

恰好這時秦獲靈腦子裡靈光一閃，打了個響指。「一定是因為我。」

「因為你？」秦畫晴抬起頭，瞪大眼睛。

「是啊。」秦獲靈抬起下巴道：「魏大人乃希直兄的恩師，關係匪淺，而我和希直兄又是鐵得不能再鐵的哥兒們，這次他回京，還跟我說魏大人想要收我當學生呢。」

秦良甫打量了一眼自己的兒子，一表人才，也很聰慧，讓他去魏正則手下當學生也沒有什麼不好。

可魏正則若是因為這點就處處照拂秦府，是不是太博愛仁德了？

張氏卻沒想那麼多，她忍不住笑起來。「那可好，聽說魏大人還是太子少傅，你若當他的學生，可不成了太子伴讀？」

「這就更好了。」

他們你一言我一語，秦畫晴心中哭笑不得。

第三十九章

正午，秋容空寥，坡上芳草盈目。

蜿蜒的官道一路通向岔口。這裡是流放寧古塔的必經之路，路上沒有行人，冷風徐徐，更添蕭瑟。

秦畫晴已經在馬車上等了快一個時辰，她低頭繞著自己的手指，也不知為何想來這裡看看？

上一世自己也曾走過這裡，背著沈重的枷鎖，戴著哐噹作響的鐐銬，蓬頭垢面。如今她錦衣華服，舒適地躺在馬車上，望著荒涼的岔路，似夢似幻。

錦玉站在馬車邊，看了看城門的方向，有些不耐煩地問趙霖：「你確定是今日？怎這麼久也不見解役兵丁出來？」

趙霖正在給自己的棗紅小馬梳毛，頭也不抬地說：「我親自問過大人了，絕對沒錯。」

「姑且信你一回。」錦玉悶悶不樂。

趙霖轉過身，瞥她一眼，突然好奇地問：「秦姑娘怎會突然想來看流放，且這流放的還是永樂侯府的人？莫非從前他們有什麼交情？」

錦玉翻了個白眼。「什麼交情，應該是過節才對。」

閒來無事，錦玉看了眼緊閉的車簾，壓低聲音與趙霖說了永樂侯世子對秦畫晴做過的惡事，直把趙霖聽得眉頭緊鎖。

末了，趙霖嘖道：「這廝竟敢如此對待秦姑娘，僅僅流放，太便宜他了！」也得虧魏大人不知道，否則定要「徇私」多編排一些罪名，讓那薛文斌生不如死。

錦玉也覺得太便宜薛文斌了，她湊近一些，問道：「那你說說，有沒有什麼法子懲治他一下？」

趙霖眼珠子一轉，計上心頭。「這個好辦。待會兒給那負責看押的兵頭子幾個子兒，保證一路上把他照顧得服服貼貼。」

錦玉掩嘴一笑。「如此正好，也算替我家小姐出口惡氣。」

趙霖剩下的話卻沒有說，不用他叮囑，這薛家家眷也不會有好果子吃。且不說寧古塔那邊地勢險惡，光是十月份的天氣，就足夠這些人病死半途了。

他正盤算著，就見遠遠一群官兵押著一大隊人，往這邊岔路行來。

趙霖連忙將馬車拉到一邊，老遠便揮了揮手。

待領頭的官兵走到跟前，趙霖掏出魏正則給的侍衛官令，那領頭的兵丁立刻朝趙霖點頭哈腰。「軍爺來此可是做監督？」

趙霖擺了擺手，從袖子裡掏出幾兩銀子，看了眼後面銬著枷鎖的永樂侯府家眷，低聲道：「這永樂侯世子曾得罪過魏大人，一路上還請多多照拂他。」

官兵接過銀子，喜笑顏開。「小的明白。」

秦畫晴早聽見了動靜，她撩開車簾，順著亂糟糟的人群看去，薛文斌一聲囚服，與謝晴蓉站在一起。

他們身上戴著枷鎖，腳腕被鐵鐐鎊磨破了皮，神色蒼白，精神恍惚。尤其是那謝晴蓉，披頭散髮的樣子，與她當年何其相似。

「小姐。」錦玉輕手輕腳地爬上馬車，見秦畫晴愁容滿面，心下咯噔，問道：「小姐莫不是在憐憫他們？」

秦畫晴聞言莞爾，抬起眼眸。「妳當我是個濫好人？」她放下簾子，不再去看。「永樂侯府落得這個下場，是他自作自受，我不拍手稱快，但也不會心生同情，左右不過是無關緊要的人。」

不管是上輩子或這輩子，她與他們都沒有任何關係了，會來這裡也只是突發奇想的緬懷罷了。

秦畫晴暗自打定主意，這是她最後一次緬懷，畢竟她不會一直沈溺於過去，總要看向未來。

錦玉知道她家小姐心思通透，如此也安心了。

目送永樂侯府的人離去，秦畫晴也要轉道回府，趙霖坐在前面充當車夫，突然想起一件事，從懷裡掏出一封信遞給秦畫晴。「瞧我這記性，險些忘了大人的吩咐。」

秦畫晴接過信封，沒有立即拆開，反問道：「他還要待在宮裡？」

趙霖點點頭。「大人忙著呢，一直在文淵閣幫襯著處理公務，幾天下來飯也沒吃，覺也沒睡，人都消瘦了……」他說到這裡被錦玉瞪了一眼，才自知失言。

他看了眼秦畫晴憂慮的神色，忙又笑嘻嘻道：「估計是我看差了，大人沒瘦，好著呢。」

這越描越黑，趙霖頓時閉口不言。

秦畫晴如何不知道魏正則那人，她嘆了口氣。「算了，我也不求他這個節骨眼上來看我，你有機會見到他，便讓他好好休息，以後要忙的時候還多著，飯是一定要吃的。」

「誒。」趙霖乾應了一聲。

馬車轔轔，一時間無人說話。

趙霖想打破僵硬的氣氛，便道：「皇上論功行賞，給大人賞了好大一座宅子，就在長安街上，秦姑娘要不先過去瞧瞧，看看有沒有哪裡需要修繕的地方？」

秦畫晴茫然。「有什麼好瞧的？」

趙霖「嘿」了一聲，反而樂了。「秦姑娘日後可是要當那宅子的主人，去瞧瞧也是應當啊。」

他說得直白，一旁的錦玉忍不住噗哧笑出聲。

秦畫晴臉色一紅，用手背貼了貼發燙的臉蛋，埋怨道：「你……你這話說得太早了。」

趙霖在前面駕車，看不見秦畫晴的神色，還沒有反應過來。「哪裡早啊？估計月末大人該處理的事情就處理完了，這向秦姑娘提親，勢在必行。」別怪他心直口快，好幾次魏正則透露出來的也是這個意思，他雖然駑鈍，可絕對不會理解錯誤。

秦畫晴沒有回答，嘴角微微翹起，卻是無法抑制的歡喜。

她拆開信封，便見魏正則熟悉的筆跡，只是這次的來信顯然十分匆忙，潦草的草書一筆寫就，她辨認多時才看出是什麼意思。

不外乎是魏正則滿心歉疚，讓她再等幾天，還簡單說了宮中發生的事情，讓她如果無聊便去新宅子看看，要置辦什麼東西也出她說了算，那語氣儼然那宅子是她的一樣。

秦畫晴看著，忍不住掩嘴笑出聲。

錦玉看秦畫晴的表情，也知道她心裡歡喜十足。「小姐，您準備何時將此事告知老爺？」

錦玉一句話，彷彿給秦畫晴潑了一盆冷水。

她的笑容僵在臉上，將信疊好，放入袖中。「還不知道。」

要她怎麼去跟父親說，她要嫁給魏正則？想想父親的表情，秦畫晴就覺得難堪。

錦玉歉然道：「要不等魏大人提親再議？小姐就裝作不知好了。」

秦畫晴遲疑地點點頭，心卻懸在半空。

宮中已經恢復平靜，被大火燒毀的宮殿也緊鑼密鼓地修繕完畢。

魏正則如今乃新朝官員首接，事事都要親力親為，這日與項啟軒等人，在文淵閣商議完變法改革的事宜，又收到朱寧應的傳召，讓他趕往文華殿。

文華殿乃是太子朱鈺暉學習的地方，幾個講四書五經的老師都是魏正則一手任命。可那幾個老師忌憚朱鈺暉太子的身分，很多時候都不敢直接說教，太子打瞌睡、玩骰子，他們也只敢在旁邊看著，而這日正好被前來巡視的朱寧應逮了個正著，嚷嚷著要懲罰幾人。

魏正則趕到時，太子與老師們都跪在地上，朱寧應則一臉怒容。

「微臣參見皇上。」

「免禮。」

朱寧應也不廢話，揚手指著太子道：「朕讓他複習功課、練習書法、默記經史，可他卻將這文華殿當成了睡覺的寢宮，幾個講解經史的老師也眼睜睜看著他胡作非為！」

魏正則反應過來前因後果，看向朱鈺暉，問道：「太子，這可是真的？」

朱鈺暉也才十二歲，正是頑皮的年紀，他很親近魏正則，平時也愛聽他講課授業，這些日子魏正則不來文華殿，他便忍不住鬆懈下來。

「少傅，我……」朱鈺暉可憐巴巴地看向魏正則，希望他能替他求情。

魏正則暗自嘆氣，轉身朝朱寧應拜了拜。「皇上息怒，怪微臣這些日子太忙，無暇顧及太子的學業，才使太子疏懶懈怠。想必經此之後，太子銘記於心，再不會如此作為。」

朱寧應翻了翻太子往日寫的文章和臨摹的書法，見還算入眼，心頭火氣也消了些。

他擺擺手，對朱鈺暉冷然道：「且先不罰你，下次若再被朕看見，定要好好訓你一頓！」

朱鈺暉如蒙大赦，忙磕頭不停。「父皇，兒臣知錯，再也沒有下次了。」

魏正則給朱鈺暉使了個眼色，朱鈺暉小小年紀心思倒轉得快，忙又道：「父皇，兒臣與幾位老師去習《春秋》，先行告退。」

朱寧應眼皮子都沒抬，「嗯」了一聲。「都退下吧。」

那幾個老師鬆了口氣，忙站起身簇擁著太子離開，魏正則也要隨大流退下，就聽朱寧應突然叫住他。「魏卿，請留步。」

「皇上還有何吩咐？」魏正則彎腰拱手。

「陪朕走走。」

朱寧應站起身，與魏正則並肩往御花園的方向走去，太監和宮女都識相地跟在二人身後，恭恭敬敬。

中秋後的花草還算繁茂，紅色的宮牆上爬著藤蔓，夕陽的暮光斜照其上，生機勃勃，分外精神。

朱寧應抬手指著一叢早開的黃菊，吩咐隨行的太監。「採幾枝插瓶裡，擱朕的寢宮放著。」

太監領命，連忙彎腰去了。

魏正則同朱寧應一同步上水榭臺階，朱寧應隨口說道：「以往鄭海端提拔起來的貢生、進士，朕都給廢了，朝廷正值用人之際，朕便想著再開一次恩科。當初你提議廢除明經科，增加法科，倒不如趁此試試效果。」

「甚好。」魏正則點了點頭。「但也不能操之過急。進士科的考試以經義和策論為主，現在許多考生都還未曾深學過，待皇榜張布，明年春闈應試。」

「魏卿，關於太子的學業，你如何看？」朱寧應想到之前在文華殿看到的事，心頭到底有些不安穩。

他只有這一個兒子，萬一是個不成器的東西，豈不是要斷送大元朝的江山？他好不容易將這江山從弟弟和奸臣手裡搶回來，絕不能遺臭萬年。

魏正則不會拐彎抹角，有言直說。「太子還算勤勉，也很聰明，只是這年紀到底貪玩了些，料想今日皇上指責後應會有所收斂。」

末了，他又道：「太子對於書法、繪畫頗有天賦，經常下學還在寢殿練習。但微臣以為，作為儲君，不宜在書法和字畫上花費過多精力，對於國家大事來說，這些情操只是末節小技。自古以來的聖君明主，以德行治理天下，練字作畫對蒼生並無補益。像陳後主、宋徽宗，太過沈迷書畫詩詞，以致朝政不修，所以微臣想取消太子的書法課業，只留經史策論。」

朱寧應頷首。「你是少傅，這些事不必來請奏，一手安排便可。」

他很少質疑魏正則的提議，更何況他每次的提議都是百利而無一害。

魏正則笑著答是。

朱寧應又問：「魏卿自從宮變後，留在文淵閣多少時日了？」

「不多不少，整一個月。」

朱寧應看了他一眼，眼底滿布的血絲都沒有消散，很是疲憊。他知道魏正則心底惦念著人，可還是將兒女私情放在一邊，專心在宮中打點一切，眼看事事都步上正軌，他也沒必要將人強留在宮中了。

半晌，朱寧應才道：「這些日子魏卿操勞過甚，朕都看在眼裡，便休假一日……不，兩日，去長安街看看新宅，再看看那秦府的小姐。」他說到這裡，便忍不住笑起來。沒想到面前這位沈穩從容的魏卿還有女孩喜歡。

魏正則抬起頭，眼中閃過一抹愕然。「皇上，朝中還有一些事務……」

「交給項啟軒和錢如諱他們。」朱寧應擺了擺手。「過些日子，再把晁冠東從寧州調到京城來，為你分擔一二也是好的。」

他身邊臣子眾多，可魏正則才是重中之重，萬一把他累病了，可就麻煩。

魏正則要不是脫不開身，早就離宮，這會兒聽到朱寧應的話，也不推辭，忙彎腰拱手。「謝皇上。」

得了休沐兩日的令，魏正則自然欣喜。

他與錢如諱等人交接了朝中的事，還要去刑部交代別的。當初刑部、吏部貪污最為嚴重，朱寧應登基，罷免了近一半的官員，如今這兩部人才空虛，很多事情都忙不過來。

李贊已被封為忠勇公，但因為朝中人手不足，他便自告奮勇攬了刑部的事。他正忙著查閱流放的人數，就見魏正則一身常服駕臨。

李贊老臉樂開了花，上前笑咪咪地寒暄。「才聽說皇上准你兩日假，你就來我這裡了。」

魏正則淡淡一笑。「這兩日煩勞你們多多費心。」

李贊將桌上的東西擺放整齊，邊擺邊道：「左右忙不了幾天，等這段時間忙完，老夫可就致仕頤養天年了。」
「我倒是羨慕你。」
「有什麼好羨慕的。」李贊嘆了口氣，上前拍拍他肩膀。「你如今正如日中天，往後混個公爵當當不是難事，再累幾年吧。」
魏正則正欲接話，就見李敝言從拐角處捧著一遝文書過來，他身後跟著兩個隨侍，也抱著重重一摞東西。
「希直。」魏正則回京這麼久，還是第一次見到他。
李敝言看到魏正則和藹的面容，久久沒有答話，瞪著眼睛，心情五味雜陳。
李贊不悅地皺眉。「傻愣著幹麼？」
李敝言回過神，忙匆匆向魏正則點頭。「老師。」
他一低頭，又看見魏正則腰間那明晃晃的荷包，頓時面色青白。
魏正則眼神暗了暗，不予理會，隨即轉身詢問那兩個隨侍，岔開話題。「你們這是抱什麼東西？」
其中一個低聲答道：「回魏大人，是以往刑部的官員名帖，正要送去翰林院，讓編撰選取入史冊。」
魏正則的目光卻一直注視另一個隨侍，那人將頭埋得很低，捧著名帖的雙手也在微微顫抖。
他眸光一凝，警覺道：「好端端的，你在怕什麼？」

話音甫落，就見那隨侍手中的名帖嘩啦啦散了一地，異變突起，那人從袖子摸出一柄寒光四射的匕首，直直朝他刺去。「魏正則，納命來——」

魏正則早有懷疑，卻沒想到這人竟是刺客。

大驚之下，他連忙側身躲避，眉頭緊擰，厲聲呵斥：「你是何人！」

然而那人卻像是發瘋一樣，從袖裡又摸出一柄三尺長的刀，追著砍殺。

李贊驚聲叫道：「來人啊！來人！抓刺客——」

他的喊聲驚到那正在行刺的刺客，那人也是殺紅了眼，見傷不了魏正則，轉身便去刺李贊。李贊一把年紀，哪裡還跑得動，腳下踩到散落一地的筆桿，狠狠撞在牆壁上。

那刺客赤紅著雙目，抬起手臂，眼看寒光閃閃的匕首便要刺入李贊胸膛，卻被人一把拉開。

「李大人，小心！」

魏正則拉開李贊，右手格開那刺客的長刀，卻無法躲避肩頭那一匕首。

只聽「噗」的一聲，利刃入肉，魏正則疼得倒吸一口涼氣，他咬牙抬腳，正中對方心窩，一腳將其踹得老遠。

那刺客還要掙扎著爬起來，趙霖卻領著侍衛及時趕到，一腳踩斷他手腕，惡狠狠道：「大膽！竟敢行刺朝廷命官！」

刺客發出一聲慘叫，還沒來得及站起，就被侍衛三兩下捆成一團。

「大人！」趙霖見魏正則傷口流血，又驚又駭，忙從懷裡掏出金瘡藥撒在他肩頭，扶著他手臂，轉身吩咐。「魏大人受傷，速傳太醫！」
魏正則臉色蒼白，但依然站得筆直。
他捂著肩頭，沈聲道：「刑部衙門竟有刺客混入，趙霖，你去好好查查。」
趙霖重重點頭。「是！」

秦畫晴與趙霖告辭，便回了秦府。
她才剛進自己院子，就見張氏與秦良甫正坐在她正屋裡，面容冷凝。
黃蕊與一眾她院子裡的丫鬟、婆子全跪在地上，哭哭啼啼，顯然是犯了什麼錯。
「爹、娘，我院子裡的下人做了什麼錯事？」秦畫晴遲疑地問。
秦良甫冷哼一聲，朝錦玉呵斥：「錦玉，妳也跪下！」
錦玉看了眼，見過老爺、夫人，便與黃蕊跪在一處。
秦畫晴一臉不解。「爹？」
「妳還知道我是妳爹？」秦良甫許久沒有發這麼大的火，他冷冷地問：「畫兒，妳自己做過什麼自己知道，我給妳一個坦白的機會，從實招來。」
秦畫晴眼皮子一跳，扯了扯嘴角。「爹，您在說什麼，女兒聽不懂……」
秦良甫怒極反笑。「妳聽不懂？」
一旁的張氏嘆息搖頭。
秦良甫從桌上拿出一遝紙，啪的一聲甩在地上，厲聲道：「妳聽不懂，那妳總看得懂吧？這上面寫的是什麼？與妳暗通款曲的那個男人是誰？」

秦畫晴彷彿渾身血液倒流，冷得厲害，定定地瞪著地上一遝書信。

那是她與魏正則長期以來互通的書信，只是不知道為什麼，全都被打濕了，許多字跡已經模糊不清，但能分辨的幾個字，透露出兩人之前繾綣的柔情。

秦畫晴不知道怎麼回答。

秦良甫又問錦玉：「妳跟在小姐身邊多年，妳來說，那男人是誰？」

錦玉看了眼秦畫晴，搖頭道：「奴婢……不知。」

「好一個忠心耿耿的奴才！」秦良甫怒極了，他捋起袖子，從旁摸過一條懲罰下人的長鞭，再一次威脅道：「妳身為小姐的貼身丫鬟，她與那外面的……外面的……」秦良甫實在不知怎麼形容？姦夫也不對，野男人也不對，「外」了半天也沒外出個所以然，最後只得再次怒道：「妳好大的膽子！」

張氏看秦畫晴的樣子，就知道這事是真的。

她的寶貝女兒不知什麼時候在外頭遇上了一個男子，還互許了終生。一個未出閣的姑娘，這傳出去像什麼話？

張氏忍聲道：「我本想著今日妳不在家，給妳好好清掃一下屋子，結果春茜毛手毛腳，將水灑到妳的箱子上，一打開，就看見了這東西……女兒啊，妳這又是何苦？怪不得妳總不滿娘給妳說的婚事，敢情一顆心是給了別人。妳心思單純，不知道這男人說花言巧語的厲害，當面一套、背後一套的多了去。且不說他有無權勢，萬一是個窮苦的，妳嫁過去，這輩子可怎麼過哪！」
她苦口婆心，秦畫晴卻聽得滿心無語。
今日這事是瞞不住了，遲早父母都會知道，她索性說了便是。
秦畫晴深吸一口氣，低聲道：「父親、母親，你們不要生氣，其實……」
「老爺、老爺！大事不好！」
墨竹連通報也無，快步衝入屋裡，大聲道：「宮裡來人，讓老爺快些入宮！說……說中書令大人被刺，行刺的刺客乃是……乃是您的姪兒，張通寧！」
「什麼！」屋中所有人異口同聲地驚詫。
秦良甫頓時臉色一白，無力地跌坐在椅子上。
張氏大驚失色。「張通寧不是已經流放了嗎？」
墨竹都快要急哭了。「正因如此，才要查清幕後主使，這便拖累老爺了……」
「中書令？豈不是魏正則？張通寧行刺朝廷重臣，他有多大的能耐？這分明是想將我一家都拖下水啊！」張氏捂著胸口，忍不住大哭。
墨竹也哭哭啼啼。「聽說那魏大人快死了，龍顏大怒，看樣子，是要讓所有牽連的人陪葬……」
「別哭了！」秦良甫拍案而起。「這事跟我秦家無半點關係，新帝不是昏聵之人，容我進宮面聖！」
「爹，」秦畫晴抬起一雙泛著淚花的眼。「我與你同去。」

第四十章

「胡鬧！」秦良甫怒瞪她。「方才的事情我回來再審妳，妳留在家中，不要亂跑。」

秦畫晴哪裡肯依，她滿腦子都是墨竹適才的話。

他快死了。

自己這麼久連他一面都沒有見到，再見便要天人永隔？無論如何，她也要見他最後一面！

秦畫晴拽著秦良甫的衣袖，淚眼婆娑。「爹，求求您，讓我進宮！」

不管是為了父親，還是為了他。

她身上還揣著那個刻有「靖」字的權杖，如果新帝要問罪秦家，她還可以用此一搏。

「妳簡直胡來！那皇宮內院，豈是妳能進的？更何況皇上還不知如何處置我，妳跟來是嫌死得不夠快？」秦良甫拉開秦畫晴，對墨竹道：「拉住小姐！」

語畢，轉身大步離去。

秦良甫走遠了，秦畫晴卻哭得渾身無力，閉著眼睛唰唰流淚，呢喃道：「文霄……文霄……」

「小姐！」錦玉聽到這個消息心都碎了。小姐心心念念盼望著的人竟然被人行刺，她都恨不得替魏正則受了那罪。

墨竹也手足無措。「小姐，老爺不會有事的，您不要擔心……」

「畫兒，快起來。」張氏擦了擦眼淚，要去扶她，秦畫晴卻突然站起身，抹了把淚，對張氏道：「娘，無論如何我也要進宮。」

這一面不見，或許就永遠見不到了。

她想，他也一定很想見她。

錦玉跑過去扶著秦畫晴，靈機一動。「小姐，您有長平公主的手諭，憑此應該可以進宮。」

「錦玉，妳這出的是什麼餿主意！有妳這般慫恿小姐的嗎？」

張氏聞言大怒，正要去拉秦畫晴，錦玉只得擋住張氏，一臉愧疚。「夫人，事情緊急，您且留下聽錦玉解釋，小姐這次無論如何也要入宮的！」

張氏沒想到錦玉竟然敢阻攔。「妳——」

錦玉回頭催促。「小姐，快走啊！」

「娘，您千萬別為難錦玉！」秦畫晴說完，看了看張氏，一咬牙，轉身就跑。

她邊跑邊忍不住掉淚，也顧不得大街上人來人往，用盡全力奔向宮門。她只求魏正則不要死，起碼再見見她，她還有好多話要跟他說……

秦良甫匆匆入宮，直接被宮人引去偏殿。

李贊、項啟軒、李敝言等人都等在殿外，滿臉凝重；太醫進進出出，不時端出一盆盆血水。朱寧應站在臺階上，臉色陰沈，而臺階下已經跪了烏壓壓一大幫刑部的人。

朱寧應冷然道：「朕再問一次，為何張通寧已被流放，還能入京行刺，甚至悄無聲息混入刑部？你們之間，到底是誰在從中搞鬼！」

台下的人冷汗涔涔，為首的刑部侍郎苦著臉道：「回皇上，這事臣等人當真不知……」

「不知？一句不知就沒事了嗎！」朱寧應大聲呵斥。「如今是行刺朝中重臣，下一次是不是就要行刺朕了！」他抬手一指。「朕看就是你們收受賄賂，才讓罪臣餘孽有機可乘，你們一個個是不是要步上張橫、盧思煥等人的後塵？」

「皇上，臣等冤枉！冤枉啊！」

一群人跪在地上呼天搶地，秦良甫硬著頭皮上前下跪。「微臣來遲，請皇上恕罪。」

「秦良甫！」朱寧應上前兩步，壓抑著怒氣。「那張通寧是你姪兒，你且說說，他來行刺朝廷命官是受了誰的指使？」

秦良甫心頭雖然驚駭，但是他沒做虧心事，就不怕鬼敲門，語氣盡量平穩。「回稟皇上，此事微臣得知也大感意外。微臣如今不過是小小六品官，無權無勢，而張橫一家與微臣早就斷絕關係，估計魏大人正法了他張家，所以懷恨在心，不知用了什麼法子潛入刑部，要取魏大人的性命。」

「廢話！」朱寧應冷哼。

秦良甫又肅容道：「但皇上想想，平日裡魏大人一直在文淵閣處理公務，今日才得了休沐的旨意，就惹來賊人在刑部行刺，想必這消息一定是熟知的同僚透露；而要進入刑部都得用身分權杖，還不知張通寧身上的身分權杖是誰持有？」

朱寧應閉了閉眼。「查過了，是之前卸任的官員所持。」

「是了，那又是誰掌管以前那些官員的名帖、權杖、官印和魚符呢？」

朱寧應眉頭一皺，還未答話，就聽一旁的李贇氣呼呼地道：「秦大人，你明知現在是由老夫代管刑部大小事宜，這意思分明是在怪罪老夫了？」

秦良甫低頭道：「微臣不敢。」

他知道李贇與魏正則的關係，萬萬不可能互相坑害，這也是朱寧應疑惑之處。

「爹！」秦畫晴與長平一道趕來，正好看見秦良甫被李贇責備，心下一緊，忍不住出聲喊道。

李敝言站在李贇身旁，雙眼發直，下意識呢喃道：「秦姑娘……」

李贇瞪了他一眼，李敝言連忙低頭。

秦畫晴跪地給朱寧應拜禮。「臣女參見皇上。」

朱寧應微微挑眉。

面前的女子一身素色衣衫，卻無法掩蓋她面容的明豔，鵝蛋般的小臉隱含著一抹憂色，衣衫上的飄帶隨風飄動。她靜靜地跪在那裡，風姿絕色。

難怪向來穩重持成的魏正則，會被她迷得不知東南西北，心心念念地惦記著。

如此也好，朱寧應就怕他沒有軟肋。

秦良甫聞言轉頭一看，神色驚異又無奈。「妳怎麼跟來了?!」

「爹……」秦畫晴期期艾艾地開口，看向旁邊進進出出的太醫，眼裡又蘊含了淚。

一旁的長平連忙打圓場。「是本公主讓秦姊姊入宮作陪。」她隨即看向朱寧應，問道：「皇兄，聽說魏大人被刺，我能和秦姊姊進去看看嗎？」

朱寧應一皺眉頭，哪裡不知道妹妹的意思？看樣子，秦畫晴知道魏正則受傷，心裡正著急呢。

雖然如此，他還是板起臉呵斥：「妳當這是兒戲，說看就看？」

秦畫晴聞言，心都涼了一半，她眨了眨眼，努力不讓眼淚掉下來。隔著一扇雕花門，她幾乎可以嗅到那刺鼻的藥味，他一定躺在裡面，很虛弱、很難受、很痛苦……

萬一上窮碧落下黃泉，她一個人該怎麼辦？

想到此，她心一酸，低著頭，淚水啪嗒啪嗒往下掉。

「皇上，不必審了。」

殿門打開，熟悉而沈穩的音色伴隨著一股中藥草的味道，瀰漫在四周。

秦畫晴渾身一僵，她瞪大眼睛，抬起頭，但見暖黃的暮光，照射在朱紅的殿門窗櫺上，魏正則一身板正的紫色常服，束金玉帶十三銙，腰間掛著象徵中書令的魚符，還有，她親手繡的荷包。

人群中，魏正則也一眼看見了她。

他的小醋罈子哭得像從水裡剛撈起來，纖瘦的身軀彷彿要被風吹走，跪在一幫刑部官吏中，格外顯眼。

魏正則忍不住心疼，上前兩步，握著她的手，將她拉起，柔聲問：「妳怎麼來了？」

秦晝晴還猶如夢中，見他竟然活生生地站在跟前，還對她說話，便什麼也不管不顧，一頭撲入他懷中，眼淚、鼻涕蹭在他官服上，抽噎著哭訴道：「你這個騙子……說、說什麼讓我等你，我等了這麼久，就等來他們都說你要死的消息！我、我便想著無論如何也要再見你最後一面……騙子！明明說回京就來找我，都一個月了，也不來……嗚嗚……」

「好了好了。」魏正則安撫地拍著她的脊背，略抱歉地看了眼朱寧應。

朱寧應卻是一臉「理解」的笑。

李贊等人看天的看天，看地的看地，咳嗽的咳嗽，秦良甫卻是傻眼了。

若他這個時候還不明白發生了什麼事，當真是個傻子。

怪不得魏正則近年來一直幫扶他，明裡暗裡替他打點一切，而自己的女兒也什麼都不肯說。秦良甫此時心頭並不是歡喜，而是憤怒，他咬牙心道：魏正則啊魏正則，還以為你是個好人，沒想到一把年紀竟然能做出拐走我女兒的下作行徑！

要不是礙於朱寧應在場，他恐怕當場就要發飆！

秦晝晴趴在他懷裡哭了半天，鼻尖卻聞到濃郁的血腥氣和藥味，她這時候才記起他受了傷，忙擦了擦眼淚，關切地問：「張通寧刺你哪兒了？要不要緊？」

魏正則指了指她方才埋頭痛哭的肩頭。「傷口雖深，但未觸及要害，宋太醫已經包紮上藥，將養一段時日便無事了。」

「你、你怎麼不早說！」秦畫晴手足無措，脫離他的懷抱，吹了吹他肩膀，輕聲問：「剛才給你碰痛了沒有？」

「一點兒也不。」魏正則倒是希望能多抱她一會兒，但眼下眾目睽睽，根本不是時候。

秦畫晴這時也回過神了，可她根本不敢去看秦良甫和其他人的神色，她瑟縮在魏正則背後，咬著唇瓣不作聲。

魏正則朝朱寧應拱手道：「皇上，張通寧已認罪伏誅。他趁解役兵丁不備，趁亂逃走，隨後潛入刑部偷了魚符，正巧碰見微臣前往刑部，便想著替張橫報仇。此事無關李大人，更無關各位同僚，還請皇上明察。」

朱寧應不疑有他，點了點頭。「原來如此。」

朱寧應環視周圍，又道：「魏卿受傷，便回府靜養一段時間，朝中事務暫時交給項大人和錢大人，若有不明的問題，再去府中請教。」

「謝皇上隆恩！」

朱寧應笑了笑，便吩咐眾愛卿退下。

秦良甫站起身，撣了撣官服上的灰塵，對秦畫晴使了個眼色，做出口型：跟我回去！

秦畫晴正為難著，一旁的長平忙挽著她的手。「秦大人先回吧，本公主還要與秦姊姊在御花園中遊玩。」

長平公主都發話了，秦良甫也沒有辦法，只能氣結著往回走。

李敝言跟著李贊離開，卻聽身後的魏正則沈聲道：「希直，你留下。」

李敝言身形一僵。

秦畫晴看他們似乎有話要說，便與長平退至一旁。

「老師，還有何事吩咐？」李敝言朝魏正則拜了拜，神色卻很緊張。

魏正則撫著拇指上的玉扳指，也不看他，而是看向遠處宮殿門前與長平談話的秦畫晴。

他低聲道：「今後你師娘只會有一個，便是她，所以該打的主意、不該打的主意都不要想，想多了，對你並無益處，對整個忠勇公府也沒有益處，知道了嗎？」

他這話說得莫名其妙，可李敝言卻冷汗直流。

「……知道了。」李敝言的聲音嘶啞，連自己都嚇了一跳。

魏正則閉了閉眼，似乎很是疲倦。「希直，你是很聰明的學生，這件事為師不計較了。桃李書院的陳夫子一直很喜歡你，有空便去通州看看他。」

李敝言聽到他還自稱「為師」，忍不住鼻尖一酸。他還以為魏正則知道了這些事，會讓他身敗名裂、會讓他無顏以對、會與他斷絕師徒關係，可沒想到，他不僅替他隱瞞下來，還完全不計較。

只是最後一句關於陳夫子的……那意思李敝言也知曉。

陳夫子的女兒愛慕他，也是品行端良的女子，不見得比秦畫晴差，所以，老師是要讓他知難而退了。

李敝言看向遠處還在說笑的秦畫晴，眼裡泛起波瀾。

他能怎麼辦呢？

少時愛慕的女子，他們之間，毫無可能。

李敝言朝魏正則恭恭敬敬的行了人禮，一字字道：「希直謝過老師的恩情，該怎麼做，希直都明白。」

他一時頭腦發熱，將張通寧提了出來，還掩護他去刑部刺殺，這都是殺一百次頭都不夠的罪。魏正則一眼就看透，可是他不說，還隱瞞下來，這不僅是救了他，還救了李府上百人。

他李敝言不是知恩不報的人，既然無緣，強扭也無法逆轉，便就這樣了吧……

另一頭，長平和秦畫晴正在說話。

「秦姊姊，獲靈遊學回來了吧？」

秦畫晴點點頭。「在家呢。」

長平滿臉憂色。「妳不知道，他這些日子總是躲著我，我真的好想跟他說說話。」她嘆了口氣。「獲靈他是不是不喜歡我？」

秦畫晴笑笑。「公主這般貌美可愛，怎能不讓人喜歡？只是獲靈他面子薄，躲著妳是因為不好意思。」

「當真如此？」

「我是他姊姊，自然瞭解他。」

長平若有所思。「那我還要怎麼做？」

秦畫晴攤了攤手，笑道：「死纏爛打。不能你們兩個都害羞，總得有人邁出第一步。」

就像她一樣。

秦畫晴想到自己當初的「手段」，忍不住抿唇而笑。

長平一點就通，見魏正則與李敝言說完了話，便識趣地提起裙襬，轉身就走。「那我去找他玩！秦姊姊，回頭見！」

秦畫晴想到自己無形中坑了弟弟，掩嘴「噗哧」笑出聲。

「在笑什麼？」

身後傳來濃濃的中藥味，秦畫晴不由一愣。

方才還熱鬧的宮殿前，如今就只有秦畫晴與魏正則兩人，一時間安靜下來，秦畫晴突然不知道說什麼好？

她低著頭問：「方才李敝言與你說什麼啊？」

魏正則定然不會告訴她，自己最優秀的學生想要跟他搶妻子。

他清咳道：「一些關於李大人的問題，都是小事。」

秦畫晴直覺沒那麼簡單，可是她又猜不出所以然，聽他咳嗽，還以為他傷口痛，忙扶著他手臂，關心道：「受了傷就不要亂走了，快回殿中休息。」

「無妨。」魏正則握住她纖細雪白的手腕。「歇會兒便回長安街的新宅，留在宮裡始終不妥當。」

秦畫晴莫名心頭一顫。

她覺得自己應該抽手，畢竟宮裡的宮女和太監來來往往，瞧見了不好，可她只是呆呆地看著朝思暮想的面龐，就連呼吸也忘了。
她永遠不知道自己呆愣的模樣有多好看，明眸裡似乎閃爍著破碎的星子，璨璨發光。
「幹麼這樣看我？」秦畫晴被他盯得不好意思，摸了摸自己發燙的臉，眼神游移。
魏正則心下一嘆，拉過她的手腕往懷中一帶。「畫兒。」
秦畫晴僵硬了一秒便放鬆下來，小心地避開他的傷處，輕輕地靠著。「嗯，我在。」
魏正則輕聲問：「去看過宅子了嗎？妳可喜歡？」
秦畫晴垂下眼簾，掩飾眸中的笑意。「路過時看了一下，看著挺氣派的。」
魏正則道：「我不擅長布置屋宅，這些便交給妳了，有什麼想法便跟趙霖說，他會去辦。」
秦畫晴想要再矯情一下，可又想著，何必呢？他瞭解她，這些根本不用推諉。
於是她點點頭，清脆地應聲。「好！」
天邊的晚霞滿天，有雙燕飛回，一陣微風，拂過廊下的翠竹，沙沙地掠過來，輕輕地翻起兩人飄逸的衣襬。
秦畫晴靠在魏正則身邊，從未這般安心過，轉念想想，只要與他在一起，她隨時都是安心的。
她想到之前父親臨走時那驚詫惱怒的神情，不由微嘆道：「我爹知道了，他好像不太高興。」
魏正則失笑。「只要與我有關的事，他就從未高興過。」

秦畫晴摸著他帶有薄繭的指腹，問：「那……怎麼辦？」

「不用擔心，妳爹那人，我還算對他瞭解。雖然現在彆扭著，可我到底幫了他許多，他總歸能記幾分恩情。」說到此處，他語氣一頓，帶著一絲毋庸置疑的沈穩。「更何況，如今我乃堂堂中書令兼尚書左僕射，又是太子少傅，朝中大小事務全權由我過問，妳父親只要在朝為官，便不會與我過不去。」

秦畫晴點點頭。「這倒也是，官大一級壓死人。不過……」她語氣一轉。「不過這豈不是『仗勢欺人』？」

魏正則眉頭一皺。「不管怎樣，總得想辦法將妳娶進門才是。」

這話好生無賴，可秦畫晴聽進耳朵裡卻無比受用，她抿唇一笑。「那、那你什麼時候來提親？」

「明日如何？」

秦畫晴自然高興，可是她知道他受傷在身，到底體貼他多一些。

她抬手撫了撫他鬢間一絲凌亂的髮，柔聲道：「不急，這麼久我都等了，也不差這幾日，總得讓你身子好些再說。」

「畫兒……」魏正則抓著她的手，貼在唇邊吻了吻。「不用如此顧忌我，這點傷還算不得什麼。」

秦畫晴只覺得被他吻過的地方酥酥麻麻，不遠處還有太監、宮女走過，她連忙將手攏在袖子裡，臉蛋紅彤彤的，比天邊的晚霞還要豔麗幾分。

「我跟你說正事呢，沒有開玩笑。」秦畫晴做出一副佯怒的樣子。「你身體養不好，以後留下病根怎麼辦？我可不想照顧你。」

魏正則蹙眉，裝作沈思。「妳不照顧我，誰來照顧？」

秦畫晴低頭把玩著手指，咕噥道：「你的小妾、通房什麼的，反正我不管。」

「那我可就得死了。」魏正則低低一笑，將她摟緊懷裡，嘆道：「畫兒，我答應過妳，此生只會喜歡妳一個，絕不相負。妳求那一生一世一雙人，我一定會做到。」他撫了撫她柔順的長髮，希望能讓她徹底安心。

他不知道她經歷了什麼，才會執著地要求這件事。

大元朝的男子三妻四妾很是平常，當初秦良甫身邊只有一個正室，背後不知被同僚嘲笑了多少次，議論他不行、妻管嚴云云。當時魏正則聽聞也只是一笑置之，可如今直到自己經歷了，才發現人心的確很小，如果真正喜歡一個女子，那是再也分不出半點位置留給旁人。

他的畫兒很好，今後身邊有她一個足矣，即便有人私下議論什麼，他也不會在意。

秦畫晴大受感動，她眨了眨才斂去不久的眼淚，伸出小拇指，低聲道：「拉勾，約定了就不許變。」

「好，不變。」魏正則都三十的人了，做出這等幼稚行徑卻樂在其中。他伸出小拇指與秦畫晴的手指相扣，末了還一把將她的小手包入掌心。

秦畫晴這才展顏，眼睛彎得似天邊的月牙，粉嫩的唇勾起，露出一排整潔的貝齒，像盛開的櫻花。

魏正則凝視著她的臉，忍不住想要湊近一些，沒有任何預兆的，飛快親了親。

淺嘗輒止，依然很甜。

秦畫晴的笑容頓時僵住了，她抬起眼，顯得很驚訝一樣。

魏正則以為自己這舉動太過輕薄，也怪這丫頭將他迷得太不理智，頓時懊惱，正要解釋一二，卻見秦畫晴踮起腳尖，攀著他脖子，嘟著嘴回吻過來。

柔軟的唇互相輾轉，她淺淺地吻著他，生澀而眷戀。這樣的誘惑無法讓魏正則拒絕，他回應著她，彷彿一切理所當然，只是本能地想抱住她，不願意鬆開……

突然，魏正則捂著肩頭，濃眉輕擰。

秦畫晴瞬間回過神，嘴角還掛著一縷晶瑩也顧不得擦，忙問：「怎麼了？是不是弄裂傷口了？都怪我……」

「好了，沒事的。」魏正則嘆氣，懊惱自己為何偏偏在這當口受了傷？

他抬手擦去秦畫晴嘴角殘留的晶瑩，輕聲道：「我明日便去提親。」

秦畫晴臉色一紅，雖然很羞澀，可還是乖順地點點頭。

第四十一章

魏正則回長安街的新宅養傷，秦畫晴也一起過去瞧了兩眼。

她喜歡海棠，便讓人在院子裡種了許多海棠，西府、垂絲樣樣都種上，其他地方也都指點了一二，梳妝檯、桌椅、博古架，都按照自己喜歡的位置擺放。待將這些都跟趙霖說了，才發現天色已經完全暗了下來。

大廚房還沒有備好，下人也沒有找齊，秦畫晴便親自下廚，在偏院的小廚房簡單做了兩碟小菜，與魏正則在屋子裡吃了。

「畫兒，妳什麼時候再做梅花糕？」

秦畫晴給他挾了一筷子菜，說道：「也得等入冬開春的時節，現在都是些乾梅花，做出來不怎麼好吃。」

魏正則頷首。「不錯，來日方長，今後有的是時間。」

秦畫晴笑著睨他一眼，不答話。

魏正則挾了一條魚給她。「多吃些，上次我臨走前讓妳多長幾圈，也沒見妳胖起來。」

秦畫晴將魚還給他，還有了小脾氣。「不吃，這魚好多刺，我怕麻煩。」

「真是拿妳沒辦法。」魏正則笑了笑，便埋頭給她仔細剔了魚刺，只將雪白的魚肉放她碗裡。

他道：「這下妳可得全吃了。」

秦畫晴吃了口飯，和著魚肉道：「你也不怕把我寵壞了，我娘都不給我剔魚刺呢。」

「把妳養刁了，我才安心。」魏正則專心剔著魚刺，低頭調笑。「妳樣樣都好，萬一被旁人瞧見了，豈不是要與我爭搶？我比妳年長一輪，再過二十年，我都老得走不動路，妳才三十來歲，我到底不放心。」

秦畫晴知道他在開玩笑，可是她卻笑不出來。這年紀的事情不是她能改變的。

她眨了眨眼睛，一字字道：「我不會的。」他老了，她便照顧他；他若死了，她也不願一人悽楚地留在世上。

「好了，方才是說笑的，妳莫往心裡去。」魏正則抬手擦了擦她嘴角的油漬，心中卻是一片溫柔。

天色暗下，秦畫晴也不好與他同處一室，跟趙霖交代了注意魏正則的傷，便回了秦府。

剛進府，就見家裡燈火通明，丫鬟和小廝個個恨不得把頭埋進土裡。

還沒走進正廳，就聽見秦良甫那大吵大鬧的聲音。秦畫晴心下一緊，提著裙子，硬著頭皮邁步進屋。

甫一跨過門檻，腳下「嘩啦」一聲茶杯摔碎，瓷片四分五裂。

「妳還敢回來！」

秦畫晴嚇了一跳，見錦玉跪在地上，紅著眼眶，手上還隱約有傷痕，頓時心疼至極，也不管還在發火的秦良甫，先將錦玉拉起來，蹙眉道：「爹，您這是何道理？錦玉是我的丫鬟，我有吩咐，她自不敢說。我與……與他情投意合，也不是她一個丫鬟能阻攔的，何必對她發火？」

秦良甫見她還一副不知悔改的樣子，氣得就要揚手去打她，被一旁的張氏和秦獲靈攔住。

秦良甫也不是真想打女兒，實在是氣懵了，咬牙切齒道：「妳現在倒是維護起丫鬟了，要不是這個刁奴隱瞞不說，妳能被魏正則騙去？」

「女兒不是被騙。」秦畫晴微微挺胸，短短一句，卻帶著毋庸置疑的意思，不願讓他繼續誤會。

「妳——」秦良甫一拍桌子。「妳眼裡還有沒有我這個父親！」他說得太急躁，頓時被口水嗆著，一陣猛烈的咳嗽。

秦畫晴擔憂地上前。「爹……」

「妳別過來！」

秦畫晴頓住腳步，一臉委屈。

張氏心疼地問：「畫兒，妳且說說，妳是怎麼和那魏正則認識的？你們又認識多久了？」

秦畫晴低聲答道：「當初父親與鄭海端一黨聯合誣陷魏大人，他被看押在刑部大牢。我想著此事定然與魏大人無關，便悄悄去探監，希望能彌補父親犯下的罪過……後來永樂侯大壽，在壽宴上又見了一面，說了些話，倒是對他越來越欽佩。後來便是父親被打入大牢，生死攸關，我求遍了京城裡與父親交好的同僚，沒有一個願意幫父親，直到我去魏府……」

「別說了！」秦良甫聽不下去了。

張氏卻心頭一跳，忙隱晦地問：「畫兒，他、他沒有乘人之危吧？」

秦畫晴愣了一下才反應過來，低著頭，輕聲否認。「他飽讀詩書，恪守禮教，是個正人君子。」

張氏鬆了口氣。

後來如何，秦良甫也能猜到。以魏正則的性子，定然不會來招惹自己的女兒，一定是自己的女兒情竇初開，巴著他不鬆手。即使如此，秦良甫仍然不願意接受。

他冷冷指著秦畫晴，厲聲道：「我再問妳一次，妳是不是非要嫁給那姓魏的？」

秦畫晴囁嚅著不答。

她從未見過父親那樣的眼神，憤恨而不甘，彷彿自己做了什麼滔天惡事一樣，她不理解，也不明白。

張氏看了看女兒，又看了看丈夫，只得上前給秦良甫順氣，低聲勸慰道：「老爺，你也別生氣了，我看那魏正則雖然年長畫兒不少，但看樣子，應該是個知冷熱的……」

「閉嘴！」秦良甫呵斥張氏。「妳懂什麼？魏正則他一定是嫉恨我在心，才來拐我獨女，他就是見不得我好，還對當年我針對他的事耿耿於懷！」

秦畫晴沒想到父親仍是這樣想，忍不住據理力爭。「爹，女兒不知道您為何對魏大人如此偏見，即便當年你們政見不合，少時也有嫌隙，可現在都已經事過境遷，就不能將以前不愉快的都給忘了嗎？近些年來，魏大人一直幫扶秦家，當年您被貴妃誣陷，朝中沒有一個肯站出來幫您。是他！是他頂著殺頭的危險去面見先帝，花費無數心血洗清您的罪名，更不要說現在於新帝面前保全我秦家，如此多的恩情，難道我們不該還嗎？」

秦良甫臉色微微一變，可語氣還是沒有舒緩。「我秦良甫從不欠人情。還，我做牛做馬也還，但絕不是讓女兒委身與他，這種賣女兒的事我秦良甫做不出！」

「可是女兒心甘情願！」秦畫晴脫口說道：「我喜歡他，就是想嫁給他！這輩子除了他，我不會嫁給別的人！」

秦良甫沒想到，從來乖順文靜的女兒會說出這番話，指著她不住顫抖。「妳……妳也不害臊！」

哪有未出閣的女子嚷嚷著要嫁人的？也不知這魏正則給自己的乖女兒下了什麼迷魂藥？如此一想，秦良甫更生氣了。

就算魏正則年長一輪，可他如今乃皇上寵臣，權勢滔天，女兒嫁給他是風光無限，可他就是不同意，哪怕心底知道這是一門不錯的婚事，他還是不想點頭。

同窗同僚，娶了自己女兒，這算什麼事？

秦畫晴一咬牙，答道：「我就是不害臊，我就是要嫁給他。」

秦良甫大怒。「妳再說一次！」

他現在算是明白了，他一是氣魏正則拐走秦畫晴，二是氣秦畫晴有了魏正則就敢忤逆他！

「阿姊，算了吧……」秦獲靈什麼時候見過秦畫晴說這種話，他看父親臉色已經黑如鍋底，連忙讓秦畫晴少說兩句。

秦獲靈正要上前拉她離開，秦畫晴的倔脾氣卻也上來了，她甩開秦獲靈的手，直直跪在地上。「爹，我知道，您不願意我嫁給文霄，是因為他與您是同窗，且此前一直不和。可是，他對女兒真的很好，今後也是女兒與他過，不是父親與他過……爹，女兒這輩子只真心喜歡他一人，這輩子，真的不會嫁給旁人了……您就成全女兒這一次吧！」

秦良甫蹙眉不答，臉色陰沈得如暮晚的天。

「爹……」

秦畫晴還在哀求，她語氣轉柔。「當初在渭州，我摔下山崖，若不是他，女兒早就死了，這條命都是他救的，更何況我這個人。」她說到後來，聲音哽咽，眼淚也在眼眶打轉。「爹，我嫁給別人是嫁，嫁給他也是嫁，何不讓女兒嫁給自己喜歡的人？女兒就算嫁給他，也不會忘了父母和弟弟，我們永遠是一家人……」

秦獲靈見秦畫晴已經淚流滿面，知道姊姊是動了真心。

他知道那男人是魏正則也十分不相信，可如果那人真是魏正則，阿姊會如此一片癡心，也就說得過去了。

思及此，他不禁幫腔道：「是啊，爹，魏大人才名遠播，如今又是朝中大員，阿姊嫁過去不會吃虧的。」

張氏也遲疑道：「我聽說那姓魏的到現在都是獨身一人，也沒聽說過他納妾，且上無老、下無小，畫兒如果真嫁過去，就是當家主母，家裡地位也不差。所以，老爺你看……」

秦良甫冷笑一聲，抬起眼。「你們一個個都向著她是吧？她年紀小不懂事，你們也跟著瞎起鬨？且不說魏正則現在是中書令兼尚書左僕射，官居一品，又是太子的老師，家中怎麼可能只娶畫兒一個？定然八房小妾、九房姨娘，屆時哪裡還有畫兒半點位置？我阻攔是對她好，妳當京城裡的官兒人人都與我一樣，這輩子只要一個正妻嗎？」

他此言一出，倒是把張氏的嘴巴堵住了。

秦獲靈也愣了愣。大元朝的官員裡，還真的唯有秦良甫只一個正室。

秦畫晴沒想到是因為這個原因，她面色一喜，忙道：「爹，這件事其實……」

「妳不要說了，我不想聽！」秦良甫氣不打一處來，方才與她爭吵，更是吵得腦仁疼。

他問：「妳是不是非要嫁給他？」

秦畫晴斬釘截鐵的點頭。「是。」

秦良甫冷哼：「那妳就跪在這裡好好清醒清醒！我倒要看看，妳是多想嫁給魏正則！」

他隨即看向張氏與秦獲靈。「沒我的命令，誰也不許叫她起來！」語畢，拂袖而去。

秦畫晴面色如鐵，心如磐石，就那樣定定地跪在那裡。

秦良甫一走，張氏也連忙跟著去了。

她勸慰道：「老爺，你這又是何苦呢？且不說魏正則於我秦家有恩，他現在可是堂堂中書令，協助奪過帝位的朝臣，別說老爺現在被貶至六品散官，即便當初你仕途最如日中天時，也無法拒絕這門婚事啊！」

張氏苦口婆心，秦良甫也不是個傻子。

走到水榭，他腳步一頓，嘆氣道：「妳說的我又怎麼不明白？魏正則現在一人之下，萬人之上，只要入朝為官的，有幾個敢逆他意？他傳言人品不錯，可耳聽為虛，眼見為實，我這麼多年也沒有與他深交過，誰知道他到底打畫兒什麼主意？萬一畫兒嫁過去是入了火坑，我又怎麼把她救出來？」

「可這姑娘家，總歸要嫁人的。」張氏扶著他肩膀。「我瞧那魏正則也不是個偷奸耍滑的奸佞小人，既然畫兒喜歡，你就成全了吧！」

秦良甫擺擺手。「容我考慮幾日。」

女大不中留，他其實心底早就有了結果，只是一直不想承認。

還沒等秦良甫好好考慮，次日一早，守門的小廝就拿了名帖來，說是魏正則在外等候，看帶來的東西，是上門來提親的。

秦良甫匆匆忙忙起床，正在穿衣服卻又冷靜下來，心道：他來求親，我何必如此焦急？且慢慢來，看他能不能等得？

於是秦良甫慢悠悠地穿好衣服，洗漱完畢，又喝了早茶，這才往花廳會客的地方走去。

秦良甫老遠便看見魏正則一身淺青色圓領衫，坐在左側的椅子上，正端著茶杯吹漂浮的茶葉。

見到人，秦良甫也不好意思再擺譜，畢竟魏正則才是上司。

他咳了咳，裝作不知，彎腰拱手。「下官見過大人，還不知大人一早來下官府中拜訪，所為何事？」

秦良甫這人就愛賣關子，彎彎繞繞的心思頗多。

魏正則放下茶盞，微微一笑。「秦大人不必多禮，我今日來此，遞了八字名帖，便是要來提親的。」

「提親？」秦良甫還在裝傻。

魏正則也就由他裝模作樣。「不錯，正是秦大人家的嫡女。」

秦良甫心裡暗道：這廝倒是挺沈得住氣。

他眼珠子一轉，裝作很為難的樣子。「不瞞大人，小女頑劣，恐有許多不足之處惹大人嫌煩。」

魏正則淡笑道：「再有不足之處，我也不介意。」

秦良甫乾笑兩聲，又道：「大人應該知道，下官這麼多年身邊只有一個正妻，小女自小耳濡目染，恐怕也不能與大人府中的姬妾相處融洽，所以……」

「秦大人多慮了。」魏正則端起茶盞，輕輕抿了一口，潤了潤嗓子。

他沈聲道：「我也與秦大人一樣，今生身邊只會有一個正妻，莫說納妾，就連屋裡伺候的丫鬟也不會留一個。此生有一人相伴，足矣。」

秦良甫沒想到他會說出這番話，扯了扯嘴角。「魏大人莫要揀好聽的說，這怎麼可能？」

「如何不可能？」魏正則反問他。「秦大人能做到，魏某自然也能。」

此言一出，秦良甫卻是沒辦法再反駁了。當朝大官來求親，簡直就是他秦府高攀，況且魏正則不是納妾，也不是續弦，而是實打實的正妻，他也找不到拒絕的理由。

秦良甫呵呵一笑。「魏大人可別誆下官，此事攸關我女兒的終身大事，不可兒戲啊！」

魏正則沒想到秦良甫還不願意，他抬起眼，看著秦良甫的眼睛，低聲道：「秦兄，我也不與你拐彎抹角了。我與畫兒情投意合，兩廂情願，她嫁給我一定不會受半點委屈，這點你完全不用擔心。若還是信不過我，白紙黑字，立字據也是可行的。」

只要秦良甫點頭，他都不會拒絕。

話都說到這分上，秦良甫也沒招了。

他看了眼魏正則，想到此人就算權勢滔天又如何？以前看不慣他又如何？他現在可是他的老丈人！

秦良甫頓時便來了底氣，揚起臉道：「既如此，下官也沒有磨唧的必要。說起來，我與文霄兄是同窗，少時張素老師的策論，我的名次還在你前面，如今看來，也是一段緣分。」

魏正則微微一笑。「秦兄還能惦記往昔，我亦十分歡喜，只希望秦兄只留念以往歡喜的事，其他的便不要銘刻於心了。」

「自然。」秦良甫知道他話中有話，卻也無可奈何。

事實上，還真的只有拋棄以往的不愉快，畢竟這兩人都要成親家了不是？

又寒暄了兩句朝堂上的事，該說的都商議完畢，魏正則便要告辭。

秦良甫也不留他，笑咪咪地送客，接著轉身去了正堂。

秦畫晴還跪在那兒。

一旁的秦獲靈都趴在椅子上睡著了，聽到腳步聲才猛然驚醒，見是秦良甫，忙上前勸道：「爹，您就成全阿姊吧！您看她都跪了一夜，膝蓋都腫了……」

「好了。」秦良甫打斷他，看向女兒，小臉蒼白，嘴唇也沒了血色，看起來搖搖欲墜，好不可憐。

過了一夜，他氣也消了，上前把秦畫晴拉起來，瞥了眼道：「妳意志倒是堅定得很！」

秦畫晴舔了舔乾裂的唇，眸子裡又是一片水光泠泠，她拽著秦良甫的衣袖，輕輕搖了搖。「爹……」

秦獲靈也上前拽著秦良甫另一邊的袖子。「爹！」

「別叫了、別叫了。」秦良甫也撐不住了，道：「你們猜方才誰來了？」

秦獲靈搖搖頭。

秦畫晴卻是猜到了一些，遲疑地開口：「是……他嗎？」

秦良甫「嗯」了一聲，淡淡道：「過幾天，魏正則會找媒人來府中交換庚帖，納吉送聘，妳可滿意了？」

秦畫晴愣了片刻，頓時雙眼瞪大，內心湧起一股無法抑制的驚喜，連問道：「真的嗎？真的嗎？爹，是真的嗎？」

「可不是真的？」秦良甫嘆了口氣。「親迎的日子也定了，十月初九，我總覺得太倉促了些……」

「不倉促，一點也不倉促！」秦畫晴歡喜得手舞足蹈。

一旁的秦獲靈也為她感到高興，他笑嘻嘻地說：「那這段時日，阿姊妳就不能和魏大人見面了，這是規矩。」

秦畫晴臉色一沈，看向秦獲靈。「就你話多。」

過了幾日，聘書也送來了，成親的日子就在十月初九。

張氏忙著整理嫁妝，許久不開的庫房也被她翻了個底朝天，光是鋪子就又給了秦畫晴三間，但秦畫晴嫌不好管理，只拿了錦繡成衣鋪和糧油鋪。

月末，魏家的彩禮便由人擔來，滿滿當當的三十箱。

蓮子花生、龍鳳金鐲、百斤重的喜餅桂圓，還有各種大件的珊瑚玳瑁，外加三千兩禮金。

這彩禮真不算薄了，這還是魏正則去請示朱寧應預批的俸祿封賞，不怠慢這門婚事，卻也符合他清正廉明的作風。

彩禮單子遞到張氏手上，張氏笑得眼睛都快沒了。

這男人重不重視女人，光看這彩禮，也能看出幾分來。瞧這豐厚的程度，魏正則定然是極愛自己女兒的，思及此，張氏最後一絲顧慮也沒了。

已經訂了親，秦畫晴這些日子便不能到處亂走，只能安安靜靜待嫁。

秦良甫忙著去交好的同僚府上遞喜帖，那邊魏正則該請的也都請了，錢如諱還笑嘻嘻地要來當司儀。畢竟是新朝的第一場官員婚事，又是朱寧應的親信大臣，他覺得這事是個好兆頭，便笑嚷著也要帶太子來觀禮。

這天子駕臨，自然蓬蓽生輝，秦良甫高興得嘴都合不攏。別看他現在只是一個六品散官，可拉著魏正則做女婿，朝中官階比他大的都要對他客客氣氣，秦良甫這些日子上朝，整個人都飄了起來。

自從被貶官，他可是好久沒有享受到這種待遇了。他在朝中順遂，女兒也被捧在手心，家庭和睦，事業安穩，如此想了想，竟也覺得這門親事不錯。

秦畫晴待在家裡，閒來無事，便拿了綳子給自己繡蓋頭。鮮豔紅色的錦緞繡著花團錦簇的牡丹，豔麗又華美。周嬤嬤知道秦畫晴大婚，一高興，便親自給她量身做了一套喜服，雖然時間有些趕，可到底是周嬤嬤的手藝。

十月初，繡了龍鳳成雙的喜服就從宮裡送了來，裙襬點綴著珍珠，看起來璀璨奪目。錦玉一邊將喜服疊整齊，一邊讚嘆。「小姐，您穿上這身喜服一定美若天仙！」

秦畫晴摸了摸光滑的錦緞，撫著一顆顆珍珠，莞爾笑道：「就妳嘴甜。」

「奴婢說的是真心話。」錦玉看著秦畫晴美麗的側臉，心下微嘆。「小姐就要出嫁了呢！這時間過得真快，奴婢恍惚記起那會兒陪小姐去魏大人在郊外的府上，遇到了雷雨，沒承想，今日小姐便要與魏大人成婚了。」

「是啊。」秦畫晴垂下眼簾，摩挲著喜服感慨。「一輩子很快，但與自己相愛的人在一起，再快也值得。」

第四十二章

近兩個月不見魏正則，秦畫晴心裡卻是想念得緊。

她披著薄衫，坐在雞翅木的小几旁，手裡拿著針線，正認真地繡蓋頭。

那繡花只剩最後一點了，她算了算，剛好趕在成親前一日能夠完工。

秋風沙沙，吹來一片枯葉，錦玉走來，正好透過軒窗看到自家小姐的面容。方當韶齡的女子，肌膚勝雪，嬌美無匹，長髮柔順地披於背心，用一條淺色的絲帶輕輕綁住，一襲粉色的蝴蝶衫，彷彿嵌入了一幅靜謐的畫中。

錦玉微微一笑，心嘆真好，自家最優秀的小姐，終是覓到了良人。

她撩起簾子進屋，將信遞給秦畫晴，笑道：「小姐，您瞧瞧是誰的信？」

秦畫晴抬起眼，目光觸及到信封，瞬間光華流轉。她忙放下手中的針黹，展開信一看，忍不住嘴角微彎。

錦玉湊上前問：「魏大人說什麼呢，讓小姐如此開心？」

秦畫晴笑道：「不是什麼大事，就說了司儀是錢如諱大人，還有他許多同窗好友，估計不少都是父親的舊識；皇上和太子也會來觀禮，也算是天上地下頭一回。」

「皇上也要來？」錦玉不禁瞪大眼睛。「那可真真是天大的殊榮呢！」

秦畫晴點點頭，微微一笑。「我也算是沾了他的光了。」

錦玉卻不讓她這般想，只道：「小姐，您嫁過去可千萬別妄自菲薄，您可是京城裡的第一美人，魏大人雖然官高，可要我說，應當是他高攀您呢。」

「妳啊妳，是越來越會貧嘴了。」秦畫晴點了下她的額。「我可得趕緊把妳嫁出去。」

錦玉吐了吐舌頭，轉移話題道：「春茜去了魏府安床回來，聽說魏府裡種的全是海棠，臥室、書房都掛著小姐的畫像，美的不得了！早知道我該討了這門差事去，還有好幾兩的紅包賞銀呢。」

秦畫晴嘆氣道：「我現在是又怕那一天，又期待那一天。」

她心裡複雜得已經難以言喻了，可即便再怎麼複雜，這一天還是會來。

光陰如白駒過隙，轉眼就到了十月初九，迎來秦畫晴人生中最重大的日子。

秦府許久沒有這般熱鬧，天不亮就開始敲鑼打鼓，接到請帖的人絡繹不絕地來了，有許多比秦良甫還大的官，也對秦良甫拱手作揖。

秦良甫今日換了一身棗紅色的朝官禮服，隆重又不失禮數，因朱寧應要來，上千禁軍早早布置在魏府周圍，許多圍觀的百姓也將道路圍堵的水洩不通。

秦畫晴昨晚與張氏說了許久的體己話，張氏還給了她一本小冊子，雖然秦畫晴早知道那內容，可還是尷尬得不行，翻也沒翻便塞到櫃子底下。

張氏言語間叮囑了她許多，看起來比秦畫晴還要緊張。秦畫晴看著好笑，可笑過了，又是濃濃的不捨。秦獲靈也來看她，看那神情，也是很捨不得。

可轉念一想，長安街離秦府也不過一刻鐘的距離，兩家人近著呢。雖然嫁過門的女子常回娘家不妥，可秦畫晴想，魏正則定然不會因此事說她的。不過到了夜裡，她還是哭了一場。也不知自己是在哭上一世的淒苦，還是在哭這一世的幸運？

父母、胞弟尚在，自己也收穫了該有的幸福。人生若能重來，當真賽過一切靈丹妙藥。卯時不到，秦畫晴便起來梳妝了。

外面鑼鼓聲聲，秦畫晴眼睛卻有些發腫，錦玉嚇得忙去煮了雞蛋給她滾了滾消腫。「小姐，今兒可是您大喜的日子，可千萬別腫著雙眼睛。」

秦畫晴無奈一笑。「我也沒有辦法呀。」

錦玉讓她穿上嫁衣，又細心地整理好鑲嵌寶石的腰帶，正說著話，張氏便帶著裕國夫人、虹玉縣主過來給她梳頭。

裕國夫人家中本來也差點被新帝肅清，可她是個明事理的，主動檢舉了自己夫君，大義滅親，才堪堪保住了現在的風光。張氏與她是幾十年的好友，也不可能因此淡了感情，所以秦畫晴出嫁，還是請她來梳頭、說吉祥話。

戴好鳳冠，披上霞帔，耳綴明珠，又用線絞了面，傅粉上妝……秦畫晴覺得自己都快要僵掉了。

錦玉塞了顆蘋果在她手心，叮囑道：「小姐，這個您可千萬不能吃，保平安的。」

秦畫晴哭笑不得。「我哪有那般傻。」

鑼鼓又敲了幾聲，鞭炮聲噼哩啪啦響了老半天，錦玉從窗戶探頭看了一眼，大喜道：

「小姐，魏大人來迎親啦！」

秦畫晴手中的蘋果險些拿不穩，她咬了咬嘴唇，低頭不說話。

迎親的隊伍排成長龍而來，秦獲靈與秦良甫站在前頭正堂外的臺階上，準備迎接。

今日魏正則穿著緋紅色的簇花吉服，繡著暗紋的龍鳳，與秦畫晴的喜服正好配成一套，腰間革帶還掛著官品魚符，不失朝臣的威儀。他頭上常年戴著的竹簪，也換成冰種紅玉石的翡翠簪，頭髮梳理得一絲不苟，看起來竟年輕了不少，卻又有著歲月沈澱後的穩重。

他本就氣度不凡，如此一打扮，倒比那少年郎還要英俊幾分。

魏正則快步上臺階，朝秦良甫磕頭行禮，叫了聲「岳父大人」，秦良甫這才鬆了口氣，把他扶起來。

他最初還與秦獲靈說，魏正則會不會因著官威不給他行禮？如此看來是多慮了。

隨即便是按照流程，一一行禮完畢，便到宴客處飲宴。

這一飲宴，時間便長了，可憐秦畫晴穿著厚重的禮服，連脖子都要被壓短一截，還吃不到半口東西。

秦畫晴坐在菱花鏡前，吆喝著餓啊餓，錦玉實在心疼她，便悄悄去剝了喜盤上的橘子，給秦畫晴吃了兩個。

秦畫晴看了看日頭，估計出門還早著，便拾掇錦玉將桌上的花生、蓮子剝來給她吃。

錦玉沒轍，只好抓了把去了苦芯的乾蓮子給她。

秦畫晴吃了兩粒，突然勾起了往事，她笑著回憶道：「我有一次去找他，跟他坐在郊外蓮塘的小船上，那雨唰唰地下，他一邊跟我說話，一邊摘了新鮮的蓮蓬，剝蓮子給我吃。我那會兒也不知道蓮子裡綠色的芯是苦的，都是他仔細剝了遞給我，又甜又香。我以為那是我這輩子吃過最好吃的蓮子，直到今天又吃到了。」

這乾乾的蓮子，與他親手剝的，都一樣甜。

錦玉見她笑得開心，也忍不住笑起來，感慨道：「從今以後，小姐還會吃到更多好吃的蓮子，無一例外，都是甜的。」

秦畫晴抿嘴一笑。

日落西山，張氏便來告知時辰到了。秦畫晴被紅蓋頭遮住了視線，隨即被秦獲靈揹上花轎，錦玉等隨行的奴僕坐在另一輛馬車上。一路上鑼鼓喧天，鞭炮齊鳴，伴隨著浩浩蕩蕩的嫁妝，秦畫晴被抬往長安街的魏府新宅。

秦畫晴悄悄透過蓋頭的縫隙，斜眼看向轎子外，發現這一路上皆重兵把守，她正疑惑著，待跨過火盆入了魏府，才知道，新帝朱寧應與太子朱鈺暉早就在裡面等候了。

秦畫晴心想，自己也真是面子大，竟然讓皇上和太子在裡面等著。

如此一想，她便忍不住笑起來。

穿紅戴綠的媒人將秦畫晴扶著去拜堂，低著頭，她便看到一雙黑色鑲金絲邊的靴子。

秦畫晴感覺到魏正則就在自己面前，頓時連呼吸也忘了。

朱寧應免了讓他們行禮，直接讓錢如諱唱禮，三拜九叩，秦畫晴便讓媒人又攙扶著去了新房。

秦畫晴剛坐在床上，就覺得屁股有些硌，伸手一摸，便摸到了一把桂圓，還沒放下，就聽外面又傳來紛沓的腳步聲，還有哄笑聲。

魏正則被同僚好友擁簇著進屋，錢如諱提醒道：「掀蓋頭。」

魏正則從托盤裡取出秤桿，輕輕挑起錦繡刺牡丹的紅蓋頭，便露出一張朝思暮想、昭秀映麗的容顏。

女子紅唇上胭脂欲滴，一張臉卻是泛著桃花色，眸光粼粼如春水翻湧，紅燭火光映照之下，嬌柔婉轉，美豔不可方物。

「嘩，好漂亮的新娘子！」這般無顧忌的讚嘆，也只有朱鈺暉這小太子殿下敢說。

秦畫晴忍不住低頭羞澀一笑。

四下裡或多或少也有人低聲讚嘆魏正則好福氣，錢如諱這些與他關係要好的，更是公然調笑他。「怪不得魏大人迫不及待地要求親，敢情是美人在懷，樂不思蜀了啊！」

話音甫落，頓時一陣哄笑。

秦畫晴卻是耳根都紅了，她低著頭，只敢看著自己手腕上的龍鳳掐絲金鐲。

眾人還算識趣，見新娘子羞澀，也沒再調鬧。

魏正則還要去前堂會客，便帶著眾人離開。太子朱鈺暉還不肯走，想要與新娘子說話聊天，被朱寧應知道，叫秉筆太監給硬生生拽了出去，秦畫晴老遠還聽見他哇哇大叫。

新房裡，轉眼就剩她一個人，秦畫晴伸了伸胳膊，從床上抓了把桂圓，有一個沒一個的吃起來。

龍鳳紅燭，燈火搖曳。
桌上一疊疊堆成小山的花生、紅棗，上面蓋著大紅的「囍」字。
秦畫晴吃了兩捧乾桂圓也不怎麼餓了，便打量起新房來。牆壁都是新刷的雪白，軒窗旁邊掛著字畫，其中一幅畫的還是自己；精緻的雕花黃楊木床，用屏風隔出耳房，窗戶旁邊放置著梳妝檯，案几上的香爐正散發著嫋嫋木蘭香煙。
簡潔整齊，卻又閒適溫馨。
想到餘生將在這裡度過，秦畫晴不禁低頭莞爾。
她摸著手下柔軟的大紅錦被，臉色也漸漸泛起紅暈，心想待會兒魏正則過來，她該怎麼辦呢？
還沒等秦畫晴想到對策，外面站著的丫鬟便喊了聲「老爺」，下一刻，便聽房門「吱呀」打開，隨即又輕聲合上。
秦畫晴抬起頭，只見魏正則正負手過來，微笑著臉。
她心頭一跳，沒話找話地說：「怎麼這般快就回來了？皇上和太子都在外間呢。」
魏正則將她拉到桌邊坐下，提起酒壺倒了兩杯，說道：「太子太頑皮，方才又弄翻了門外的燈籠架，險些將院子燒了，皇上怕他攪了妳我婚事，便早早回宮去了。」他說著便將一只酒杯遞給秦畫晴，目光灼灼。「夫人，請。」
秦畫晴盯著那紅豔豔的梅子酒，被他那句「夫人」叫紅了臉。
她訥訥的伸手接過，正要飲下，魏正則卻好笑地攔住她。「畫兒，妳怎不叫我一聲？」

秦畫晴瞪著眼睛，想了想，道：「我母親叫我父親一直叫老爺，難道要我這般叫你嗎？可想想，總把你叫老了似的……」若是叫夫君，她又不好意思，於是心思轉了半晌，只低聲道了一句「文霄」。

魏正則無奈，即使他很喜歡她叫「夫君」。

兩人飲了合巹酒，便真正算是禮成了。

魏正則見她錦衣華服，問：「今日妳累不累？」

「累得要死。」秦畫晴指了指頭上的鳳冠。「這個太重，脖子都快壓斷了。」

魏正則忍俊不禁，可是他又拆不來這個，便叫了丫鬟過來伺候秦畫晴換衣洗漱。錦玉早就在外候著，一聽這話，忙不迭將秦畫晴扶去耳房，換下錦衣華服，洗淨鉛華，頭髮也用香膏胰子仔細洗乾淨。

這一忙活便是大半個時辰。

待秦畫晴穿著一襲輕薄的紅衫入室，她自己都有些不好意思。

「文霄，你也快去洗漱吧。」秦畫晴無視魏正則灼熱的目光，將他往外推。

魏正則無奈，便只好遂了她。

秦畫晴坐在菱花鏡前，用乾毛巾輕輕擦自己半濕的長髮，心思卻越飛越遠，她甚至能清晰地聽見耳房那邊傳來的嘩嘩水聲，臉也越來越紅。

錦玉在旁邊幫她梳理頭髮，輕聲笑道：「小姐……啊，不對，現在應該叫夫人了。夫人，昨夜老夫人給您看的冊子您瞧明白沒？」

她還真是哪壺不開提哪壺。

秦畫晴又氣又笑地看她一眼。「我都要緊張死了，妳還來打趣？」

錦玉笑笑不答。

秦畫晴挽著自己胸前的一縷髮絲，輕聲道：「妳叫我夫人，我還覺得怪怪的。突然就嫁了人，這感覺可真奇怪。」

「那小姐可喜歡？」

秦畫晴「噗哧」一笑，羞澀地點點頭。

他們好不容易在一起，她當然喜歡。

門外傳來腳步聲，魏正則換了身石藍色的圓領衫，錦玉叫了聲「老爺」，便識趣地帶著其他丫鬟退下。

紅彤彤的內室裡只剩下一對新人。

魏正則走了過來，站在秦畫晴身後，自然而然地拿起帕子給她擦頭髮。

他道：「方才在和錦玉說什麼，妳笑得那般開心？」

秦畫晴才不會跟他說是因為嫁給他而開心呢。她扯了個幌子，眨眨眼說：「沒什麼，一個笑話罷了。」

「說來聽聽。」

「我忘了。」

魏正則失笑。「當真還改不了小孩子的心性。」

秦畫晴抿嘴一笑，看著鏡子裡映照出二人的身影，低聲反駁道：「只是在你眼裡我小，旁人都不這樣覺得。你可知道，不在你身邊，我可穩重著呢。」

她說的可是實話。在弟弟、父母面前，這輩子可還沒有胡攪蠻纏過，只有在他面前才會表露出小女兒嬌態。

魏正則笑了笑，放下帕子，彎腰圈她入懷，看著鏡子道：「我知道。」

他當初會被她吸引，正是因為她身上那一分不符合年齡的氣質。這樣的女子，很難不被人喜歡。

比如希直。

「畫兒，今日忠勇公李贊私下找到我，給了我一樣東西。」

「什麼東西？」秦畫晴不知道他為何突然提起李贊？

魏正則低聲道：「是一方繡帕，鵝黃色做底，鳳蝶戲榴花的圖案。」

秦畫晴不禁一愣。

她想起來了，自己是有一方這樣的繡帕，只是丟失很久，一直都沒有找到。

「難道是我丟失的帕子被李大人撿到了？」

魏正則忍不住揉了揉她柔軟的髮頂，嘆聲道：「夫人，妳有時聰明，有時……不怎麼聰明。那繡帕不知怎麼落到李敝言手中，他今日讓李贊還來，還向我賠罪。妳猜猜，他說了什麼？」

秦畫晴一聽這話，頓時坐直了身子，她張了張嘴，卻覺得有些難以啟齒。

可想到今後二人為夫妻，就不能有間隙與隔閡，於是她硬著頭皮道：「文霄，我實話跟你說了吧。李敝言他……他與獲靈是好友，曾經也見過我幾次，不知怎麼就喜歡我了，我怕你心頭不快，便一直沒有與你提起過……」她說到這裡，語氣一轉，有些著急地解釋。「但是我一點也不喜歡他，真的！雖然李敝言品行確實不錯，可是我心裡只有你，旁人我也不會多看一眼……」

「好了。」魏正則笑了笑。「我都知道。」

他的畫兒心裡只有他，他從不懷疑。

秦畫晴鬆了口氣，低聲道：「我就怕你想東想西。我聽母親說，好多夫妻不和，就是因為互生嫌隙造成。」她抬手摸著魏正則的手背。「我希望我們好好的，直到天荒地老。」

魏正則淡淡一笑，心底卻是感動極了。

「夫人的願望一定不會落空。」

他相信她，正如她也相信他。

屋子裡的氣氛有些旖旎，秦畫晴感覺自己的心跳得有些快。

她低下頭，連鏡子也不敢看了，囁嚅地找話題，隨口說道：「話說……話說錦玉是我最貼心的丫鬟，我捨不得將她配給府裡的小廝，你且留意看看，宮裡有沒有適合的侍衛什麼的，給她說門好親事。」

魏正則知道她在故意岔開話題，卻也不說破。

他輕笑問：「怎麼，夫人才找到人家，便迫不及待要嫁自己的丫鬟了？」

「哪有，我是說正經的。」

「妳捨得那丫鬟離開？」

秦畫晴看了眼門外，蹙眉道：「捨不得也要捨得。一輩子待在我跟前伺候，不算一個好出路。」上輩子最後一段時光她才明白錦玉的忠心，這輩子一定要盡自己最大的努力，讓她過得安穩幸福。

魏正則嘆了嘆氣，將秦畫晴抱緊了些。「錦玉跟著妳，倒是跟對了主子。」

他暫時將此事應下，實則心底已經有了謀劃。

軒窗開了一條縫，秋天的晚風吹拂而入，紅燭燈火搖搖晃晃。

魏正則轉身去掩了窗戶，順勢坐在新床上，朝秦畫晴招手。「天色不早，夫人，早些休息吧。」

秦畫晴坐在梳妝檯前的身子微微一僵，鏡子裡映出她一張緋紅的臉。

身後紗帳放了下來，傳出窸窸窣窣的聲音，魏正則似乎已經上了床。

秦畫晴屏息，一動不動，心臟卻咚咚如擂鼓。

她握緊雙拳，給自己暗暗打氣：沒什麼大不了的，又不是沒有經歷過，而且……而且床上那人還是自己朝思暮想最喜歡的那個，完全不用膽怯。

思及此，秦畫晴便站起身，吹滅了蠟燭，藉著屋裡微弱的光線，摸索到床榻邊。

雙手剛觸及紗帳，就被人拽了進去。

秦畫晴低呼一聲，就被魏正則壓在了錦被之上。

「也不怕磕著。」魏正則嘆息道。

秦畫晴眨眨眼。夜色太濃，她只看到魏正則那雙清潤的眼。

她掙扎了兩下，魏正則卻還不放開她，秦畫晴窘迫地道：「我、我還沒脫鞋襪，你別急啊。」

魏正則有些懊惱。自己的樣子很著急嗎？

他彎腰給秦畫晴褪了鞋襪，放在床邊，便將她摟在懷裡。感覺到懷中的纖細身軀有些顫抖，他低聲安慰道：「畫兒，別怕。」

秦畫晴也不是怕，她就是緊張，抑制不住。

魏正則壓在她身上，抬手去撫她的小臉，秦畫晴只覺得被他摸過的地方，都燃起了一簇火花。

她緊閉雙眼，咬著唇瓣，一語不發。

魏正則低頭去吻她的唇，小心翼翼地，纏綿悱惻。

秦畫晴被他吻得軟成一灘春水，雙手也沒有任何力量，只能攀附著他的身軀，靜謐的內室中只有二人混亂的呼吸。秦畫晴如一葉小舟隨波逐流，不知今夕是何夕。她半眯著眼，只能低低地吟哦，彷彿時間太過漫長，漫長得讓她都早生了華髮……

芙蓉帳中暖，清輝玉臂寒。

一夜繾綣。

第四十三章

梆子敲過三更，秦畫晴便驚醒了。

她剛動了動身子，便覺雙腿間一陣疼痛，不禁倒吸一口涼氣。

「畫兒，妳醒了？」

秦畫晴有些驚訝。「還沒睡？」

魏正則挑開幔帳，起身用火摺子將四周蠟燭點亮，回答道：「剛去耳房沐浴回來。」

他不說還好，一說秦畫晴也覺得身子黏糊得很。

她坐起身，低頭一看，自己雪白的胸前全是愛撫後的淺色瘢痕，頓時臊得臉紅如血。可身下黏黏膩膩的，也的確不舒服，她正為難著，便見魏正則走過來，低聲道：「來，我抱妳過去洗一洗。」

秦畫晴臉色一紅。「不用了，讓錦玉她們來便是。」

「就當為夫為之前的事情賠罪。」魏正則不由她拒絕，便將她打橫抱起，往耳房走去。

秦畫晴縮在他懷裡，都不敢看他。

方才黑燈瞎火，動了情便也那樣了，可這會兒燈火明亮，想起方才的事便覺得不好意思。說來，也沒想到魏正則體力竟是不錯，足足把她折騰了好幾次，現在她都筋疲力盡，提不起半點精神。

魏正則將秦畫晴放進泡著花瓣的浴桶裡，拿起旁邊的胰子便要給她搓洗，秦畫晴忙道：「我自己來就行。」

魏正則卻毋庸置疑地拒絕。「何必跟為夫客氣。」

「我才沒有跟你客氣！」秦畫晴都要哭出來了，她身上全是他留下的印記，而且總要洗洗身下，難不成讓他來洗嗎？光是想一想都要羞得沒人。

魏正則無可奈何，只得道：「還以為夫人一直膽子大，如今看來，卻比那貓兒還要膽怯。」

秦畫晴趴在木桶邊，雙眼圓瞪著。「這能相提並論嗎？」

「好了，妳先洗著，衣服都在屏風旁邊，要是拿不到，就叫我一聲。」

秦畫晴瞪他兩眼，魏正則才可算走了。

三兩下洗乾淨，秦畫晴套上中衣，見魏正則躺在床間，手裡不知何時多出一本書冊。

秦畫晴躡手躡腳地上了床，就被他拉起錦被蓋住了。

魏正則一摸她手腳冰涼，不禁道：「這深秋的天到底有些寒涼，明日找大夫給妳熬一帖藥，可別凍壞了。」說著便放下書冊，將秦畫晴抱在懷裡暖著。

秦畫晴放下頭髮，窩在他懷裡，笑道：「我哪有那麼脆弱。」

「總得好好將息著身體。」萬一以後有了孩子，身子骨好些，也不用那般難受。

不過魏正則剩下半句沒說，怕又讓小醋罈子紅了臉。

兩人已經結為夫妻，床笫之事、生兒育女都是很正常的話題，但是他的小醋罈子還不習慣，時常臉紅。

不過她這樣子紅著臉，也格外可愛。

魏正則低低一笑，便將秦畫晴摟得更緊一些。

秦畫晴抵著他的臂膀，問：「在笑什麼呢？」

魏正則道：「本以為這一世我都不會娶妻，幸好遇見了妳。」

秦畫晴抿了抿嘴，眼睛卻是笑得彎彎。

「你現在也學會甜言蜜語哄人啦？」

「並未，都是肺腑之言。」

秦畫晴低頭窩在他懷裡，聞著他身上皂角的清香，笑意卻越來越濃。沒有哪個女子不願意聽到這樣的甜言蜜語，而且還是從自己喜歡的人口中說出。

這一生很漫長，可與相愛的人在一起，再漫長也不會覺得無趣。

魏正則抱著她，只覺得心也被塞得滿滿當當，他握著懷中女子的手，拿在嘴邊吻了吻，心裡的情意卻仍然無法遏制。

「畫兒……」

秦畫晴感覺到他身體的變化，「騰」地一下又紅了臉，握拳捶了他胸口一下。「別……別來了，雖然你家中無長輩，不用敬茶，可也要去祖墳上香。畢竟是入門第一天，你這樣，我、我會起不來的。」

魏正則低聲一笑。「妳便是當家主母，還不是都由妳說了算？」

「上梁不正下梁歪，我也得端正家中風氣啊。」

秦畫晴說得理所當然，魏正則卻是忍不住地笑。他很喜歡她方才的那句話，這樣才更有一家人的感覺。

「好吧。」魏正則妥協道。

他突然想起了一件往事，緩聲道：「我記得有一年，張素老師擬策論的問題，是安國全軍之道。與聖軒帝共同治理天下的官僚，風氣不正，欲求無邊而見識短淺，想要正官風以復古道，能用什麼辦法？那會兒我們其他人都回答得很淺顯，沒有深思這個問題，妳父親卻另闢蹊徑，以《孫子兵法》中鑽研出修道而保法的回答……」（注）

魏正則還沒開始說，就聽枕邊人傳來淺淺均勻的呼吸。

他低頭一看，秦畫晴一張小臉埋在他臂彎，已經累得睡了過去。

魏正則不禁低聲一笑，給她掖好被角，柔聲道：「看來今日真是把妳折騰壞了，睡吧。」

秦畫晴這一晚睡得極為安穩，待第二天起身，錦玉帶著奴婢送來吃食，都是些精緻可口的小菜清粥。

秦畫晴昨天沒吃什麼像樣的東西，也是餓得很，破天荒吃了三碗粥，一旁的魏正則失笑連連，一迭聲叫她慢點吃，別噎著了。

吃過飯，魏正則便在次間等她梳妝。

錦玉取了妝奩裡的三支多寶累絲金簪，在秦畫晴已經梳了婦人髻的鬢髮比劃兩下，問：「夫人，您看這簪子可算適合？」

秦畫晴今日穿著碧霞雲紋霞帔，下身是蝶戲水仙淺綠色裙衫，她另挑了一支翡翠步搖，插在髮間。「好歹是進門第一天，不能太簡單，也不能太繁重，就這樣吧。」

她昨夜睡得還算不錯，一雙瞳子烏亮有神，流盼間明豔動人，再描眉畫唇，點了胭脂，愈發明麗。

魏正則瞧她這身打扮，很得他意，笑道：「夫人甚美。」

秦畫晴見錦玉一干丫鬟都在，不禁掩嘴一笑，嗔怪道：「你看多了就覺得膩味了。」

魏正則扶著她手臂，相攜一笑。「恐怕今生都看不膩。」

魏正則祖籍就在京城，郊外五十里便是他父母的衣冠塚。秦畫晴與他跪拜了早逝的先人，回府時已經暮晚漸黑。

按理說，大元朝的習俗是七日後回門，可秦畫晴閒待在家也不舒服，魏正則怕她待不住，隔了兩日便讓秦獲靈駕車接她回門，順便帶了一車的各類糖食、四京果、三牲酒水。

秦獲靈見阿姊上車，還是魏正則親自扶上去的，珍惜得不得了的樣子，也暗自鬆了口氣。

但很快他又打起十二分精神。

秦畫晴與錦玉在另一輛車上，他便得與姊夫在同輛車。

注：改寫自明代科舉試題。

這可是他和魏正則第一次正式見面。

且不說這姊夫聲名在外，又是他一直仰慕的嘉石居士，身居高位，他難免有些緊張。

「姊夫。」秦獲靈險些說話都不索利。

魏正則倒十分自然，他頷首道：「你阿姊在我跟前提起你很多次，前幾次都沒有好好與你說過話，今日總算見著了。」

「是嗎？」秦獲靈笑了笑。「阿姊都說我什麼呢？」

魏正則道：「多是些誇獎你的話，不過也有別的。比如你八歲那年偷偷去灞河戲水，衣裳被水沖走了，還是光著身子回府的。」

秦獲靈臉色大窘。「咳咳……我阿姊就愛亂說！」

魏正則忍不住爽朗一笑，秦獲靈見他高興，自己也忍不住笑起來，兩人關係倒是一下子拉近許多。

「上次科舉，你被誣蠛舞弊，平白沒了狀元的才名，倒十分可惜。」魏正則淡淡道：「後來我又看了你答過的策題，發現的確不錯，但在八股駢文上還得再精進一些。比如大儒李子文的《廣陵道記》、《春秋筆史》，你可以多讀、多背幾篇。想必新頒的皇榜你也瞧見了，明經科不會再考，以後的策題都是以經義和策論為主，可以看看《申經》、《聯問》這類的書籍，等到下次科舉，再奪魁首也不是難事。」

「是。」秦獲靈認真地點點頭。

他可不敢馬虎。魏正則的學問舉世聞名，他能得一些指點，絕對百利而無一害。

魏正則道：「這些書我都有，上面還有批註，改日我讓人給你送來。」
「謝謝姊夫。」秦晝晴一口一個姊夫叫得甜，魏正則也無比受用，在提點上也更加用心。
到底是個心眼不壞的孩子，與他姊姊一樣。
魏正則又想起當初李敝言在渭州給他提過的話，他故意拋出幾個問題，沒想到秦獲靈都認真地解答出來，答案雖然不甚完美，可也十分難得。
魏正則點了點頭，又問：「獲靈，你的表字是什麼？」
秦獲靈撓了撓腦袋。「桃李書院的夫子覺得我頑皮，父親也不顧及這方面的事，我也給忘了，這表字還沒取呢。」他眼珠子一轉，又道：「姊夫，聽說李兄的『希直』二字是你取的，要不你也給我取一個吧？」
「好。」魏正則看向窗外，思索片刻，道：「便取『勁節』二字吧。凌風知勁節，負雪見貞心。以蒼松為骨，以白雲為心，寵辱不驚。」
秦獲靈喃喃道：「勁節……秦勁節、秦勁節……真是個好名字！謝謝姊夫！」
魏正則微微一笑。「你喜歡就好。」
秦獲靈這會兒卻皺著眉，有些疑惑。「按理說，父親與姊夫是同窗，應該也是張素大儒起的表字吧？可我從來沒有聽過父親的表字，難道父親沒有嗎？」
魏正則沒想到他會問這個，失笑道：「當然有，你想知道？」
秦獲靈點頭。

魏正則笑了笑。「當初張素老師第一個給你父親起表字，只是你父親不大喜歡。」

「到底是什麼？」

「大福。」

「啊？」

魏正則想到這個，自己也忍不住笑起來。「張素老師覺得你父親太過坎坷，希望能給他起這個表字壓壓晦氣，看樣子，你父親的晦氣也真給壓下去了。」

秦獲靈想到刻板嚴肅的父親表字竟然叫「大福」，笑得前俯後仰。

秦畫晴聽到前面的馬車裡傳來弟弟和丈夫的笑聲，雖然不知道他們在說什麼，卻也勾起了嘴角。

到了秦府，魏正則忙過來攙扶秦畫晴下車，一旁的錦玉都起不到作用。

秦獲靈歡歡喜喜地給秦畫晴說了方才的事，還說自己有了表字，惹得秦畫晴一陣笑。

秦良甫與張氏早就候著了，見秦畫晴容光煥發，穿戴的也是時興名貴的東西，一身婦人打扮，看起來倒比待字閨中的時候還要明豔幾分，心中皆有些感慨。

兩新人行了禮、磕了頭，秦良甫和秦獲靈便與魏正則去花廳喝茶。

張氏拉著秦畫晴的手，帶著她往內院走，問道：「魏正則對妳如何？可有虧待過妳？」

秦畫晴笑了笑，拍了拍母親的手背。「娘，他對我很好，掌家中饋都是我一人負責，不會遭受夫家刁難。」

「那就好。」張氏吁了口氣。

兩人拾階走過廊橋，來到花園。

牆邊新建了一座鞦韆，秦畫晴瞧著歡喜，嚷著要坐。

張氏在旁笑她。「都嫁人了，還喜歡這些玩意兒。」

秦畫晴甜甜一笑。「嫁人了又如何？兩家離得這般近，經常走動便是。魏府裡也沒有旁人，母親、父親與弟弟常來反而熱鬧一些。」

「魏正則也肯？」

「我的要求，他哪有不肯的。」

秦畫晴這話脫口而出，也不覺得有半分不妥。張氏瞧她盪著鞦韆，臉上笑容滿面，便也知道，那魏正則寵她是無法無天的。

母女倆又說了會兒貼己話，晚上又與秦良甫、魏正則和秦獲靈吃了一頓團圓飯，秦畫晴便與魏正則回長安街的宅子。

夜裡，兩人相擁而眠，秦畫晴一個勁兒地追問，秦良甫都與他說了些什麼？

魏正則好笑道：「妳這般聰穎，怎會猜不到？不過是讓我好好待妳，順便聊了點朝中局勢。」

秦畫晴摸著他的側臉，發現有些硌手，仔細一看，才兩天不刮鬍子，他的下頷又長出了青青的胡茬。

「那你會對我好嗎？」

魏正則拉過她的手，握在掌心。「今後妳就知道了。」

秦畫晴微微一笑。

魏正則又道：「今日與獲靈倒是聊了許多，妳弟弟是個可造之材，左右太子還缺個伴讀，我過幾日上朝，便在皇上面前推舉一二，這樣既可以傳授他學業，也可以隨時照顧到妳娘家人。」

這話聽在耳朵裡，秦畫晴怎麼可能不開心？但是她還是有些擔憂地說：「萬一被人彈劾你因公徇私就不好，還是隨他去吧。」

「無妨。」

如果可以，他寧願用盡一切辦法讓她高興。

秦畫晴定定地盯著他，雙眸如水，淺淺盈盈。

暖帳裡的氣氛又一次安靜下來。

魏正則如何受得了她這樣包含愛意的凝視？他低頭去親吻她的額角、脖頸，左手攬過她的細腰，右手自然而然地順著腰際摸到衣衫的結帶，輕輕解開……

在遇到魏正則之前，秦畫晴從來沒有想到，做這種事也是一種快樂。

她很願意與他沈淪、纏綿，一生一世。

光陰似箭，日月如梭，轉眼又是春好處。

魏府中滿院子的海棠飄香，房屋掩映在紅花柳綠之中，幽靜至極。

魏正則早早去上朝，秦畫晴便在海棠樹下與錦玉聊天，便在這時，外面突然急匆匆跑來一個人影，秦畫晴定睛一看，可不是她那許久沒見的弟弟？

秦獲靈最近被安排去了文華殿，與太子一起讀書，朱鈺暉是個貪玩的，秦獲靈又大不了他幾歲，兩人一拍即合，該上課的時候一點兒也不馬虎，可下了學，兩人簡直要把皇宮給鬧個底朝天。

朱寧應也是睜一眼閉一眼地不管。只要朱鈺暉認真地讀書，不做出什麼殺人害命、有違道德的事情，他都隨他去了。

秦畫晴見他來了，放下繃子，正要問問他最近的學業以及在宮中如何？豈料剛站起身，秦獲靈便用食指抵住雙唇，做出一個「噓」的動作。

「你這般鬼鬼祟祟的，有什麼見不得的人？」

秦獲靈把她拉到一旁，一副害怕至極的模樣。「阿姊，妳可千萬別說我在這裡，求妳了！」他雙手合十拜了半天，聽到院子外有動靜，立刻像隻兔子似的，從另一邊的廊廡上溜得沒影。

下一秒，就見長平公主提著裙襬，氣喘吁吁地闖了進來。

秦畫晴也是了然，她暗暗搖頭。自己這中書令府，還真是誰也攔不住。

「公主，妳怎麼今天突然大駕光臨？」

長平見到秦畫晴，也沒了脾氣，反而有些委屈。「秦姊姊，妳看見秦獲靈了沒有？」

秦畫晴拉著她坐在海棠樹下的石凳上，給她倒了一杯茶。「別急，妳給我說說到底怎麼了？」

長平喝了一口茶水，眼眶有些泛紅。「秦姊姊，妳知道我喜歡獲靈，可是他總是躲著我。我到底哪裡不好，他每次見到我都避之如蛇蠍，莫不是我要吃了他不成？」

「這個嘛……」秦畫晴也猜不透。「只能讓我好好問他才能知道。」

長平埋怨道：「若是他有其他喜歡的女子，我定然不會再糾纏他，可是我問過他有沒有喜歡的女孩？他頭搖得像撥浪鼓；我方才又問他，到底喜不喜歡我，要不要當駙馬？他竟然翻牆跑了，讓我一頓窮追，才總算追到妳這裡。」

秦畫晴想像了一下自己弟弟方才臉紅的像個番茄，看樣子明明是害羞了啊。

她眼珠子一轉，道：「公主妳還沒有及笄呢，獲靈也都還小，婚姻大事不用太著急。」

長平卻嘟囔道：「我怎麼不著急？我有好多害怕的事情。前幾日還偷聽到皇兄與魏大人閒談，言語中似乎提及突厥蠢蠢欲動，想要犯我大元朝的邊疆。萬一打起仗來，我皇兄讓我去和親怎麼辦？我才不要嫁去突厥，才不要和那些又臭又野的蠻夷在一起呢！」

秦畫晴柔聲安撫道：「怎麼會，大元朝兵強馬壯，就算征戰，也會橫掃突厥，讓其俯首稱臣。」

「但願如此。」長平卻依然不高興。「我還是害怕，萬一秦獲靈他、他移情別戀喜歡上別的女子，我又該怎麼辦？」

秦畫晴笑了笑。「這個就更好辦了呀，我去勸勸他便是。」

「能勸得住？」

秦畫晴目光流轉，一雙黑漆漆的眸子看向廊廡的拐角處，朝長平眨了眨眼睛。「我說的不算數，不如公主自己去問一問？」

長平眼睛也尖，看到了廊柱下露出的一雙皂靴，當即便提起裙襬跑了過去。

那皂靴的主人聽見腳步聲，拔腿就跑。

長平指著他大聲呵斥：「秦獲靈！你給我站住——」

這兩人眨眼跑了沒影兒，秦晝晴才捧著肚子一通大笑。

第四十四章

六月初六。

突厥水草最豐茂的時節，他們發動了入侵大元的戰爭。

突厥可汗親自率領十五萬軍隊南卜，朱寧應派遣兵部尚書詹紹奇為監軍，薛饒為主帥，曹瑞、方子明等人為副將，一戰生擒突厥可汗，大獲全勝。

次年一月，西邊的薛延陀部崛起，突厥又發生了百年不遇的雪災，牛羊馬匹凍死無數，內憂外患。

在這種情況下，新任突厥可汗向朱寧應俯首稱臣，簽訂每年上貢的條約，並任突厥公主敏蘭珠入大元和親，以求結盟，換取白年安穩。

但大元朝皇室中，只有太子朱鈺暉為男，且他年紀尚幼，誰來和親便成了一個問題。

皇室中沒有適齡的人選，朱寧應使婉拒了這門婚事，可新任突厥可汗怕大元朝反悔，為了加固結盟的友誼，甚至表達出皇親國戚中的適齡子弟都可以。這樣一來，朱寧應也不好反駁了。

暮春，草長鶯飛。

潔白的柳絮紛紛揚揚，飄滿整個京城。

敏蘭珠公主坐在雕花的五彩轎輦上，隨進貢的番邦官員入京。一路上馬頭琴與羌笛吹吹彈彈，又有露著小蠻腰的侍女提著花籃撒花，惹得街道兩邊的百姓翹首圍觀，就連兩旁的高樓上都有人探頭探腦地瞧稀奇。

畢竟是突厥的來使，朱寧應也不好失了泱泱大國的禮儀。

魏正則作為當朝中書令，率禮部各官員站在宮門外，迎接敏蘭珠公主一行，也算給足了突厥面子。

隨行的來使也知道，面前這位穿緋色官服的官員身分不凡，紛紛下馬，向魏正則行禮。須臾，五彩轎輦上的敏蘭珠公主也走了下來。

敏蘭珠公主十六、七歲，高鼻深目，彎彎的眉下，一雙眼眸的瞳仁卻是淡淡的淺褐色，皮膚也不如大元的少女潔白，是偏深的麥色。她頭上戴著毛茸茸的兔球氊帽，綴著長長的流蘇鈴鐺，身上穿著大紅色的胡服，胸前繡著精緻的蒼鷹白雲圖，看起來粲若朝霞，別有一番爽朗姿色。

「想必這位就是大名鼎鼎的魏正則魏大人吧？」敏蘭珠的大元朝官話說得很流利，她一雙大眼看向魏正則，眸光微閃。「早聽我父汗說過你如何聰明過人，可看樣子，你長得也不是三頭六臂嘛。」

魏正則淡淡一笑。「公主明鑒，若要看三頭六臂之人，估計也只有突厥才能看見。」

敏蘭珠被他噎了一句，翻了個白眼。「你們中原人說話都這般拐彎抹角嗎？」

「讓公主這樣認為，倒是下官的不是。好在陛下已經為公主一行準備了酒宴接風洗塵，希望公主能玩得盡興。」魏正則回答得依舊滴水不漏。

敏蘭珠覺得他無趣，便也不想多言。

他們此行過來，本想著揚一揚突厥的氣勢，卻不料還沒有見到大元的皇帝，就被一個臣子的下馬威給弄得沒脾氣。她心裡有氣，卻又沒辦法，心底把他暗暗恨上了。

到了接待來使的大殿，陣陣美酒佳餚的香氣已經飄了出來。

大殿四周燃著嬰兒手臂粗的蠟燭，照得大殿金碧輝煌，纖毫畢現。兩邊的案几上擺著熊掌、魚翅等無數珍饈，琥珀杯裡的西域葡萄酒也在燈火下格外誘人。

高高在上的龍椅中，正襟坐著大元朝的皇帝，朱寧應。

魏正則領著來使與敏蘭珠，向朱寧應行九叩大禮，又遞上國書，隨即朱寧應便笑著讓他們入座。

飲酒之後，朱寧應道：「朕聽聞突厥今年雪災，可汗有沒有找到對策呢？」

敏蘭珠公主放下酒杯，朗聲回答道：「回稟陛下，災害不是突厥能夠預料的，對策也不過是做好防禦，不讓牛羊外出，減少活動，等冬天過去便好。正如我現在來中原的京城，也是因為開春天氣回暖，不然我半道也會被凍死。」

「唉，公主不用說這樣的喪氣話。」朱寧應撫了撫龍袍。「公主既然來此是為了和親，今後也就與大元朝密不可分。按中原人的說法，公主遲早會是咱們大元的媳婦兒，有了姻親關係，大元與突厥的關係也就更加堅固。」

敏蘭珠笑笑。「如此，父汗便放心了。」

說到這個話題，朱寧應看了眼太極殿中的青年才俊。這些都是京城裡有頭有臉的官員兒子、親戚，為的便是這位異域的公主能夠相中其一。

待酒過三巡，賓主盡歡後，朱寧應便想著找個方法讓敏蘭珠公主相看相看。

他輕咳一聲，放下酒杯，狀似無意地問：「不知在突厥飲宴時，可有什麼好玩的活動？朕近來也是無聊，可有好的提議？」

敏蘭珠答道：「回稟陛下，我們突厥人喜歡在草原上燒火烤肉，女孩跳舞彈琴，男孩便騎馬摔角。我聽說中原有擊鼓傳花、投壺的遊戲，可到底文謅謅的，我們突厥也沒幾個人會你們中原的學問，倒不如來玩射箭。」

「喔？怎麼個玩法？」

敏蘭珠看了看四周的人，眼皮子微微翻起，有些不屑。「很簡單，擺個靶子，百步之外誰射得中靶心，誰就贏了。」

這要求簡單明瞭，朱寧應大手一揮，便同意這個想法。

這時敏蘭珠又道：「陛下，剛好我們隨行的馬車上有現成的靶子和弓箭，這東西就讓我們來準備吧。」

「好。」

待突厥的來使在御花園布置好了場地，朱寧應便攜百官與突厥來使，又轉移到御花園去。

聽說是射箭，不少青年才俊都躍躍欲試，可到了那地方，不少人都嚇得兩股戰戰，幾欲奔走。

只因那弓不是尋常的弓，箭也不是尋常的箭，靶子也不是尋常的靶子。平常的弓箭五、六勁就差不多，可這把弓足足有十來勁，而弓弦也不知用什麼製成，又粗又韌，箭矢也很粗，靶子卻很小，幾乎連中間的原點也看不清。

一時間，四周的青年才俊都鴉雀無聲。

敏蘭珠要的就是這個效果。

她背著手，微微揚起臉道：「怎麼，大元朝都沒有人來試試嗎？莫非是不敢？」

這話雖然是對著人群說的，可朱寧應聽在耳朵裡卻不大舒服。

當下便有一個身高八尺的青年站了出來，他是兵部侍郎的兒子謝忠，上屆的武狀元。

謝忠長得五大三粗，他擼起袖子，那一根根的青筋就爆了出來。敏蘭珠在旁邊瞧著有些嫌棄，可心底也有些犯怵。看這樣子，中原人也並不是個個文弱。

朱寧應微微挺胸，想著這謝忠應該沒有問題。

可誰知那謝忠卯足了勁，臉都憋紅了，開弓、射箭，「啪」的一聲，箭矢脫靶，落進了旁邊的草叢裡。

敏蘭珠「噗哧」一笑，問：「要不再重來一次？」

這可是侮辱人了。

謝忠扔下弓，低著頭隱沒在人群裡。

末了，又有幾個身強力壯的青年出來嘗試，無一不是脫靶、不中，或者連弓都拉不開，簡直丟足了人。

敏蘭珠看差不多了，便微微笑道：「迦頓，你出來，給陛下演示演示，免得以為我們在弓箭上做了手腳。」

片刻，便有一個身穿灰色胡服的乾瘦男子站了出來，朝眾人拜了拜，輕而易舉的拉起弓，瞄準、射出，一氣呵成。只聽「啪」的一聲，箭矢正中靶心，穩穩當當地插在上面。

朱寧應與一眾官員臉都綠了。

先前大元朝那些身強力壯的年輕人都做不到的事，突厥人裡一個其貌不揚、矮小乾瘦的迦頓，竟然輕輕鬆鬆就射中了靶心？

要不是親眼所見，誰也不能相信。

敏蘭珠對朱寧應行禮，眉梢卻是高高地挑起，語氣頗有些幸災樂禍。「尊敬的陛下，看來我不該做出這個提議，倒有些挑撥我們兩國之間的關係了。要不……我們還是玩擊鼓傳花的遊戲？」

這話簡直打人耳光，朱寧應臉色青一陣、白一陣，無奈地看向魏正則，不停地使眼色。

魏正則無可奈何，摸了摸右手拇指上的扳指，微微站出半步，低聲道：「皇上，容微臣試試。」

「你？」敏蘭珠不可置信地看著面前文人模樣的魏正則，圍著他轉了轉，嗤笑一聲。「是找不出人了嗎？」

她說話相當不禮貌，一直默默不語的長平公主看不下去，冷冷開口：「公主還是看看再下結論吧！」

雖然長平心底也不怎麼相信，畢竟她可從來沒有聽秦姊姊說過魏大人還會射箭。

李贊等人雖然知道魏正則會射箭，可畢竟做了這麼多年的文官，許久不碰的東西，他到底還會不會，也是個未知數。

就連魏正則自己也不知道。

他父親擅騎射，幼時便跟著學過幾年，右手的扳指也是他父親傳給他的，便是防止拉弓時劃傷手。

可今日為了大元朝的聲譽，眼下又實在沒人敢站出來，魏正則硬著頭皮也要上。

臨近危急關頭，他反而不懼。

摩挲了一下扳指，魏正則便上前掂了掂重弓，隨即抬臂舉起，箭尖瞄準了靶心。

靶心上還插著迦頓之前的那枚箭矢，魏正則閉了閉眼，用力拉弓、鬆手，離弦之箭「嗖」地破空聲響，隨即又是什麼落地的聲音。

魏正則還以為自己也脫靶了，正準備嘆息，卻聽李贊大笑道：「魏大人英勇不失當年啊！」

他定睛一看，這才發現自己那枚箭矢正中紅心，並且從中穿過了迦頓的那支箭，將那箭從中一分為二，方才掉在地上的聲音，正是迦頓的箭矢。

還真是誤打誤撞，上天眷顧。

魏正則的表情從始至終沒有變化，從上場拉弓到正中靶心，他都是一副淡然的樣子，濃眉如墨，雙眼如星，配上他那溫潤儒雅的面容，倒惹得敏蘭珠心神一蕩。

敏蘭珠還沒來得及開口，魏正則便沈聲道：「公主，我們中原還有一句話——人不可貌相，海水不可斗量。妳可明白？」

敏蘭珠粲然一笑，心道這魏正則倒比突厥那些人有意思多了，說話之乎者也，射箭還這麼厲害，反正自己是來和親的，倒不如選個喜歡的人。

魏正則見這敏蘭珠只盯著他傻笑，也不說話，覺得莫名其妙，便轉身收起弓箭，朝朱寧應一拜，退至一旁。

隨即又玩了投壺的遊戲，這次倒是中原人勝出居多。

敏蘭珠也不是故意來挑刺的，末了，她對朱寧應誠懇道：「陛下，大元朝人才濟濟，我們今日一見，心悅誠服。」

朱寧應聽著這話也很高興，他道：「公主不必自謙，突厥亦然，兩國今次結盟，強強聯手，四周邊疆臣服，也是早晚的事情。」

「不錯。」敏蘭珠點了點頭。「父汗給陛下的國書，陛下想必也看過了，我此次前來，還要與大元朝的人聯姻，這點我也定然會做到。」

朱寧應笑道：「公主貌若天仙，在場許多人都對公主愛慕有加，還不知公主可有心儀的人選？不如說出來，朕會替妳包辦。」

敏蘭珠臉色難得的一紅，隨即目光便大膽而熾熱地落在魏正則身上，她抬手一指。「我覺得魏大人便很好。」

魏正則一怔。

李贊等人也愣住。

朱寧應失笑道：「公主，魏大人家中已有妻子，妳還是另選他人吧！」

敏蘭珠聽到他有妻子，不禁皺了皺眉，可下一秒她又舒展眉頭，揚聲道：「你們中原人不是可以三妻四妾嗎？我也不需要魏大人為了我休妻，做妾不妥，平妻還是可行的。」

魏正則聽到她口中「休妻」二字，臉色陰鬱得像八月即將暴雨的天。

敏蘭珠卻沒有察覺，她笑嘻嘻道：「我與他此前的妻子平起平坐，倒也不用她來行禮。陛下，您方才還說會為我包辦，君子一言九鼎，可不能反悔啊。」

「這……」

朱寧應目光複雜地看了眼魏正則。要當著這麼多來使的面拒絕，他方才說的話又做不得數，這可怎麼辦才好？

魏正則同樣為難。

他定然要拒絕，可是怎麼拒絕，便是一個難題。

正當他準備不顧及突厥面子，直接拒絕的時候，一旁的長平公主聽不下去，冷聲道：「敏蘭珠公主，妳可知道魏大人與他妻子是多麼伉儷情深嗎？啊，對了，以你們突厥人的學問，也不會明白伉儷情深的意思，總而言之，就是兩者之間不可能再容得下旁人！」

秦晝晴是她最好的朋友，這莫名其妙竄出來的突厥公主想要橫插一腳，簡直癡人說夢！她可是秦晝晴的準弟妹，怎能坐視不理！

魏正則感激地看了眼長平。

敏蘭珠卻有些氣不過，她上前兩步。「如何容不下旁人？長平公主是魏大人的妻子嗎？妳又怎能決定她的想法？萬一魏夫人想與我做姊妹也說不一定。」

「公主未免自視甚高了吧。」長平翻了個白眼。「魏大人當初娶妻時便昭告天下，不會再納妾，身邊也只會有魏夫人一個。我們中原人都是說一不二的，又怎能因為妳的一廂情願而破了規矩？」

敏蘭珠看了眼朱寧應，道：「好啊，方才陛下還說為我包辦，看來也不過如此。」

長平也怒了，反駁道：「我皇兄是說了替妳包辦，可有說替妳和魏大人包辦？」

「妳簡直無理取鬧！」

「妳是無話可說！」

敏蘭珠與長平兩個你一言、我一語，像兩隻鬥雞。朱寧應實在看不下去，卻又無法呵斥敏蘭珠，只得呵斥長平：「長平，妳先退下！」

「皇兄，我……」

「退下！」

長平只得恨恨地剜了眼敏蘭珠，用口型說了句「不要臉」，便提著裙子轉身離開。

敏蘭珠也被她氣得夠嗆。本來還不怎麼想嫁給魏正則的，這麼一鬧，她脾氣也上來了，偏要嫁給魏正則！

今日魏正則迎接突厥來使，不知會在皇宮忙到什麼時候，而秦獲靈與宋浮洋又外出遊學去了，秦畫晴一個人在府裡待著沒趣，聽說秦良甫這兩日身子不好，便讓小廝駕車去秦府坐坐。

與張氏聊了一下午的天，便到了吃飯時間，席面上都是她愛吃的，可秦畫晴卻一點食慾都沒有。

張氏關心地問：「畫兒，妳現在怎麼食量越來越少了？」

秦畫晴搖搖頭。「就是吃不下，總覺得不餓。」

「這怎麼行！」秦良甫板起臉，給她挾了一筷子冬瓜酥肉條，厲聲道：「吃不下也得吃。妳看看妳，嫁過去這麼久也不見長胖，也不知魏正則怎麼對妳的，改日我定要好好說教他一頓！」

秦良甫品級太低，迎接突厥來使這種事還輪不到他，故此今日倒可以在家閒著。

秦畫晴聽父親語氣嚴厲，知道他是關心她，便硬著頭皮將酥肉往嘴裡送。

她強迫自己嚼了幾口，美味的肉汁在嘴裡卻是濃重的油膩，她實在咽不下去，胃裡翻湧，竟是「哇」的一聲吐了出來。

「畫兒！」

張氏大驚失色，忙去扶她，一旁的錦玉也趕緊給秦畫晴喝水漱口。

秦畫晴喝了兩杯水，那胸口噁心的感覺才壓下去。

錦玉擔憂地問：「夫人，是不是前日您外出看鋪子時，吹風著涼了？」

秦畫晴正在回憶，卻見張氏突然「啊」了一聲，眉梢帶著一絲欣喜。「畫兒，妳這個月月事是什麼時候？」

秦畫晴呆了呆，想了想道：「好像……超過兩日沒來了。」

張氏大喜，忙去讓春茜叫大夫，將秦畫晴扶去她以前的閨房，笑道：「妳呀妳，別自己有了身子都不知道，快坐著喝些熱水，等大夫來看看就清楚了。」

秦畫晴也有些捉摸不準。想來這些日子與魏正則行房都不是很規律，但每次都盡了興的，應該不會這麼湊巧吧……

她紅著臉，又是期待，又是緊張。

過了半炷香，春茜便領著兩個大夫來了，兩個大夫都給秦畫晴把了脈，異口同聲地道：「恭喜夫人，賀喜夫人，妳這是有喜了啊！」

秦畫晴不可置信地問：「真的嗎？」

「我們都看過了，絕不會有錯。」

另一個大夫道：「應該有一個多月了。」

隨即二人開了一服安胎的方子，便領了賞銀告退。

張氏大喜，握著秦畫晴的手道：「畫兒，妳要做娘了，我要做外祖母啦！」

秦畫晴還有些雲裡霧裡，她呆呆地看著平坦的小腹，半晌才「哈」的一聲笑出來，抬起笑意盈盈的眼。「娘，我也要做娘了！那……那文霄豈不是要做爹了？」

她抬手撫著自己的肚子，愣愣地想，這是他們的第一個孩子，她一定要讓他健健康康地出世。

張氏將這消息告訴秦良甫，秦良甫雖然還是那副嚴肅的樣子，可眼底的笑意卻出賣了他歡喜的心情。

錦玉笑道：「夫人，老爺要是知道這事，保不齊多高興呢！」

秦畫晴想到魏正則的樣子，忍不住低頭甜蜜一笑。

一家人正歡喜著，卻聽外間有人來報，說是長平公主駕到。

秦畫晴站起身，笑著說：「她來得正好，我可要把這好事說給她聽聽。」

第四十五章

「長平，今日宮中大宴，妳怎麼會來我這裡？」秦畫晴上前迎她，笑意盈盈。

長平卻是一臉凝重，她扶著秦畫晴的手臂，道：「秦姊姊，我是偷跑出來給妳通風報信的，妳要做好心理準備。」

秦畫晴難得見她如此嚴肅，不禁一怔。「怎麼了？」

長平咽了咽唾沫，方才道：「那突厥公主入京聯姻，竟是相中了魏大人，這會兒正求著我皇兄賜婚呢！」

「妳說什麼?!」

秦畫晴心跳漏了一拍，彷彿瞬間被抽走了力氣，要不是長平與錦玉眼疾手快扶著她，她怕是要摔倒在地。

「秦姊姊，妳不要太難過，這事我一定會盡力阻止，不讓皇兄答應她的！」長平安慰著秦畫晴，實際上她心底也沒有太大的把握。

秦畫晴雖然心酸到了極點，可她仍然強打起精神，腦子轉得飛快。

不會的……

就算那突厥公主要嫁給魏正則，魏正則也不會同意。

他那麼愛她，他們歷經千辛萬苦才走到一起，現在才剛有了孩子，她要相信他，她不能自亂陣腳。

秦畫晴扶著錦玉的手臂，坐在太師椅上，沈聲道：「長平，妳好好給我講一講，究竟是怎麼回事？」

長平便將此前射箭的事情告訴秦畫晴。

秦畫晴也想起來，她記得以前問過魏正則，右手為什麼總是帶著一枚古舊的扳指？他說那是他射箭的時候戴的，她當時也沒有放在心裡，總覺得他許久不摸弓箭也許生疏了，沒想到還能百步穿楊。

是了，他一直那麼優秀，惹人喜歡才是正常的。

秦畫晴正如此想著，外面又聽宮人來報，說有要事請秦畫晴入宮一趟。

長平看向秦畫晴，兩人四目相接，都猜到了什麼原因。

張氏心疼女兒，想著她有孕在身，還是不要去受刺激了，可秦畫晴卻道：「娘、爹，你們別擔心我，我相信文霄，他一定不會讓我失望。」

她說得斬釘截鐵，彷彿是在給張氏和秦良甫下定心丸，也像是在說服自己。

秦畫晴與長平一同入宮。

她以為自己一進宮就會見到魏正則及那位突厥公主，然而並沒有。

她率先見到的，竟然是高高在上的皇帝，朱寧應。

這裡是一處大殿，秦畫晴叫不出名字，她愣了一下，正準備行禮，朱寧應卻擺了擺手。

「魏夫人，不用行虛禮了，說到底，是朕對妳於心有愧，想來問問妳需要什麼補償？」

秦畫晴心跳漏了一拍。

朱寧應又看向長平。「長平，妳先下去，容朕與魏夫人單獨談談。」

長平不放心地看了眼秦畫晴，卻又違抗不了朱寧應的命令，只得磨磨蹭蹭地離開了。

偌大的宮殿中，只剩下秦畫晴與朱寧應，還有若干宮女、太監。

秦畫晴抬起眼，問：「皇上叫妾身入宮，有什麼要事？」

朱寧應清咳道：「魏夫人，朕也不瞞妳了。突厥公主入京和親，相中了魏卿，魏卿也會娶她為妻。」

秦畫晴心頭彷彿被人捏緊了，又像用鑿子使勁地鑿，疼得她的臉都有些扭曲，渾身也像被潑了一盆冷水，冷得唇色發白。

朱寧應繼續道：「突厥公主願意當平妻，並且叫妳一聲姊姊。但朕想著，此事到底有些先斬後奏，若是魏夫人不滿意，可以選擇反休魏卿，而朕也會布告天下，封魏夫人為一品誥命，並且賜良田千畝、黃金萬兩，以後若遇到心儀的男子，想要再嫁，朕也會為妳做主。這些條件還算豐厚了，不知魏夫人可願意？」

秦畫晴氣到怒火攻心，反而笑了笑。

她努力讓自己的身子不要發抖，也讓自己的語調平穩。「皇上，若妾身說不願意呢？」

「為何？朕封妳為一品誥命，又賞賜這麼多的金銀珠寶，妳竟然還不肯？」

秦畫晴冷冷道：「不是妾身不肯。若我夫君心甘情願拋棄糟糠而迎娶公主，妾身自然無話可說。但妾身相信自己的夫君，他尊重我、愛護我、相信我，曾許諾這一生只有妾身一人；妾身也是一樣，除了他不會再喜歡旁人。我們之間彼此信任、彼此唯一，若不是被外界脅迫，他根本不會同意迎娶公主。如果皇上想要妾身願意，也得讓他出來與我對證一番方可。」

朱寧應道：「魏夫人倒是情深義重。」

秦晝晴不語。

朱寧應聲音放冷了一些。「方才聽妳的意思，好像是在暗指朕脅迫魏卿娶公主了？」

「妾身不敢，只是做了些推測罷了。」

「不錯。」朱寧應一拍座椅扶手。「是朕脅迫魏卿。突厥、大元兩國聯盟，他娶一公主又如何？他是朕的臣子，朕要他的命也是應該的！如果他不娶那突厥公主，朕立刻下旨砍他的頭！」

「皇上說得是。」秦晝晴也飛快地接過話頭。她心底不知為何，又暢快，又欣慰。果然如她所想，魏正則不會背叛他們的感情，他是被脅迫的，他並沒有想要娶公主。

她抬起雙眸，如水一樣的眼此刻卻無比堅定，她跪在地上，忍聲說道：「恕妾身大不敬。這麼多年，魏正則輔佐皇上勞苦功高，當年更是替皇上謀劃出這萬里江山，如今皇上僅憑突厥和親一事便要斬忠臣，豈不是飛鳥盡，良弓藏，昏聵如斯，也不怕惹得天下人恥笑！」

「放肆！」

秦畫晴也是豁出一條命，全然不懼了。「君要臣死，臣不得不死。我夫君是頂頂的忠臣，他也一定會遵照皇上的旨意。可妾身知道，他寧願被皇上斬首，也不會娶突厥公主為妻。既然如此，妾身懇請皇上也賜一死，讓妾身陪夫君一起，上窮碧落下黃泉，也不負了此生誓言！」

她閉上眼，等著朱寧應宣布賜死。

半晌，四周都沒有半點動靜。

秦畫晴心下疑惑，顫抖著睫毛睜開眼，便見面前半跪著一個人，溫潤的眼眶裡含著隱約的淚，正是她的夫君。

「……文霄？」

魏正則將她一把抱入懷中，閉目哽咽道：「畫兒，知我者，莫過於妳。」

謝謝，謝謝她的信任。

秦畫晴沒想到還能抱著他，方才所有的堅持、所有的鎮定，都在這一刻煙消雲散。她埋在他懷中，嗚咽道：「你、你怎麼樣？有沒有被關起來？我方才已經說了，生我們一起，死也要一起……」

「別怕，不會有事的。」魏正則摸著她的髮，感動至極。她的愛如一把熊熊燃燒的火，堅定而熾熱，讓人終生難忘。

朱寧應感慨地拍了拍手掌，清脆的掌聲也拉回了秦畫晴的思緒。

朱寧應扭頭看向一旁的敏蘭珠，道：「公主，妳現在可相信了？世間有情人是很少，但朕的臣子與他的夫人，卻是其中之一。」

秦畫晴呆呆地抬起淚眼，看向朱寧應旁邊那個長相特別的少女。

敏蘭珠也看見了秦畫晴。

她本以為是個三十歲左右的中年婦人，可沒想到是個膚如凝脂、貌美如仙的女子，看年紀也就十七、八歲，魏正則雖然長得也很好看，可比起這女子的容貌，他簡直是高攀了。

怪不得魏正則死也不肯娶她。

天天對著這麼美的一個女子，哪還有心思去顧及旁人呢？

敏蘭珠引以為傲的容顏在這一刻遭到了打擊，方才又躲在屏風後，親眼目睹兩人上演伉儷情深、生死相隨的戲碼。嫁給魏正則這事，她是半分也不想了。

鬧了一夜，秦畫晴這才拖著疲累的身子，與魏正則一道乘坐馬車回府。

她窩在他身上，問道：「方才到底是怎麼回事？難道皇上叫我去宮中，只為了測試我？」

魏正則刮了下她精緻的鼻子，笑道：「妳可別小看這場測試，當真是夫君用命換回來的。」

隨即他便講述了那敏蘭珠如何要嫁給他的事，又多虧了朱寧應想出「威逼利誘見真情」這招，讓敏蘭珠自行撤回這個想法。

魏正則感慨地抱著秦畫晴，道：「幸虧夫人聰明，沒有被蒙蔽，否則為夫就難做了。」

「是嗎？」秦畫晴挑眉。「我看那突厥公主長得也不錯，你娶她也不吃虧呀。」

「這種話別再說了。」魏正則吻了吻她額頭。「妳知道我有多怕失去妳，任何人想要拆散妳我都不可以，就連皇上也不行。」

秦畫晴連忙摀住他的嘴，看了看馬車外面，瞪了他一眼。「還沒出皇宮呢，謹言慎行。」

魏正則失笑，握住她的手。「知道了，夫人。」

經歷波折，回到府中，魏正則自然想與她好好纏綿一番，剛壓在秦畫晴身上，秦畫晴突然像見了鬼一樣大叫，忙不迭將他往外推。「別別！不行、不行！」

魏正則一頭霧水。「怎麼了？」

秦畫晴指了指肚子。「大夫診過，一個多月了呢。」

魏正則愣怔不語。

秦畫晴推了他一下，提醒道：「喂，你要做爹啦，我要做娘啦……啊！」她話還沒說完，就被魏正則一把拽入了懷裡，抱得緊緊。

魏正則欣喜地不知所以。「真的？」

「我騙你做什麼呀？」

魏正則吻她的唇角，也不敢抱得太用力，驚喜過後便是無邊的蔚藍。

他定定地問：「我能做什麼，或是能怎麼幫妳？」

秦畫晴聞言，「噗哧」一笑，抬起頭看他，戲謔道：「很簡單，別娶突厥公主就行！」

魏正則哭笑不得。還以為他的小醋罈子不記仇，結果卻是比誰都記得清。

這一夜，魏正則是不敢動她了。

甚至連續大半年，他都不敢動她。

春去秋來，快入冬的時節，秦畫晴懷足了月分，順利產下一對雙胞胎。兩個都是男孩，魏正則高興得不知抱哪一個？但想來想去，還是先去抱了自己的妻子。秦畫晴因為孕期調養得好，生了兩個也不是很費力，但現在的樣子實在太醜，她不想讓魏正則多看。可魏正則不依不饒地守在她床榻邊伺候，還給皇上請了早退的假，處理完重要的公務，便回來伺候妻子。

張氏本來還怕生了孩子，魏正則便專注在孩子上不理妻子，可看他現在堂堂一品朝臣，為妻子坐月子鞍前馬後，便什麼顧慮也沒有了。

兩個雙胞胎，老大叫魏子蘊，老二叫魏子晟，小小年紀都歸了魏正則的性子，就連長相也與他有七分相似。

他們成天不是讀書，便是練字，魏正則對其功課也絲毫不放鬆，看著一大摞、一大摞的書籍，秦畫晴都心疼兒子。他們才四歲不到啊……

然而沒等秦畫晴來得及去指責魏正則，她又開始厭食了。

秦獲靈知道這事，忙讓宋浮洋來幫著診脈。宋浮洋學業不行，倒是子承父業，醫術也過得去，這一診脈，不出所料，秦畫晴又有喜了。

登時魏正則便不讓她到處走動，錦玉也差了兩個丫鬟跟著夫人。她現在是魏府的管家一把手，有時候事情太多，便不能面面俱到地伺候秦畫晴；可秦畫晴也不希望她太累，畢竟錦玉下個月也要成婚了。

秦畫晴對錦玉說道：「我給妳新繡了一個蓋頭，等趙霖過來，我也讓他瞧瞧。」

錦玉笑了笑。「多謝夫人。不過趙霖一個大老粗，估計也看不懂您繡的是什麼，先別給他看。」

秦畫晴若有所思地點點頭。「也對，反正成親的時候能看見，他還要親自用秤桿子挑開呢。」

錦玉與趙霖的婚事就在下個月十五，算了算也快了，錦玉手頭還有事，便也不跟秦畫晴閒聊，起身告退。

秦畫晴在海棠樹下坐著無聊，便讓丫鬟去拿繃子來，打算繼續繡點東西打發時間，只是還沒落針，就見長平風風火火地趕了過來。

秦畫晴不等她開口，便順著方向指了指魏正則的書房。「在他姊夫書房裡看書呢，快要科舉考試了，懈怠不得。」

長平一聽這話，剎住了腳。

她神色複雜道：「……算了，那我不去打擾他了。」

「為何？」秦畫晴好奇地看她一眼。幾年光景，小丫頭已經長成了大美人，性子也收斂了許多。

長平低頭一笑。「上次他答應我，若今次考上狀元，就做我的駙馬，所以我希望他能成功，自然不會去打擾他。」

秦畫晴點點頭。「如此最好。金榜題名時，洞房花燭夜。」

長平抿了抿嘴，倒也不顧忌，有話直說。「我可等了好久，秦姊姊都又懷了，我都不知道與獲靈什麼時候才能成親？」

「別著急，我看今年好日子特別多。」

長平粲然一笑。「也對，這才三月份呢！」

兩人聊了一會兒，長平便起身告辭回宮。秦畫晴也繡不下去，放下綳子，便想去看看兩個兒子在幹什麼？

府裡有專門的學堂，繞過後院的假山樓閣，轉過鞦韆，便瞧見海棠掩映下的軒窗，兩個梳著孩提髮髻的小孩，正認真地讀著《詩冊》。

兩個孩子很認真，根本沒有發現窗外的母親。

秦畫晴嘆了口氣。也不知道孩子這麼聽話是好事還是壞事?她抬手撫著小腹，暗暗心想，不管這一個是男是女，總要教得調皮一些，不能像他兩個哥哥，被父親壓榨。

正想著，一雙手卻從後面溫柔地環繞過來。

秦畫晴一怔，隨即嗅到他身上的書卷氣息，莞爾一笑。「今日怎麼這麼早就下朝了？」

「朝廷沒什麼大事，夫人又懷著身孕，錢如諱他們便主動幫我攬了差事。」魏正則說得隨意，秦畫晴卻是忍不住好笑。

她看著他依然儒雅英俊的側臉，笑道：「上次懷孕時被傳你娶了隻『母老虎』，這次你又這樣，也不怕被同僚笑話？」

魏正則摸了摸她微微凸起的小腹，道：「隨他們說，只要夫人妳高興。」

秦畫晴低低一笑，看著在認真讀書的兩個孩子，感慨道：「文霄，我很高興。」

遇見他，是她一生中最高興的事。

魏正則彷彿也有所感，大手覆在她光滑細膩的手背上，緊緊握住。

「我也是。」

他們彼此相遇，便是彼此的幸運。

希望上天能眷顧得再久一點，讓他們就這樣一輩子平平安安。

秦畫晴輕輕靠在魏正則身上，魏正則也親暱地摟著她。三月的春光和煦，府中海棠開得繁茂而燦爛。

孩童稚嫩的聲音唸出詩句朗朗，倒與現在的景色相得益彰。

卻道是——

「海棠鎖鴛鴦，春深暖畫堂。」

——全書完

為流浪貓狗加油 和貓寶貝 狗寶貝

廝守終生(一定要終生喔！)的幸福機會

對人來說，貓寶貝狗寶貝只是生活的一部分，但妳（你）對牠們來說，卻是生活的全部，領養前請一定要考慮清楚——

▲ 相親相愛的三姊妹　太妃&踏雪&捏捏

性　　別：皆是女生
品　　種：米克斯
年　　紀：皆約七個月大，是同胎
個　　性：穩定乖巧、撒嬌功力高強、親人親貓
特　　徵：太妃及踏雪是三花貓，捏捏是虎斑貓
健康狀況：1.已驅蟲除蚤、已打兩劑預防針
　　　　　2.體型偏小，約2.5公斤
目前住所：新北市新莊區

第291期 推薦寵物情人

『太妃&踏雪&捏捏』的故事：

中途是在一家貓旅館遇見太妃、踏雪和捏捏的。她長期擔任送養貓咪的中途，偶有忙不過來的時候，便會將其中幾隻送至貓旅館暫住。有天，有位高中女生救援了一隻懷孕的貓媽媽，將其送去貓旅館安胎及安置，沒幾天，貓媽媽就生下太妃、踏雪和捏捏。

然而，這位高中女生較無送養經驗，只能將牠們一直留在貓旅館。中途得知此事，便請貓旅館的店長轉達，她願意將三隻小貓帶回親訓，也很樂意幫牠們找新主人。

中途表示，這三隻是同胎姊妹，感情很好，常會看到牠們互相照顧的畫面；另外，由於牠們從小就接觸人，所以很親人、愛撒嬌，就連睡覺也都愛跟人膩在一起。

中途還特別提到她對太妃、踏雪和捏捏的觀察及感覺。她說，太妃是隻很有趣的貓，一開始是較怕生的，但熟悉後就十分黏人；喜歡跟前跟後，對人的舉動相當感興趣，很適合喜歡跟貓咪零距離的人。而踏雪乖巧懂事，個性穩定，不太會搗蛋，就連剪指甲都很乖，不會掙扎；也完全不怕生，能最快適應新環境。至於捏捏，中途覺得牠很有特色，若跟牠對上眼，就會大聲地請求摸摸，還會從遠處飛奔過來，像是要人「陪玩」（笑）。

中途表示，貓咪的心思細膩，換環境需要時間適應，且壽命可達十幾年，希望能為太妃、踏雪和捏捏找到願意承諾牠們一輩子的好主人！來信請寄toro4418@yahoo.com.tw（劉小姐）。

認養資格：

1. 認養者須年滿20歲，有穩定經濟能力，不管是否跟家人同住，須獲全家人同意。
2. 須同意簽認養寵物切結書、日後追蹤探訪，並提供照片讓中途瞭解貓咪未來的生活環境。
3. 會對待貓咪不離不棄，不會因生病、搬家、結婚、生子、長輩等因素退養。
4. 非必要不可長期關籠，不接受放養；若會遛貓，請告知訓練方式。
5. 為讓中途對您有更深入的瞭解，請先來信「詳介」自己，並提供住家門窗照片，中途會再與您聯繫。

注意事項：

1. 因貓咪們感情很好，認養兩隻為優先；但想為家中貓兒添同伴或認養單隻也都歡迎。
2. 不排斥新手認養，但請先了解、學習養貓的知識（飲食、基本醫療等）。

來信請說明：

a. 個人基本資料：姓名、性別、年齡、家庭狀況、職業與經濟來源等。
b. 想認養太妃、踏雪和捏捏的理由。
c. 過去養寵物的經驗，及簡介一下您的飼養環境。
d. 若未來有結婚、懷孕、出國或搬家等計劃，將如何安置太妃、踏雪和捏捏？

2018年4月出版

愛妻請賜罪

文創風 628~631

都說了今生不嫁給讀書人，
這傢伙還硬是要來挑戰，
既然這麼不知死活，就別怪她不客氣了~~

歲月靜好　良夫無雙／沐顏

她顧清婉別無所求，只盼與家人過著清貧卻溫馨的生活，
怎奈才剛要及笄，父親就遭人陷害，冤死獄中，
就連母親、弟弟也先後過世，從此家破人亡，
偏偏失了依靠的她，成親後竟又遇人不淑——
好不容易盼到夫君狀元及第，她也將誕下新生命，
孰料這薄情郎卻嫌棄糟糠，對她痛下毒手，一屍兩命！
所幸上天終於公平一回，竟讓她回到一切噩夢都未發生之前，
既然重活一世，就不要再扛著掃把星的名聲過日子，
哪怕她只是一介無錢無勢的弱女子，也要神擋殺神、佛擋滅佛，
無論是誰都不能阻擋她一家平安活下去的心願！

文創風
633

晴寶初開 下

國家圖書館出版品預行編目資料

晴寶初開 / 水清如著. --
初版. -- 臺北市 : 狗屋, 2018.05
冊 ; 公分. --（文創風）
ISBN 978-986-328-862-6（下冊：平裝）. --

857.7 107003871

著作者	水清如
編輯	王冠之
校對	林慧琪　簡郁珊
發行所	狗屋出版社有限公司
地址	台北市104中山區龍江路71巷15號1樓
電話	02-2776-5889～0
發行字號	局版台業字845號
法律顧問	蕭雄淋律師
總經銷	知遠文化事業有限公司
電話	02-2664-8800
初版	2018年5月
國際書碼	ISBN-13　978-986-328-862-6

本著作物由北京磨鐵數盟信息技術有限公司授權出版

定價250元

狗屋劃撥帳號：19001626

網址：love.doghouse.com.tw　E-mail：love@doghouse.com.tw